Kemal Čopra
HADŽIBEG

Sarajevo, 2018.

Autor *Kemal Čopra*
Naslov *Hadžibeg*
Biblioteka *Posebna izdanja*
Urednik *Samir Fazlić*

Izdavač *ZORO Sarajevo*
Za izdavača *Samir Fazlić*

Lektura i korektura **Mirsad Hajdarović**
Tehnička priprema **Budislav Vojinović**
Naslovna strana **Kemal Čopra**

Štamparija **A dizajn, Sarajevo**

Sarajevo, 2018.

••

CIP - Katalogizacija u publikaciji
Nacionalna i univerzitetska biblioteka
Bosne i Hercegovine, Sarajevo
821.163.4(497.6)-32

ČOPRA, Kemal
    Hadžibeg : mladi pisac pod stare dane : izabrane i
još nepročitane priče / Kemal Čopra. - Sarajevo : Zoro,
2018. - 441 str. ; 21 cm. - (Biblioteka Posebna izdanja)

ISBN 978-9958-589-73-7

COBISS.BH-ID 26084870

••

*Autor se zahvaljuje Općini Centar Sarajevo, za
podršku pri izdavanju ove knjige*

distribucija: 🆕 Knjižara ZORO
Zoro mobitel: 061/871-429
mail: zorosa@bih.net.ba

Kemal Čopra

HADŽIBEG

MLADI PISAC POD STARE DANE

Izabrane i još nepročitane priče

Zoro, Sarajevo, 2018.

Znanje bez iskustva je baš k`o burek bez mesa, možeš u njega staviti svašta, ali nije više burek.

Uzeir Hadžibeg

Nikad boljeg vakta za imati sve,
a nejmat ništa.

MLADI PISAC POD STARE DANE

Kad god se priprema nova knjiga, a sad će, ako Bog da, četvrti put u četiri ljeta, nije ti šala, eto ti Muteta u mene da me nasavjetuje, biva otvori mi oči.

- Koga si ti god spomen'o u svojim pričama post'o je slavan i popularan i nema gdje ga nema, samo si ti ost'o na fejzbuku i ni makac. Nit se mičeš nit se tičeš.

- Star sam ti ja za hodanja, moj Mujo, neka me đe sam i za đe sam nisam.

- Znaš ko tebe krije i ne da ti naprijed?

- Jok ja, ot'kle ću znat'.

- Ovi što su izašli iz cigana ili opanaka, il' što su tobe došli pa se stide ko su, odakle su i kakvi su bili, a ti ih stalno tamo vraćaš i podsjećaš.

- Kakvih cigana, moj Mute?

- Tako se to kaže kad malo il' malo više hajruješ.

- Biva, ovi što su zaimali i ugled stekli.

U jednu ruku ima pravo, jer koga sam god dosad u svojim pričama pofalio i pomenuo taj je postao poznat i protiv mene se okrenuo. Niti se više javlja niti dolazi. Biva, ne brukaj nas, dedo, umijem ja bolje narodu rijeti, svojim riječima, a iz tvoje glave i zaslugu i slavu odnijeti, a tebe ćemo polahko išćuškati s one strane kulture. Bi da mogu, itekako, a ako ovako nastave, nimukajeti počet ću im imena spominjati i na šprdnju okretati jer nizašta drugo i nisu, licemjeri i uhljupi nijedni. A u drugu ruku, kad bolje prokontam, eto im pa neka hajruju ako umiju i znaju, ne bi svog rahatluka dao ni za čiji hator i sa njima se smarao, a svako će doći, kadli-tadli, na svoje mjesto koliko se god na tuđe mjesto uvaljivao, a ja ću ih ovako redati dokle god imadnem kuveta i dok me narod traži, a neka mi oni nalaze mahane, taman do kraja života ostao samo „mladi pisac pod stare dane".

Kemal Čopra

SASTAV

Sjetih se kad sam ono mom Hami napisao sastav da popravi prosjek u školi, kad on dođe i veli - trica.

- Kako, bolan ne bio, trica, ne bi ti ni nastavnik znao bolje!?
- Znam, babo, ali nisam znao dobro pročitat', a ono što sam pročit'o nastavnik nije razumio.

Kako tada tako i dan-danile, jedni ne umiju ovo moje ni pročitati, drugi neće, a treći ne razumiju šta su pročitali. Srećom pa ima golem broj onih koji umiju, hoće i razumiju, pa ti vidi.

Vrijeme načne kamen i željezo, a od ljudi šta uradi da ti i ne govorim.

BUREK BEZ MESA

- Baš ovo današnje ženskinje ne umije trpit' ni dekike, ha joj nešto nije pravo eto ti je nazad materi i ocu - veli mi Fata saba-hile, pri kahvi u nas na čardačiću.

- Koja se to sad vratila?

- Ona Almasina najmlađa. Ne umijem ti rijet' je li se zaposve vratila, al' čim prostire veš u šlafruku i mete ispred kapije svako jutro, asli jeste.

- De ne pričaj ako ne znaš.

- Ne znam ja, al' zna mahala. Pričaju da je rekla čo'jeku, ne-uzubillah, da ga Bog ne vidi, biva ne zna za njega dok mu ništa nije dao osim jada i belaja, a drugima daje sve, estagfirullah.

- Ja mahniture! Nije ga valjda zbog tog ostavila, blenta blen-tava.

- Tako pričaju, nemoj mi vjerovat', ako laže mahala lažem i ja.

- Allah selamet, pa eto ti.

Sjetih se jedne priče još kad sam bio malehan, dosta sam je puta čuo pa i zaboravio, kad je žena rekla čovjeku, još u ono doba, da idu kod kadije da ih razriješi, jer neće više da živi sa njim zato što ga dragi Allah ne vidi, biva ne daje mu nikakav de-var ni kušnju. Nikad ga ni glava ne zaboli, kamoli šta drugo. Šta bi god on reci ona ne popušća, hoće kod kadije i nije druge te se spreme i naput. Kad su prelazili preko nekakvog plota, a na sva-kom plotu bila kao klupica da se more preći, on stade na zmiju i zmija ga ujede. Žena mu imala dobre zube i ona ti ispije sav onaj zmijski otrov iz njega i on preživi. Kad se skroz oporavio, ustade i stade se spremati.

- Ku' ćeš to ti?

- Pa idemo kod kadije, da te razriješim.

- Sjedi, bolan ne bio, ko bi se razriješio od čo'jeka kojeg je Bog pogled'o i dao mu kušnju? Sad ću ja nama slatku što si ti meni ost'o živ.

Nešto kontam, nije ni čudo što nam je ovako kako nam je kad se ljudima, a pogotovo ženama vrzmaju po glavi svakakve budalaštine, kao kad u današnji vakat ti moreš lahko svašta čuti i pročitati pa ako ne umiješ odvagati šta je pravo a šta krivo donji si, biva ne umiješ više ni misliti svojom glavom kao insan nego samo znaš mahati sa njom kao hajvan i primati zdravo za gotovo sve što čuješ i vidiš. Kao kad se već odavno ne slušaju stariji, a znanje bez iskustva je kao burek bez mesa, biva može biti sa svačim, ali nije više burek, bezbeli.

ČARDAK

Prije je u nas, u mahali, a bogme i u sokaku, bilo svima za-bremedet kad onaj veliki kamion dođe. Meni se čini da bi mu ga bilo lakše na kak`oj povećoj demirliji, jal u fildžanu okrenuti nego u nas na sokaku. Znalo je to trajati dobar vakat, narod se zabavljao, a bogme i pazio da mu ne odvali ćošak kuće; znalo se i to desiti.

- Šta tebi neće sve naumpast' - veli mi Fata.

- Kako mi ne bi naumpalo?! I dan-danas strepim kad naiđe kakav kamion da nam ne odnese čardačić, a i nas sa njim, k'o kad je nasred džade iziš'o.

MUJO I SULJO

Nekad su ljudi plaho pazili šta će drugi o njima misliti, a najviše šta će o njima govoriti kad umru. U današnji vakat je drugačije, meni se čini nikom više nije zabremedet ni ko šta misli ili govori o njemu, a kamoli šta će ko misliti ili govoriti kad preseli na ahiret.

Daj ti meni sad, a poslije ćemo vidjeti, misle ljudi i još se Bogu mole da im uveća u svemu, a šejtanu se mole da drugima umanji. Ima ih što kao pehlivani hodaju po kanafi između dunjaluka i misle da mogu hajrovati i na jednom i na drugom. Neko će reći da su se ljudi pokvarili u ratu i izgubili i din i iman, ali nije tako.

Kad god pogledam niz sokak i vidim dvije kuće, jedna kao pečurka, a druga otišla pod nebesa, sjetim se Muje i Sulje iz naše mahale, velikih ahbaba. Pazili se od malehna, prve komšije, zajedno otišli u vojsku, oženili se u dvije hefte i zaposlili se obadva u Poštu. Najprije kao poštari raznosali poštu i penzije. Upisaše zajedno i srednju, večernju školu. Zajedno su i učili. Obadva su bila lijepa i pametna, samo je jedan, što bi danas rekli, bio sposobniji. U onaj vakat bi se za njega reklo da je bio pokvareniji. Dok su učili, sposobniji Mujo je samo kukao Sulji:

- Ja ovo ne mogu! Puče mi glava, nit' šta kontam nit' razumijem!

A Suljo bi ga bodrio i pomagao.

Završiše nekako školu, a Mujo upisa fakultet i bogme ga završi. Suljo postade šef, a Mujo direktor, nije ti šala. U tadašnjoj Pošti se govorilo, bili su Mujo i Suljo i samo Bimo, generalni direktor, iznad njih. I kao što je tad bio adet, obadva su imala švalerke, svi su to znali, bilesi i njihove hanume, djeca i svi u mahali.

Jedne se godine sva mahala oboji u plavo. Mujo pravi kuću, a poštari u plavim uniformama ili košuljama mu pomažu. Niče najveća kuća u mahali, a pored nje, kao pečurka, osta Suljina kuća, jer ti on zaglavi na pet godina zbog privrednog kriminala, kako se to u onaj vakat zvalo. (U ovaj vakat bi rekli: „Riba ribi grize rep.“ Ili: „Male se ribe fataju u mrežu, a velike je kidaju.“) Kad Suljo odrobija svoje, gdje bi god pokucaj niko mu ne otvori vrata osim njegovog ahbaba, koji ga na jedvite jade vrati na posao da raznosi poštu i penzije i to, nije ti šala, do navrh Hrida.

I još samo ovo da vam reknem: njih su ti dva zaposlili haman po Hercegovine i Sandžaka u Poštu, jer su plaho voljeli janjetinu, sir iz mijeha, dobru škiju i paprike punjene kajmakom, a sve uz amin generalnog Bime. Kad bi me neko pitao kakvi su bili Mujo i Suljo kao ljudi, ne znam šta bih rekao. Mnogo su dobra uradili, ali i zuluma, jer su kao pehlivani hodali na špagi između dva dunjaluka, između dobra i zla, pa vi vidite.

VALJA NAM DIZATI GLAVU

Sa svakakvim svijetom volim sjesti i promuhabetiti pa tako i sa Sabrijom, što dogoni i kolje kurbane. Dojde ti on ovako u mene jednom jal nijednom godišnje, kao kad čovjek neima kad od onolikog blaga i svaki put mi ispriča nešto vezano za svoju struku, a što nisam ni znao ni čuo prije.

- Hoće l' bit kurbana, Sabrija? Hoće, jašta će?
- Bezbeli da će bit', moj Uzeir-beže, samo vukovi naniješe golemu štetu, a država ni mukajet.
- E, moj Sabrija, neima ti ova država kad ni za sebe kamoli za vukove kad su joj vukovi na čelu.
- Ne bi oni mogli bit' vukovi da mi nismo ovce, moj Uzeire.
- Vala bi vam trebali platit' o'štetu.
- Da oni hoće platit' za svoj zijan, moj Uzeire, ovaj bi' him halalio.
- Jok oni, al' doć' će i njima računi, moj Sabrija. Svakom dojde da plati pa i onom što nije ni jeo ni pio, a kamoli njima što su se dobro najeli i napili, sve polupali, bilesi i halu zapalili.
- Samo plaćaju o'štetu kad ti međed napadne ovcu k'o kad su međedi u nas zaštićeni, a ima ih još samo u Pionirskoj, pa ti vidi.
- Jah, moj Sabrija, devar dunjaluk pa eto ti. Kolje li iko mimo Kurban-bajrama?
- Kolje, moj Uzeire, za akiku, dojdu u mene u tor, reknu mi djetetovo ime i ja ga naglas viknem stadu i koja ovca digne glavu, biva odazove se, zaklat će se tom djetetu za kurbana.
- Biva, sama se nudi pod nož. Nisam za to znao, moj Sabrija, svašta od tebe naučit'. Sad znam da je i u nas tako nekako: Oni

izigravaju vukove zato što smo mi ovce, a koja ovaca digne glavu ode za kurbana, pa ti vidi.

- Nemoj, Uzeire, prepadat narod, sa' će i izbori, a valja dizat' glavu, jer dok nam je god spuštena ostat ćemo ovce, a blejanjem i strahom samo vukove privlačit'.

PRSTEN

Kako insanu more zinuti guzica za zlatom tako mu se može srce raširiti i duša raznježiti za onim što je srcu drago. A da nije zlato sve što sija živa je istina, a sad ćeš čuti i kako.

Dođe u nas kona Đulsa da posjedi, nije odavno bila. Ispija kahvu, priča sa Fatom i sve vrijeme gladi i zavrće prsten na ruci. Imaš ti žena, a bogme i ljudi pa svašta rade, pogotovo kad se nervozno, a i onako, kako je ko šta naučio naopako i bez potrebe pa se ne mere odviknuti šale, a ničem mu ne služi osim da svako primijeti i da mu se ruga i pamti ga po tome. Baš kao u mene Fata, koja dok priča sa tobom bere trunke sa ćilima ili skida dlake i trese prhut ženama sa ramena. Džaba, naučila i ne mere drugačije. Neise.

Mi više i ne slušamo Đulsu nego samo blehnemo u onaj njezin prsten sve dok je Fata ne upita:

- Draga Đulso, što ti je to taj prsten tako pocrnio, asli nije pravo zlato?

- Jok ono, moja ti Fatma hanuma, a meni je draži od svih zlatnih, a sa'š čuti i što: U mene Ramiz, rahmet mu duši, kad sam došla za njeg rek'o, kol'ko mi god rodiš sinova tol'ko ću ti kupiti zlatnih prstenova. Rađala mu ja šćeri sve jednu za drugom, a Ramiz bi mi svaki put kupi prsten iako je obeć'o kupovati samo za sinove. Ono on hod'o po terenima i kad bih se ja god porodi pošaljem mu telegram i on na voz i eto ti ga sa prstenom, a prsten bi vazda kupi u vozu, moja ti Fatima.

- Aaaa, zar je bilo prije u vozu kupit' pršćenja, moja ti Đulso?

- Bezbeli da nije, neg' naki gelipteri hodali po vozu i prodavali nakit jeftino, k'o fol, žene se, dijete im u bolnici, svašta nešto izmišljali, a u mene čo'jek bio naivan pa kupov'o. Ha ga pokvasiš namah pocrni, moja ti.

- Što mu nisi rekla, bonićko, da ne baca pare džaba?

- Žao mi ga bilo, da mu ne iskvarim. On me stalno pit'o što ne nosam ono pršćenje nikad, a ja mu govorila da se bojim da ga ne izgubim. Na kraju je sam skont'o kad sam rodila četvrtu šćer, Esmu, rek'o mu jaran da ne kupuje i kako ovi varaju narod.

Tad je on sa voza otiš'o u zlataru i kupio mi četiri zlatna prstena, a ja od sveg zlata najviše volim ovo gvožđe nosati i kad ga god pomilujem i okrenem, eto ti mog Ramiza prida me kao da mi je živ, moja ti Fatima.

Slušam je nešto i ukaza mi se jasno kao nikad što su naši stari birvaktile govorili da nije blago ni srebro ni zlato... Jah!

Hajde ti to sad nekome dokaži!

MOJ NARODE

Izišao malo pred kapiju da pometem, kao i vazda, ispred svojih vrata, kad ugledah Hazima sa rukama na leđima, sve nogu za nogom uz sokak, asli će meni.

Ha ga ugledah skontah da je danas nedjelja i da se ne pale miješalice za beton, biva neće imati Hazim šta nadgledati danas, ali će zato mene malo muštrati i zagonetke mi postavljati. Tako ti i bi.

- Mer'aba, Uzeire.
- Merhaba, ja.
- Znaš li ti, Uzeire, što ova omladina ode iz Bosne?
- I da znam, moj Hazime, o'kle ću znati 'vako rano na sabahu.
- Zato što se nijedan vuk nije naj'o kod kuće, osim ako nije uš'o u politiku.
- Sve dok smo mi ovce moć' će i oni bit' vukovi, moj Hazime. Naumpade mi kad je ono Sabrija govorio.
- Sa' će i ovi izbori, a bo'me se i bajrami bliže, nekom hadžijski, a nekome kurban.
- Biva ko će bit' hadžija, a ko ostat' kurban?
- Jah, moj Uzeire, kako god, bit će nekom bolje, a nama isto jal, ne d'o Bog, gore.
- Asli ti mene opet guraš u politiku, moj Hazime, a nisi vidio šta bi od onog 'nakvog glumca, ispade najgori ha se počeo petljat' u njihove talove. Kad su na njega udarili na mene će još lakše.
- Sam si rek'o, moj Uzeire, dokle oni mogu bit' vuci.
- Jah, jesam, a za kog ćeš ti glasat', Hazime?

- Da imam za koga i glas'o bi, neg 'nako, ko i vazda, svako za svog.

Utom ti se začu miješalica za beton i Hazim ode da nadgleda radove, sa rukama na leđima, a ja mu ne stigoh rijeti ono što mi naumpade: Nije snaga i opasnost vukova u očnjacima već u čoporu, moj Hazime.

ZA KAFE

- Smiješ li se ti zafrkavat' sa svojim babom 'vako k'o sa mnom, ha Mute?
- Ma jok, ba Uzeire, ne zna ti on za šalu.
- Kol'ko ja znam, umije se i on plaho našaliti.
- Umije, al' na tuđi račun, čim dođe na njega red naljuti se.
- E, ne valja mu to.
- Da ti znaš kako je on mene fato na fore dok sam mlađi bio. Pođem u grad i vazda mu tražim za kafe. Ono dok nije šana i agda proradila.
- Dadne ti, bezbeli?
- Dav'o je sve do jednom. Poš'o ja u grad, spremam se, nisam mu još ni zatražio kad on sam dođe i tutnu mi nešto u džep. Veli, evo sine za kafe. Sjednem u kafić, tad se zabavlj'o sa Vesnom, naručim nam po kafu, ja za džep da vidim kol'ko mi je dao kad u džepu kesica šećera. Za kafe, možeš mislit', Uzeire. E vidit' ćeš ti stari za ovo, kontam u sebi. Rekoh Vesni, haj' ti plati, ne govorim s ovim konobarom. Prije bilo sramota da ti žensko plaća.
- Dobro te je babo nasavjetov'o.
- Jašta je, od tad mu više nikad nisam zatražio, al' sam mu vratio za ovo.
- Mogu misliti, ne mere tebi niko dužan ostat'.
- Ufatio njega onaj njegov kašalj, znaš ono ko wartburg kad stenje uz Vratnik i još sa šupljim auspuhom, jedva čovjek do daha dolazi. Ufatio se za prsa i išareti mi da zovem hitnu.
- I, bezbeli, ti zovneš?
- Jok ba, Uzeire. Navijem mu onu od Rize „Otiš'o je moj babo polahko". Tek kad smo je preslušali do kraja, zovnem mu hitnu. Od tad se mi više ne zafrkajemo.

Kemal Čopra

Samo nek me gori od mene ne ocjenjuje i procjenjuje, biva potcjenjuje.

PJESNIK

- U nas u selu, osim poljoprivrednika, bilo je tesara, zidara, brica... i da ti ne nabrajam. A bio je i poneki umjetnik, biva pjevač, slikar, jal pisac, a jednom davno je bio i jedan pjesnik, veli mi Omer od Rogatice, a sad Omer od Amsterdama, nije ti šala.

Pa nastavio:

- Tamo gdje je umijeće bilo voćke kalemiti, sjekire i kose nasađivati, plesti, vesti i pite razvijati, nije bilo razborito pjesnik biti. Pjesnici su vazda bili čuđenje u svijetu, a na selu šprdnja. Ne znam ni kako se zvao, jer su ga svi zvali Blento. Eto kako ti je u svom selu umjetnikom se zvati, a da nisi pjevač il' kakav svirač samo. E taj ti je „blento" otiš'o na vakat iz sela i pokaz'o da je najpametniji od nas. Eno ga sad piše knjige tamo gdje nikom ne pada na pamet da mu izmišlja ovakve nadimke i da ga tako zove, jer će se svima otkriti ko je i šta je sam, biva blento da ne mere bit' veći.

Neki dan, priča Omer, nađoh ga na fejzbuku, poznadoh ga po ćehri i poslah mu zahtjev. Domalo stiže privatna poruka pjesnika s imenom i prezimenom koji mi veli 'vako:

„Znam, Omere da nisi k'o drugi, al' iz principa ne primam u prijatelje nikog iz našeg kraja, a evo i zašto. Često objavljujem svoje pjesme pa mi može neko i lajkati ili pohvaliti pjesmu, a ja znam šta on misli. Misli da sam blento, tako da me svaki taj lajk može zaboliti i podsjetiti, ne ko sam, nego samo odakle sam i koliko je nerazumijevanje prema svemu što je drugačije kod nas."

Nije lahko u svom selu prorokom biti niti u starom selu nove adete uspostaviti. Svako i sve dođe kad-tad na svoje mjesto.

More biti sam i ja zato čuvao dosle sve svoje sveske i ćitabe kao zmija noge, moj Omere. Ko će ga znati?!.

KREDENAC

- Vidim, Uzeir-beže, da ti je ponestalo goriva čim tebi naumpadaju ljuske od jajeta pa da ti ispričam šta se u nas desilo u mahali, a ti ćeš to na svoj način napisati, onako kako samo ti znaš - veli mi jedan ahbab iz Gornje mahale.
- Da i to čujem - rekoh. - More bit' i napišem.

A u sebi kontam, sad će on meni početi nešto palamuditi, a ne mogu vala više nikakve pa ni svoje priče, kamoli tuđe.

Ovako će ti on meni:

- Ima u nas jedan mudri dedo baš k'o onaj tvoj sa Ploče. I taj ti je dedo odgojio unuka, vrijednog i pametnog k'o što je i sam bio. Završio unuk škole, više pa i najviše i, kad je trebalo da se zaposli, pravac Njemačka, jer u nas ti posla nema za svakoga, k'o što i sam znaš. Žao mu bilo dede ostavit', pa ti je on obiš'o ono malo rodbine što su imali, daidžišnu, tetičnu i amidžinicu, da ih zamoli da pripaze dedu dok se on ne vrati, a kad se vrati da će ih dobro nagraditi. Svi mu obećaše, a amidžinica čak reče da ne treba ništa donositi jer to je njihova dužnost. Prođe godina, sad pa sad, i unuk dođe kod svog dede da ga obiđe i da malo dušu nahrani dedinim pričama, jer je godina u tuđoj zemlji kratka, a teška za tijelo, a kamoli za dušu, kažu. Helem, iskupila se rodbina i on upita dedu, pred svima, kako su ga pazili.

- Plaho, bome - veli dedo - k'o rodbina. Samo su mi neke pare nestale iz kredenca.

Svi se zgledaše, nasta muk sve dok daidžišna ne progovori prva:

- Kakve pare, bolan dedo, nisam ti ni ušla u kuću.

- Ama nisam ni prišla kući, kamoli prag prešla - nastavila se tetična.

- K'o da sam ja imala kad od svog posla i doć, kamoli po kredencu prebirati - veli amidžinica, dok je brže bolje izlazila, a za njom i ostale dvije.

Kad one zamakoše, dedo će ti njemu:

- Nisu meni, sinko, nikakve pare nestale nego sam htio da od njih čuješ kako su me pazile i hizmetile mi.

Ispriča on meni ovu priču, a ja ostah dumati za njim, kao da sam je već čuo ili pročitao, kako god, plaha je priča za ovog vakta pa je vrijedi i prepričavati. More biti je i ovo narodna mudrost da bi se stari bolje pazili.

NEKA NAM JE HAIRLI

Pijemo mi ikindijušu u nas na čardačiću, mir, tišina, Bog dao ni ptica se ne čuje, kad Fata vrisnu, skoči, razrogačila oči kao da je šejtana naletosum ugledala, umalo mi findžan ne ispade iz ruku.

- Eno je, Uzeire, tako mi dina i imana!
- Koga, bonićko? Šta ti je, jesi l' pomahnitala?
- Meni muštuluk, a tebi uspinjača proradila.

Gledam, fakat se užutila, pomavenila, one zvijezde po njojzi kao kakva zastava da po nebesima vihori i ode brdu, biva Trebeviću, a ja se namah sjetih kad sam ono pisao kako mi je ostao ah na žičaru, sad će tome i tri godine, kad nije bilo ni govora o tom, a vidi sad. Kao da sam je usnio, a bogme i naslutio.

- Haj' neka nam je hairli i na dug vijek pa će se i Uzeir provozat' bar je'nom u životu, ako Bog da.
- Bo'me će i Fata pa kako god.

A evo i što mi je ostao ah za uspinjačom.

Kad je ono sagradiše pedesetdevete, a more biti i šezdesete, svijet navalio kao mahnit. Ufatio se red, haman do Pivare. I ha i haaa... dojdosmo, bogme, i mi na red. Uniđoh ja prvi, rekoh da prifatim djecu, a ona gondola ljulja li ljulja. Rekoh sebi, valja doći u ovom čamcu do Trebevića.

Kad se onaj moj Hamo raskrivi pred onolikim svijetom kao da mu kožu gule, biva, neće unutra, prepao se. Zgrabim ga onako pod ruku da ga unesem, a on se ufatio rukama za vrata, a nogama zapeo... Ne mogu mu ništa. Zagalami onaj svijet, biva da krenu i mi moradosmo izići. Još smo ga sahat ubjeđivali, ma ni čuti, namah vriska i cika. Probavali smo još nekoliko puta, ali umjesto na Trebeviću ja završim kod Sameka, a Fata odvede djecu, ili u Pionirsku, ili na Vrelo Bosne. Osta mi ah da se provozam.

Nešto kontam, kad je mogao onaj mali Osmanagić od ničega napraviti piramidu, a Ante i Branko od svačeg Olimpijadu, što ne bi kakav naš, jal turski, jal arapski faraon umjesto piramide sebi napravio uspinjaču pa da se i ja provozam u njojzi, makar jednom u životu.

NADURAVANJE

Kad bi insan imao kuveta pa da se pohasi i otvori sve ćitabe što je zaturio negdje u ovoj blentavoj tintari, bogme bi se ovaj dunjaluk dobro zatresao. Ali neima se kad, a ni rašta, ni kome pa ja ovako pokoju proturim neka znaju da se zna i da narod nije blentav, da nije zaboravio nego se svak zabavio oko svog belaja i čeka, kao što je narod vazda čekao ovdje, da mu neko drugi brine njegovu brigu. Čekao i govorio:

„Nadurali smo mi i bolje i gore od ovih pa ćemo i njih nadurati, bezbeli.“

ŠTO MORA BITI NEKA I BUDE

Kad su nas ono pitali da glumimo, velim, jok ja, ne umijem ja to, kad će ti u mene Fata:

- Umijem ja.

- Ot'kle ćeš umjet', bona ne bila, kad nisi nikad?

- Fino, gledala sam u turskim serijama kako glume i, kontam, umjela bih i ja 'vako.

Nismo ovo zadugo spominjali kad dođe Hike i donese joj cvijeće za Osmi mart.

- Sine Hike, nisi se ti treb'o trošit'. Haj' ti svoju nanu snimi dok ispričam šta je meni sve Uzeir uzim'o otkako sam došla za njega i turi to na fejzbuk da vidimo šta će narod reći i hoće li to iko i pogledat'.

Tako ti i bi.

Sabahile dođe Hike, veli, nano muštuluk, postade ti mlada glumica pod stare dane.

- Vidjelo te skoro 400.000 ljudi, ne gledaju toliko ni oba Halida zajedno.

- Kad je mog'o u mene Uzeir postat' mladi pisac pod stare dane mogu vala i ja mlada glumica pa makar i pod stare dane - ona će ti njemu, a kao biva više meni.

- Haj', šta ćeš, što mora bit' neka i bidne - rekoh.

INSANI SA RUKAMA NA LEĐIMA

Pitam Muteta gdje je to Hazim, da nije bolestan pa ne izlazi iz kuće.

- Ma jok, ba Uzeire, Hazim ti je od onih što, čim čuju da se negdje upalila miješalica za beton ili motorka, stave ruke na guzicu i odoše vidjet' šta se radi i po čitav dan stoje i kontrolišu je l' sve u vinklu i pod vaservagom, al' ruke ne pomiču.

- Tak'ih nas je najviše, moj Mute, na današnji vakat, nit' ti moreš šta uzeti niti đe otić' od skupoće, nego 'nako, jal mahajućih ruku, jal sa rukama na leđima hodati i čekati kad će paradajz sić' na marku.

(Nama djeci bilo zabremedet kad mati skida sa štrika smrznuti veš, slaže nam ga u naramak i veli:
- Polahko, djeco, nemojte prelomiti babinu košulju, neće imati u čemu na posao otići.)

MAGLAJ

Tetka Hiba bila udata u Maglaju, pa bismo ti mi svako lje-
to, za školski raspust, na voz i u Maglaj. Prop'o, proš'o, nek je
raspust doš'o. Mati bi napeci pun onaj veliki valjnig gurabija,
zamotaj ih u boščču da omekšaju dok ne krenemo, a mi djeca
bismo oblijeći oko onih gurabija, ali nismo smjeli nijedne jamiti
dok ne dođemo u tetke. Ponesi bi i kantu miješane marmelade
kao da u Maglaju nije bilo kupiti, ali - eto. Do Zenice bi se pojela
pečena kokoš, ona što nije više nosila, kuhana jaja sa paradaj-
zom i perima mladog luka; dug je to put, valja se dobro najesti.
Čim bismo prođi Zenicu, mati bi nas nabrzaj prema izlazu i mi
bismo stoj između vagona, onako sa kuferom, kanticom mije-
šane marmelade i bošččom punom gurabija. Morali smo se od
nje držati za ruke da se ne bismo izgubili, šta li? Klepeće onaj
ćiro, hem škripi i ispušća onu paru, a sve na nas. Kad bi nam se
pripišaj, neima nigdje ići nego otale sve dole po šinama. Prođe
dobar vakat kako mi visimo između vagona, nailaze kondukteri,
milicija i govore njojzi:
- Ženo draga, uvedi tu djecu unutra, pomešće hi vjetar, a do
Maglaja imaš još kol'ko ho'š.
Ona ni mukajet, ali kao da misli: „Svoj ti pos'o, more voz
prošišat' i ko zna đe bi nas mog'o provest, i haj' se ti vrati otale."
Prije nisi mogao prepoznati Maglaj po havi na kuhana jaja i
kao da je, da izviniš, neko prnuo, jer nije bilo one fabrike. Žepče,
Zavidovići, narod izlazi, ulazi, a mi stojimo kako stojimo i čeka-
mo kad će Maglaj.
Stade voz u Maglaju i tek tada nastade panika.

Valjalo je naći kakvog finog čovjeka da primi kufer, marmeladu i onu boščuu sa gurabijama, a bogme i nas, jer su one basamake povisoke, a mi pomalehni.

- Ne d'o Bog, more voz i krenut', a djeca ostat', ne bi sebi ukabulila - veli mati.

Izađosmo nekako, garavi od pare i dima, kao da smo iz rudnika izašli, a noge nam sve klecaju koliko smo ih protresli stojeći između vagona. I mi ti odatle pjehe kod tetke, a moja bi mati sve do Misurića ponavljala:

- E, moja sestro, što si ti deverli glave, đe se udade iz 'nakvog Saraj'va!

Mi bismo u onim kratkim pantalonicama sa tregerima i kaputićima žute boje, što nam ih je dedo Atif skrojio, morali sve jarkom do tetkine kuće, jer bi nas moglo „klepit avto" kad bi naiđi jednom jal nijednom do tetkine kuće. Nije onda bilo bogzna kakvih ni auta, kao danas. Buraz bio stariji, nosi onu boščuu sa gurabijama, poteška bila, sve se zanosi, ja kanticu sa miješanom marmeladom, a mati ide džadom i nosi onaj žuti kufer, sva se nagela od njega, kao da je sad gledam.

Plaho bi nam budi u Misurićima, kod tetke.

Dole Bosna, a gore potoci, brda, šume... Povazdan bismo lovili ribu ili gonjaj tetkov točak. Kad bi nestalo gurabija, morali smo nazad.

Gotov raspust.

Kad bismo se vraćali nismo morali ketit između vagona, jer nam je mati govorila:

- Sjedite djeco, Saraj'vo ne mereš ni mašit' ni prošišat', jer od Saraj'va dalje neima.

ŠTO JE OVA NAŠA BOSNA PLAHA

Bili ti mi dvije hefte u Fojnici, u banjama. Plaho nam bilo. Sredila nam Hidajeta, iz Socijalnog, kao biva za penzionere. Možeš ti biti penzioner koliko hoćeš, ali ako se ne paziš sa Hidajetom nećeš ga vala ni viditi Fojnice.

Rekoh, ako je tako, ja vala neću. Veli u mene Fata:

- Neću vala ni ja, ko će ostavit' kuću i mahalu dvije hefte, haj' da je naobdan pa i nekako.

Vidim ja i njojzi se ne ide gdje je htjela, šta li? Dođe Hidajeta, donese hejbet papira i veli:

- Sređeno. Ako vi ne odete propade, pa kako vam drago.

Živi smo ti se bili ufatili. Jedan dan kao ne bismo išli, drugi dan kao i bismo. A Fata kupuje li kupuje: sebi kostim, meni kupaće, peškire nove i zembilj da ih ima gdje turiti. Samo što još nije dušek i šlauf kupila, kao da ćemo na more. Dođe i taj dan i mi se nađosmo, kao u behutu, u autobusu za Fojnicu. Gledam ja onaj narod, blehno kroz one pendžere naizvan, niko ni sa kim ne progovara, a i što bi progovarao kod ove ljepote. Aman jarabi, što je ova naša Bosna plaha, ne mereš je se nagledati. More biti je i zato ovaj naš insan ovako izhavješćen od ove ljepote oko njega, pa ne mere doći ni do daha ni avaza od ove meraja, pa samo blehne, niti zna šta se u njemu dešava, a kamoli oko njega. Gledam ove kuće, sve jedna drugoj guzice okrenule, i kontam kakve kuće takav i narod, svako svakom kontru udara i prkosi. More biti da bismo se bolje pazili da smo na kakvom propuhu ili u kakvoj pustinji nego u ovom dženetu na dunjaluku, ko zna.

Plaho nam bilo u banjama, kao kad nismo naučili da igraju oko nas. Fata ispočetka sve sklanjala nakon što bismo pojedi i popij, haman je htijela i oprati, ali joj ne dadoše. I tako prođe hefta. Meni već dodijalo. Pitam Fatu:

- Jesi l' poželila kuće?

- Nisam - veli.

- Jesi l' poželila mahale?

- Jok ja!

- Jesi l', barem, poželila sa jaranicama kahvu popiti?

- Bo'me, jok ja.

Kontam, ovo nešto nije u redu dok je Fata ovoliko zabegenisala ove banje. Nećeš je šale kući vratiti, a i ako je vratiš, valja meni sa njom deverati, ko zna kakva će mi biti kad se vrati.

NA TUĐIM KRILIMA

Evo ima mjesec ili dva kako Fata i ja deveramo sa golubovima. Sjedimo na čardačiću, pijemo kahvu i gledamo kako se u komšije Fehima na balkonu lijegu golubovi.

- Jes' ti vidio, moj Uzeire, što ti je mati, a otac k'o drven kolac, pristavio i napušćo. Ostavio njoj jadnici da hin na pravi put izvede.

- Ma jok, bonićko, nije u njih k'o u nas. U njih ti je čo'jek pravi efendija, ima ti on preča posla nego oko maksuma deverat'. Eto ti pa deveraj, a ja odoh kod drugijeh hanuma, k'o biva i njima sam potreban, veli joj i odleti, a ona se i ne ljuti, jerbo razumije kako to u njih hoda.

- Ih, da je on pravi otac brin'o bi se i on. Nego ti on, moj Uzeire, ne valja.

- Eto ti onda, kad hoćeš, nek' bidne po tvom. Svi valjaju samo ovaj kod Fehima ne valja, jerbo je ostavio ženu i djecu.

I tako bi mi dobar vakat tabiri, na kraju bi ispalo da su svi muškarci isti, a sve žene jadnice i paćenice, kad ugledasmo jednog tića, došao na ćoše od balkona i kao da bi da poleti, a ne smije. Mater mu mlatara krilima, biva išareti mu kako će. Džabe, ono pođe pa se vrati. A već golem, mogao bi komotno poletiti, a ne mere se, beli, odvojiti od matere i materine hrane, šta li? Fata i ja ne meremo iščekati šta će biti.

- Ma vratit će ona njeg' sebi, k'o svoja mater - veli Fata.

Valjda i golubici više dodijalo i kad tić jednom dođe na onaj ćošak, mati mu se zaleti i gurnu ga iz sve snage. U mene Fata skoči, ispade joj fildžan iz ruke:

- Eno ga, Uzeire, pade! Ne smijem ni gledat.'
- Ma jok, bonićko, eno ga leti svojim krilima.

Bogme i leti.

- E ovo ti je prava mater, a ne k'o ove naše matere, a i očevi što ne daju djeci poletit' već hin privijaju uz svoje skute dok sa njima i ne ostare - velim ja Fati.

A ona će ti meni:
- Pogančeri, sve usraše, gori su od miševa. Ne d'o Bog da se u mene navade.

Zato, pustite djecu, kad dođe vakat, neka lete svojim krilima, jer sa vašim neće šale poletiti.

MEHMEDALIJA

Bio jedan Mehmedalija i volio plaho pojesti. Toliko je bio debeo da nije mogao držati ruke nizase nego su mu vazda visile u zraku i taj ti nije mogao hodati kao insan pravo nego se gegao kao patka, sve dok ga težina nije prikovala za krevet, biva nije mogao više od debljine na nogama stajati. Za njega su govorili da ne nosi džaba dva imena kad je onoliki, baš kao dva čovjeka, širi nego dulji. A bio je dobričina baš kao većina insana što haje za sve drugo osim za se pa se tako lahko upropasti i dođe sam sebi haka glave. Svi su ga voljeli onako kao što se samo u nas mogu voliti oni koji su u svemu ispod nas samih, biva za žaljenje. Jedni su govorili da je bio plaho poguzija, a drugi da je bio kaharli i od tog kaharluka trpao hranu u se, a on bi znao rijeti ovako:

- Jedino još u tome imam merak, samo još hranu mogu osjetiti i samo dok jedem osjećam se živ. Eto što jedem i što sam ov'liki.

PRVO DŽEMRE I ŠARENE LAŽE

Kad god dođe ovaj vakat, prvo džemre udari u havu i najavi proljeće, taman da proljeća nema sve do maja, nekako se insanu vrati toplina u srce i sve mu bude milije i draže. Sjetim se djetinjstva, probudim ono dijete u sebi i oblije me n'akva toplina iako u onaj vakat nije bilo lahko, kao danas, biti maksum.

Svega bili željni, a najviše hljeba i igara.

Kao biva, vazdan bili gladni, a kao djeca, samo da him je igrati se na jaliji. Nismo imali sa čim nego, onako, smišljali sami ili ono što su nas naše nane naučile, a njih njihove.

U mene bi rahmetli nana Subhija znala reći nama djeci, da nas zabavi, šta li:

- Ko mi donese muštuluk kad udari prvo džemre, beli će dobit' šarenu lažu!

I mi bi se razleti od Bijele tabije, Ploče i Obhodže, pa sve do Mihrivoda i Sedrenika i čekaj da udari to n'akvo džemre.

Moj brate, ja šta smo se mi najeli šarenih laža!

Pričam ja ovo onom mom hairsuzu Mutetu, taksisti, a on crče od smijeha, biva ne vjeruje. Sutradan, došao u mene i veli:

- Uzeir-beže, pala dojava, eno ti džemre spucalo na Hrešu, leti da ufatiš muštuluk!

- Što nisi svom babi rek'o pa neka ti on leti, ugursuze li jedan, da bi li ugursuze!

Nema više šarenih laža, sad se laže da bi se slagalo i na lažima hajrovalo. Samo još pođahkad snijeg padne na behar na voće... i to ti je.

UZ BOŽIJU POMOĆ

Hajde što ovo sunce i lijepo vrijeme izmami omladinu i nekako, ali kad povuče starog insana i navuče ga da bez kaputa iziđe i obiđe ahbabe i to sve taban-fijakerom, biva pjehe, nije ti šala, ne mere na dobro.

Sve kontaš možeš, ali jok, noge ne slušaju pa sve izviruješ neće li onaj nalet odakle izbiti i skratiti mi ovu muku na putu do kuće.

Dođoh ja, bogme, nekako se doplazah do svoje kuće uz Božiju pomoć i velim Fati:

- Naspider mi u onaj lavor mlake vode, noge ne osjećam k'o da mi je međed liz'o tabane pa ih satro.

- Čuj međed mu liz'o tabane? Od koga si to čuo, moj Uzeire?

- Od je'ne herke, fina žena, neće slagat'.

- Kud si poletio za ovim zubatim suncem k'o da ti je pedeset i pet. Nisi ti više momak.

- Nisam vala bio momak ni sa pedeset i pet, a danas upeklo, moreš sve u potkošulji hodat', al' ne mere se više na nogama.

Turider, rekoh Fati, kake ponjave pod pendžere i pod vrata, n'akva me zima ufatila, asli puše odnekle.

- A ot'kle će puhat', moj Uzeire!? Otkako smo udarili ova nova vrata i pendžere nit' šta puše nit' šta čuješ kroz njih, neg' si se to ti nahladio, poletio baš k'o birvaktile ona baba Marta što je krenula bez Božije pomoći u planinu.

Asli su sva tri džemreta udarila i u zemlju i u vodu i uzrak, sad će i ove babine huke proći i eto nama opet života. Lijepo ljeto pa sav vakat na avliji, u bašči i oko cvijeća deverati.

Jest, valahi se i ova zima odužila, neće li malo i nas sunce ogrijati.

Kako Fata spomenu babu Martu tako se i ja sjetih šta nam je nana Subhija govorila:

Bila jedna, anamo ona, baba Marta, po njoj je i ovaj mjesec dobio ime, pa je lijepo vrijeme zavaralo, pa je potjerala u planinu kozu i sedam jarića, te im govorila tjerajući ih:

„Haj'te bez Božije pomoći! Dosad je bilo sa njom, a sada može i bez nje!"

Biva, sada nije toliko hladno da bi trebala Božija pomoć. Kad je stigla u planinu, naglo je zahladnilo, te su se i baba i koza i jarići smrzli.

Otad cijeli dunjaluk trpi što je babi Marti jezik bio duži od pameti.

Zato niti gdje kreći niti šta započinji bez Božije pomoći, jer džaba ti je što se može, kad ti ne mereš.

Kemal Čopra

MORAŠ TO SAM SKONTATI

Sretoh neki dan na sokaku Sadetu iz Gornje mahale, od onog Šabana vatrogasca najmlađu šćer. Vazda zastane i fino se upita, ispita za sviju, a plaho pametna i sva n'akva od ovog dunjaluka, biva sposobna, majka je ubila.

- Đe ti je to čo'jek, šta on radi? - upitah, a bolje da nisam.
- Eno ga ne radi ništa, da može ne bi ni to radio.
- Ko kad neima posla, moja ti.
- Što to tebe, Uzeire, nešto slabo ima u našim medijima?
- Ot'kle ja znam, moja ti Sadeta, nit' me ko haje nit' pita za me.
- Znam ja, nemaš nikoga da te dovede, a nisi ni od onih na prvu što u par dana zapale i oduševe regiju i kako se zapale tako se i ugase, k'o da ih Bog nije dao.
- Ni ovako ti neimam kad, ne znam kud udaram kamoli još skakat' po haber kutijama.
- Kad budeš horan samo reci i ja ću ti srediti da dođeš na sve naše televizije i u sve naše novine.
- Jok, bonićko, nemoj se ti zbog mene zahmetit', imaš ti i svog posla.
- Ma nije zahmet, ne moram nigdje iz mahale ni maknuti jer haman svaka kuća ima nekog u nekoj medijskoj kući. Šta misliš gdje nalaze onoliki prosjek i ispod prosjeka što visi po televizijama.
- Ne umijem ti rijet'.
- Sa' ću ja to tebi rastabiriti kako to u nas hoda. Onaj Mehin najstariji, znaš Mehu, direktor je televizije, a Hamid automehani-čar drži na aparatima Mehinog golfa dvojku u životu, Hamidova mater plete priglavke i od tog izdržava najmlađeg sina Sakiba, a

Sakibova žena pomaže svoju familiju, niko ne radi još od oslo-bođenja. Najmlađi brat Sakibove žene ne umije ništa radit' pa bi pjev'o, a sestra mora učinit' bratu pa upitat' muža da pita mater da rekne Hamidu da zamoli Mehinog sina da ga dovede na tele-viziju nek' se dijete birika i sa nečim bavi.

-I dovede li ga?

-Bezbeli da dovede, možeš ti pjevat ko slavuj, al ako ne znaš barem Mehinu mater što plete priglavke neće te niko ni čuti ni vidjeti, a televizije pune pjevača, glumaca i pisaca.

Zamače ona niz sokak, a ja osta za njom dumat:

Što su ti ove naše žene? Trebala bi svaka ić par koraka iza čojeka, a ona u svemu par koraka ispred njeg, da ga more lakše trpit, valjda, jer naši su muškarci umaženi tokmaci, hem umišljeni, i haj ti to nosaj na leđima čitav život, baš ko kakav rusak, prazan a potežak. Najbolje one znaju šta sve s nama deveraju, a neće ti nikad rijet. Moraš to sam skontat, bolan ne bio!

REFIJINA SARMA

Svako malo eto ti nekog da priupita, što ti to Hadžibeže ne pišeš ko prije?

- Ne umijem vam rijet, more bit što svak piše, reko, da ja malo ohanem i pustim ove mlađe pridase.

U današnji vakat ti više ne važi ona Bašeskijina: Što se zapiše to ostaje... Meščini da se u današnji vakat prije zaboravi ono što je zapisano neg ono što je rečeno. Odkako je ovaj Fejzbuk došo na Vratnik svak piše, a da ga sad priupitaš šta je juče piso ne bi ti znao rijet. Neg bolje polajnak, poistilahu i pođahkad štošta napisat, neg svaki dan pisat i sam sebe brisat.

Nejse.

Danas ti ja sretoh onog Sejfu na sokaku i on mi veli:

- Jesil ti ono Uzeire ikad u mene ulazio?

Stadoh i dobro se zamislih:

- Bezbeli da jesam i još se dobro najo sarme što je u tebe Refija savijala. Plaha joj bila.

- Asli si ti u nekog drugog bio ili si plaho gladan bio kad ti se Refijina sarma dopala, Odkako je za mnon nije znala sarme smotat. Vazda je nabije rižom i bidne joj golema more konj na njojzi nogu slomit. Prava ona seljačka.

Što insanu vako bidne neugodno, ne zna jel slago jal istinu reko.

Nejse, nek je insan zdrav i nek ne mora hodat po doktorima, pa kaka god sarma bidne, poješće se, velim ja njemu, ne znam šta bi mu drugo.

Veli on, evo ja baš kod doktora kreno.

Haj nek bidne hairli, rekoh i izvuko se ko mastan kaiš, a sve do kuće dumam: Ja teška insana mili Allahu, nit ti više znaš jesi li slago il te je on prava zdrava ufatio u laži. Allahselamet.

PONEDJELJAK

Lahko je pomaknuti sahat sa jednog mjesta na drugo. Lahko je vratiti i kazaljke sata, ali hajde ti u starom insanu nešto promijeni i pomakni ga sa mjesta. Ne mereš, bezbeli!

Evo nas u nas na čardačiću; mrkli mrak, nigdje živog roba neima, a mi još kahvendišemo i uzdišemo.

Ni tice se ne čuju!

Nek se vala ne čuju da insan malo mozak odmori i od njih. Otkako se navadiše u nas pod strehu ne mereš ostati od njihove cike i divđanja, a usraše... Ne mereš naprati za njima, veli Fata.

- Prvo si hi navadila mrveći him hljeb, a sad ti smetaju.

- Vala smetaju, da mogu sad bi' him rekla: hajte selite, kifelite mi ispod strehe.

- Znam da ne bi, al' eto, insan je nekad težak sam sebi pa mu svako smeta, i golub u ruci i vrapci ispod strehe, a kamoli na grani.

- Jah!

Ne progovorismo više ni jedne. U tom ti se i Sarajevo ukaza i svako ode za svojim poslom.

Ako se dan po jutru poznaje, najbolje mi je danas zabiti nos u svoje ćitabe i gledati svoja posla.

Proći će i ovaj ponedjeljak kao što je svaki dosad prošao, bezbeli.

PEHLIVANI

Nešto mi se ova priča učini plaho poznata, rekoh da vam je prenesem.

Izbili onomad pehlivani, razapeli užeta i počeli pehlivaniti.

Kad, čaršija se digla i uzbunila.

„To je protiv i mimo šerijata, gonite hin!", zavikali sa svih strana. I otjerali pehlivane. Iza toga nije prošla ni puna hefta, kad došli n'akvi Visočani u Sarajevo. Pitaju ih Sarajlije šta ima u Visokom, a oni vele da su stigli plahi pehlivani.

Dan-dva iza toga toliko se Sarajlija diglo i krenulo u Visoko da gledaju pehlivane, zapisao je Mula Mustafa Bašeskija u Sarajevu 1789. godine.

227 godina kasnije napravim promociju Hadžibegove druge knjige u Sarajevu i narod se uzbunio, a ja kontam hoću li u maloj ili velikoj sali, neće biti mjesta za sviju.

Nije mi došlo ni trideset ljudi, od toga desetero što familije, što jarana. Iza toga nije prošla ni puna hefta, spremim se i za Visoko.

Puna ona velika sala Opštine, od toga najviše Sarajlija.

Hajde ti sad budi pametan!?

E, MOJ MUJO

Ne oslovljavam te ni sa Mula, ni Mustafa, a ni prezime ti ne spominjem slavno, jer to tebi više nije zabremedet.

Nego onako, jaranski, sa e moj Mujo, jer sam ja isti kao i ti, a ti si kao i ja. Niko nas ni za suhu šljivu, da izvineš, a za života ne postadošmo pisci, ne stigošmo od velikih pisaca što se pikaju kao pisci. Al' nas opet čitaju. Mene sad, a tebe nakon trista i kusur godina.

Da si živ, a bolje ti je što nisi, da ne gledaš ovog jada i poganluka što se nakotilo u nas.

Nemaš više insana da promuhabetiš koju, onako ljudski i po istilahu kao što je u tvoj vakat bilo pa se ja evo tebi obraćam. Ne moraš me ni čuti, a ni odgovoriti. Jer, niti bih ja tebe razumio niti ti mene pa je bolje ovako i meni i tebi.

Nego ću ja sa tobom tvojim jezikom da me samo insani mogu čuti, a hajvani svakako ne umiju.

Sve ono o čemu si ti sanjao ja doživih, a evo me niti sam šta gori niti bolji od tebe. Nego onako nekako. Niti si ti, niti sam ja birao kad ćemo se roditi, a rodismo se oba u nevakat. A kad je ovdje u nas bio vakat za bilo šta osim za umrijeti, moj brate Mustafa?

Mogu ti rijeti da se sve promijenilo, a da se ništa promijenilo nije. Ljudi se i dalje rađaju i umiru kao nikad prije. Da si živ, trebao bi ti dan duži od godine da zapišeš ko je sve umro, ko došao, a ko otišao iz šehera. Neima više kuge da mori narod ni turskog zemana i zuluma, kao u tvoj vakat. Turci su ti sad kao i svi ostali, a turskog katila je zamijenio n'akav jal stoput bolji, jal stoput gori. Ne umijem ti reći.

Nećeš mi vjerovati da i mi Bosanci i Hercegovci imamo svoju državu i svog sultana. I to trojicu, u isti čas. Nije ti šala. Jah! Sad ti je Sarajevo kao što je bio Carigrad u tvoj vakat. Odavle se sad šalju fermani kako će biti i šta će biti, i ko će šta biti u Bosni, a bogme i u Hercegovini. Al' ne bidne tako, haman nikad, a sad ćeš čuti i što. Ne rekoh li ti da u nas imaju tri sultana, dva vlaha i jedan naš. Kad naš pošalje kakav ferman ova dva ga sačekaju, kao hajduci u zasjedi, i posijeku. Haman ništa od njih ne mere proći dalje, pa ti vidi.

Mogao bih ti o tom danima pisati... Nemam rašta, jer me ne bi skontao.

Kad bi ono ti lezi poslije jacije namaza i razmišljaj o Božijoj pravdi i nepravdi, pitajući se kako je Bog dozvolio da neko ima previše, i to onaj nevaljasti i pogan, a neko sastavlja kraj sa krajem, a najviše ih nema ni za početka, a kamoli za kraja. Evo i ja isto to mislim trista godina poslije tebe, a mislit će ih podosta dok je svijeta i vijeka. Tako nam je valjda suđeno da se pitamo i zapitkujemo, a da nikad odgovor ne dobijemo. Ako pitaš, isto je i dan-danile, najviše imaju oni što protiv Božijih zakona rade, pa ti bidni pametan. Tobe jarabi, tobe estagfirullah, kao što si i ti znao reći poslije ovakvih misli.

U šeheru ništa novo neima. Ono đe si ti držao pisarnicu sad n'akav zauzeo i prodaje džidže. Jedino je hala još tamo. Ispade da je potrebnije ljudima vršiti nuždu nego bilježiti i pisati. Vrijeme uvijek pokaže prave vrijednosti, a bogme su tvoje ostale, samo su izmještene u biblioteke među ostale zapise. Neka znaš da te ljudi čitaju kao što nikad nisu. Šta bi te još moglo zanimati iz ovog vakta, bezbeli nešto o Sarajevu? Saraj'vo kao Saraj'vo. Svašta ga nešto tare, a ništa ga satralo nije. Uvijek se pridigne, iz pepele iznikne, ljepše nego što je bilo. Tako je valjda zapisano. Nisu džabe tvoji derviši hukali oko Sarajeva, a hodže učile Ajetul kursije da mu ni jedan dušmanin ne može ništa. Ali što dušman ne mere moremo mi sami, moj dobri Mustafa. Ha se odbranimo i trsimo dušmana stanemo se glođati između se. I eto ti belaja. Mi smo ti sebi najveći dušmani, kao što i sam znaš. Asli protiv toga ne pomaže ni dova ni hukanje.

Znam da ti imaš vremena za mene, ali moje je vrijeme plaho okraćalo na ovom dunjaluku pa ti neću duljiti. More biti se tamo sretnemo pa ćemo sve po istilahu. Samo još da ti reknem da je od tvog vakta bilo hejbet bitaka i ratova, a da su poslije ovog zadnjeg, kad smo se mi Bošnje po prvi put borili za se, nastale velike seobe, pa ti sad nas Bošnja ima po vascijelom dunjaluku razasutih. Nema gdje nas nema. O tom nekom drugom prilikom. Kao kad toga ima hejbet za ispričati, golema je rijeka vremena protekla i sve isprevrtala.

Hajde sad, allahimanet, Bog ti dao rahmet, a nama selamet.

(Pisma Mula Mustafi Bašeskiji)

SVANUT ĆE JEDNOM I NAMA

Zove me Omer, nije ti šala, čak iz Amsterdama, da mi kaže kako onaj svilenokosi šejtan sa ćehrom maksuma, plaho mi ne-što nalik na onog što je u nas mnogo zla nanio, nije pobijedio i kako su Holanđani izašli na izbore u najvećem broju do sada samo da bi to spriječili.

- Aferim! - rekoh mu - Neće li i u nas tako.

Samo što je u nas politika naopaka kao i sve ostalo pa narod i nema za koga glasati kad je svaka partija nalik jedna na drugu kao jaje jajetu. Kao da sve jedni od drugih prepisuju i misle da se samo zavadom i mržnjom može vladati. Neise.

- Kako ti deveraš, Omere? Jesi l' počeo radit'? - pitam ga jer znam da mu je bila pregorila nekakva žica u njemu pa je zadugo sjedio kod kuće.

- Jašta sam, moj Uzeire, i umalo ti ne postado' poslovođa u mojoj smjeni.

- Pa što nisi, moj Omere, beli ti nije još suđeno?

- Ovaj moj gazda plaho mudar, a da nije ne bi ni im'o ovo što ima, pa ispitiv'o tajno radnike ko je najomiljeniji, biva da ga postavi za šefa.

- I ko bi, moj Omere, beli neki njihov?

- Ne'š mi vjerovati, Uzeire, da su najviše za mene glasali.

- Hoću, što neću, vrijedan si ti. A što ne postade poslovođa, moj Omere?

- Čuj što? Rek'o sam ti da mi je gazda plaho pametan, ne treba njemu neko što će sa svima lale-mile, nego mu treba gonič robova. Zato je izabr'o jednog što ga niko ne voli, moj Uzeire.

- Svašta u vas, moj Omere! Nego kako su ti djeca, imaju li oni tamo problema se uklopit'?

- Jok oni. Čim su stasali da misle svojom glavom, ja sam njima rek'o 'vako: Djeco, niste vi moji, niste ni Bosanci ni Holanđani, a niste ni Muslimani, vi ste djeco od Boga, znači da ste prvo njegovi pa onda moji, pa Muslimani, pa Bosanci i Holanđani. Nemaju ti oni, moj Uzeire, problema ko su i šta su, biva s identitetom, ako si na to mislio.

Zadugo sam konto šta mi Omer sve napriča, a najviše sam dumao o tome da je ostao ovdje bi li mogao djeci ikad dokazati da nisu najprije Muslimani, Bosanci, Sarajlije, istočnjaci, raja ili papci, pa tek onda insani od Boga dati.

Svanut će valjda jednom i nama.

SAMO DA INSAN NIJE RAHAT

Nisam ti nikad plaho haj'o za rođendane, pogotovo sad pod stare dane. K`o kad ne znam ni kad sam rođen tačno. Nije se birvaktile hitilo maksume prijavljivati ha se rode k`o danas. Jedino što znam je da sam rođen u nevakat. A ko je ovdje u nas rođen na vakat, da mi ga je vidjeti, a da nije kakvog rata i belaja predeverao. Neise. Hotio sam vam reći da sam dobio bukadar čestitki, nema kakvih nema i od kog, bilesi, od nepoznatog naroda. I hajde ti svima odgovori!? Ne mereš. Nego ću vam se ja ovako đuture zahvaliti što ste one minuse od juče pretvorili u pluseve i ugrijali moje staro srce i podmladili ga, bezbeli. U nas se kaže da ništa nije teško, ni život, ni posao, ni rat, ni robija nego ljudi otežaju. Kako otežaju tako znaju olakšati i pomoći ti kad se najmanje nadaš. Insan ti je čudo.

Pročitam ja ovo naglas, kad će ti Fata iz banje:

- Kad je tako čudo i pretvara minuse u pluseve nek dojde da nam odledi ove cijevi. Neimamo kapi vode u kući, Uzeire. Jesam ti rekla da ne zavrćeš češme skroz na ovom mrazu! Tol'ke si godine sprco u gu'icu, a pameti nisi doš'o. Eto sad duraj brez vode. Samo da insan nije rahat, pa eto ti!

PAZITE ŠTA OSTAVLJATE DJECI

Kad je insan pošten, a nije plaho gladan, nekako mu pola života prođe misleći da je vazda dojnji. Tek podstarost skonta da mu se isplatilo i da nema Bog zna šta za ostaviti, ali zato ima za ponijeti kad sam pođe tamo odakle je sam i došao.

Ovako sam ti nešto kont`o čitavim putem od Ismetove kuće. Ne mogoh mu na dženazu pa rekoh odoh ovako sinovima bašum sagosum reći. Pokucah na donji boj i otvori mi Eminovica. Veli mi onaj njezin, a Ismetagin najmlađi, Emin:

- Uzeire, ti si znao mog babu?

- Jesam - rekoh - k'o i svako u mahali.

- A jesi l' znao da mu je najvažnija stvar u životu bila ova kuća i da ga komšija Salih ne nadvisi.

- Jok ja.

- Jašta je, moj Uzeire. Jednom on nas stade buditi, nedjelja ujutro, nije bilo ni svanulo: Diž' te se lijenčine, ode komšija Salih pod nebesa, a vi još spavate. Neću da nas gleda o'zgor. I tako godinama, svaki vikend il' odmor, miješaj malter, zidaj, samo da nas Salih ne nadvisi.

- Zato sad imate svaki po boj da se sjetite babe i da mu selam predate.

- Da smo, bogdom, svi podstanari, barem bismo govorili jedan sa drugim. Eto šta nam je babo ostavio, moj Uzeire.

- Nemoj tako, moj Emine, to je vaš babo sve sa dobrim nijetom.

- Najveći belaji i nastanu sve sa dobrim nijetom, moj Uzeire.

Jedva onu kahvu popih, kao da sam na iglama sjedio. Kontam nešto, što ti je ovaj jadni insan, čitav život se bori i „gine" za ovu djecu, a djeci nikad ugoditi.

Da je Ismet bio pametan ne bi čitav život malter miješao i dizao čardak pod nebesa nego bi odveo djecu na more preko sindikata, a nedjeljom u Pionirsku ili na Vrelo Bosne, jal na žičaru put Trebevića. More biti bi sa jaranima otišao u ribu, jal u lov, a poslije i na akšamluk, ili ponekad igrao šaha ili domina... Opet Ismet ne bi valjao, bezbeli.

Rekoh li ja jednom: Možete djeci ostaviti ne znam ti šta, ako im niste ostavili srce i dušu, kao da im niste ništa ni ostavili. A kad je insan pošten, i nije plaho gladan, ostatak života mu prođe u radosti što je ostao takav pa makar ga svi gledali kao budalu i odozgor.

Kemal Čopra

PAR KORAKA

Što se ovaj dunjaluk more nekad pokupiti, meni se čini sav stane u fildžan i onaj prvi srk kahve kad zaviriš sabahile u ovaj pametni telefon. Ispade on pametniji od sviju nas, a što je on pametniji, insan je me'š'čini sve gluplji i gluplji. Neise! I dok u tebe niz sokak curi voda, sve ti cijevi zaledile, a ovi ti je katili još zavrću, na drugom kraju dunjaluka naš svijet izgori od vreline i slika se po plažama i bazenima. Ne mere se načuditi da u ovaj vakat nekom još zavrću vodu i grijanje. Jah, šta si ti Uzeire doživio za svog vijeka. Ko bi rekao kobili se nadao, što bi znao reći moj tetak Baho, sa Hreše. Kad god navučem kaloše i ogrnem kaput, biva da protatam do Peštinog granapa, eto ti Fate za mnom.

- Haj', Uzeire, prohodaj do granapa, al' nemoj, tako ti Allaha, uzimat' više germe, eno mi je pun špaiz kol'ko si je nanio. Ne znam hoće li nam više i trebat' za života.

Uniđoh u granap kad tamo ona najmlađa Peština, ima ih četiri cure, sve ljepša od ljepše.

- Asli ti neima babe?

- Otišao je nešto u Vrazovo pa će onda po robu.

- Aha, neću vala ništa uzimat', imam svega, neg ja 'nako svratio da ti vidim babu.

- Moga ćeš babu najprije nać' na fejzbuku, dedo Uzeire. Eno napravio neku grupu pa po čitavu noć lijepi slike džezvi i fildžana.

- Zar i on, moja ti?

- Je`l vidio nešto tamo, eto ti ga nama i veli: Što vi ovako ne umijete? Neki dan nam probio glavu s onim curama na konjima. Te one 'vakve te one 'nakve. Rekoh, babo, što nam nisi kupio konje pa bismo i mi jahale i slikale se. A on: Jest pa da ih vi jašete, a ja da ih hranim, ošto mi je to.

- Jah, šćeri, takvi su roditelji, sve što oni nisu mogli i umjeli da him je da im djeca mognu. Tako sam ja mom Hami kupio harmoniku, a on nešće harmoniku pa je prodade da uzme gitaru. Nagovar'o ga da navija za Saraj'vo i vod'o ga na utakmice neće li zavoliti, a on ode za Želju k'o u inat babi. Za srce me uj'o.

Nego vi pustite babu, ako budete njemu ugađali nećete sebi. Svako ima svoju nafaku i svoj život pa neka ide tamo gdje ga vodi, moje dijete.

Ne kupih ja ništa, al' progovorih sa nekim, odmah insan rahatniji.

Koliko je god dunjaluk okraćao i sve nam se učinilo blizu toliko nam je postalo sve dalje kad ti treba neko pored tebe da ga gledaš u oči dok muhabetite i da vidiš kad mu se digne lijeva obrva da će nešto „zeleno uzbrat“, biva omahnuti. Pa neka se i nakašlje i ušmrkne, običnije je kad se ima sa kim progovoriti.

A život mi postade samo par koraka od avlije do granapa, umal' ne rekoh do fejzbuka, naletosum.

POD STARE DANE

- Šta je ovom narodu, moj Uzeire, sve pomahnitalo? - veli mi Fata sabahile.

- Što, šta je rijet'?

- Eno onaj Fehim, iz Donje mahale, sve obilazi udovice i raspućenice i pita hoće l' se koja udat' za njega. Fali se, te ima kuću, te zemlju neđi u Faletićima, bilesi pokazuje nake stranjske pare i štednu knjižicu samo ne bi l' kak'a mahnitura poletila.

- I je l' naš'o kak'u?

- Jok on, ko će ga? Nije nijedna blentava da mu pere i kuha pod stare dane, još kad čuju da hi je četiri sahranio neće pogotovo.

- Haj' nek čujem i to je'nom, do sad su samo žene sahranjivale ljude.

- Nisu sve, Uzeire, evo nas dvoje zajedno pa šta nam fali. Nego, veli mi Derviša da eto Fehima danas u našu mahalu, kao kad u nas ima žena bez ljudi koliko hoćeš.

- Odo' ja onda do Muteta neće l' i u tebe navratit'.

- Nosi te dobrina i tebe i njega, nalet vas ne bilo.

Taman ja na kapiju, za šteku, otvorim vrata i - kad nisam u nesvijest pao. Nećeš mi vjerovati, Fehim mi na vratima. Rekoh:

- Fehime dragi, pripade me, bolan ne bio. Ne'š valjda u mene?

Umalo mu ne rekoh kuda ćeš pored mene živa, kad će ti on:

- Nego da te nešto k'o priupitam, Uzeire, 'nako u povjerenju. Ima l' tamo na fejzbuku kak'ih žena, udovica i raspušćenica?

- Ot'kle ja znam, moj Fehime, ne mislim se više ženiti. Nego da ja tebe šta priupitam, ako se ne'š ljutiti?

- Šta se imam ljutit', a znam i šta'š me pitati - kako sam uspio četiri žene nadživiti: Ne bi' ti ja poj'o kuhano jaje pred spavanje, nema tih para, moj Uzeire. Donosile su meni sve četiri, al' ja ih vrać'o.

- Dobro da znam i da ne jedem kuhana jaja pred spavanje.

Ode Fehim niz sokak, a ja gledam za njim i nešto mi ga bi žao. Svako nekog treba, a najviše, meni se čini, za pod stare dane da se ima sa kim razgovoriti, kahvu popiti, nasmijati se, jal huju ili tersluk prosuti.

Kad je inasan sam ni hrana nema isti ukus. A opet ne možre se nazor sa nekim biti. Jok. Bolje je i samo nego nazor, a Fehim zavro, imanje i pare nudi, a ne zna jadnik da je ženama mala stvar, a lijepa i razumljiva riječ milija od sveg dunjaluka i ako je umiješ u pravi vakat dati ili reći sve će ti se dženetske kapije otvoriti. Kako se otvore, tako se mogu i zatvoriti, jal nikad i ne otvoriti.

Trebao sam mu reći da ne luta džabe.

NIMUKAJETI

U nas ti je u mahali, haman, kao i u državi, ovako: Svako svakog olajava i svako svakom aferime traži i nalazi. Ne mereš ti više valjati taman da si ne znam ti kakav. Svako od svakog okreće glavu.

Jedino se Ibrahim Nimukajet, iz stranke, sa svima lijepo pozdravi dok sjeda u službena kola, 'nako ufitiljen, i ne trepće što narod svašta o njemu priča, jer je on namirio i namiriva i sebe i svoje, a još povrh svega sirotinju obilazi i dijeli, nije ti šala. Ne kaže se džabe u nas ko ne umije sebi ne mere ni drugom... baš sve uzeti.

Za njim mu hanuma, direktorica Beba Nimukajet. Jedino paščad za njom ne laju, a ona ni habera, jer mogu je... da izvinite... Umal' ne lanuh.

U njenom poslu nema joj ravne i kao takva hoće da uvede red, a u nas kad se uvede red neima više plandovanja i hajrovanja, bezbeli. Ljenguzi i debelguze, navikli na lahku paru, kad him završeš pipe, gori su od ne znam ti koga. Takvi će ti prava-zdrava insana pretvoriti u lopova jal hajvana, baš kao birvaktile četnika i ustašu u partizana, samo da se njemu šta ne umanji.

Hajde što su oni taki, al' što su najmudriji na hartijama u nas i najgori među nama, pehlivani što hodaju po kanafi i vire iz guzica naših Nimukajeta. Ne mereš him vjerovati ni kad cvrkuću oko tebe, jer oni te nikad ne fale da te pofale nego te pripremaju da te kao bekana lakše povale.

I tako ti je u nas, u mahali, kao u državi. Vrane nam poturaju pod kanarince, pametne išćeruju iz pameti, vjernike iz vjere, a mlade iz države Nimukajetlije.

RADOST DARIVANJA

Nama su često znali reći: Malehna je dječija ruka i malo u nju stane, ali je radost golema. Biva, podajte nešto djeci, makar bogdu, i obradujte ih. Tako meni ostade za čitav život, ha vidim kakvo dijete namah se mašim za džep, a u džepu, u mene, vazdan nakih boba ima.

Tako i neki dan. Vraćam se iz granapa kad onaj Sabit Šabanov sa djetetom. Vazda zastane i fino se upita sa mnom. Pomilujem onog malog po glavi, izvadim bobu iz džepa da je dadnem djetetu, a dijete ni mukajet. Gleda me ispod oka kao kakva životinjica kad ne zna ni kud bi ni šta bi, ali ne pruža ruke. Ostah ja mali vakat nudeći. Sabitu bi neugodno pa mi veli:

- Ma pusti, Uzeire, nisu više djeci bobe zabremedet k'o birvaktile, daj ti njima kakvih igrica, samo ih to interesuje.

Vratim ja onu bobu u džep i uz sokak, polajnak svojoj kući.

Nisam zahatorio, ne dao Bog, neg mi bude krivo na ovaj vakat što je djeci uzeo radost primanja, a nama radost darivanja. Ono što sam čitav život radio i u šta sam vjerovao da je dobro sad više nije.

Asli je i dječija ruka postala golema, a radost malehna. Jah!

NEKA JE KUĆA PUNA

Kad ono nešto insana krene pa se sve složi i dan se skocka kao za izložbe kakve: Probudiš se naspavan, Fata ne ronda nego cvrkuće kao bulbul pa ti kahva bude slađa, makar je i ne šećerio već odavno. Popije se rahat, i Fata ode u avliju, a ja već naložio vatru da poprži onu drugu kesu minasa. Uzmirisala se avlija na dim, a kuća na tek poprženu kahvu. More li išta kao miris vratiti insana u neki drugi vakat, pa čak i u onaj u kom nisi nikad ni bio, ali ti se učinilo kao da jesi. Naumpade mi hošaf, da je kakve pušnice pa šljiva osušiti u njojzi. Ali se brzo pribrah i velim sebi, Uzeire na mjestu rahat, što ti je zinula guzica. Domalo bi i stelju sušio, kako te je krenulo sa merakom.

Ovako se mi vazda razrahatimo kad nam se urijetko potrefi da nam oboje djece sa svojom djecom dođu đuture, nije ti šala. Razletimo se kao birvaktile da him ugodimo i pripremimo ko šta voli. Hami burek, more on sam tepsiju pojesti, a snahi sirnicu. Merimi našoj zeljanicu, a zetu kakve dolme nadolmiti, jal paprike, jal sogančiće. Djeci samo onih krompirića podmetnuti, telefone u šake i mirni.

I, na kraju, sa čim zasladiti? Bezbeli, tepsija hurmašica ili ružica se sprema. Za rahatluk ti malo treba, samo da se sve ovako kao u nas složi i skocka, a kad je kuća puna i srce ti je puno taman da na hastalu ničega nema.

ZBOG SEVDAHA I UZDAHA

Birvaktile su u nas, poslije vjere, sevdah, ašikovanje i uzdisanje bili plaho zabremedet. Za državu niko nije hajao, kao kad nikad nije ni bila naša, nego se samo čekalo kad će jedni otići da bi drugi došli. Narod bi se plaho pripremi da dočeka novu vlast, da joj se prilagodi, biva da promijeni i govor i običaje... ama sve... Samo vjeru ne. Otkako primiše islam, vjera im postade i jača i preča nego u onih od kojih su je primili.

U današnji vakat narod više niti čeka niti se priprema jer je država napokon postala naša, i više ne dolaze drugi nego se mijenjaju jedni te isti pa nam je i država, kakva je takva je, vazda ista.

Neise.

Hotio sam vam pripovjediti o sevdahu, biva o ljubavi i zaljubljivanju.

U nas ti je to kao i sve drugo, Allah selamet. Nije ni čudo što je Bosna, a bogme i Hercegovina, bila puna djevojačkih stijena, biva mjesta odakle su djevojke odlazile na ahiret bez dina i imana, a sve zbog zagondžija, alčaka i hrsuza što su im obećavali sve i svašta, a one jadnice nisu znale da niko kao muško ne umije smisliti priču kad mu, da izvinete, naumpadne. Jah.

Ne prođe ni hefta a da ne čuješ kako je n'akva đula zglajzala niz djevojačku stijenu, a u noviji vakat zamodalo da se bacaju pod voz, gluho i daleko bilo. Domalo ćeš čuti ko joj je i šta obećao, al' sve ostane na priči jer narod kao narod svašta priča, a kad ne zna pravu istinu duša mu je izmisliti po svom. Neise.

Naumpade mi kad je kona Zumra oženila sina u zimu i smjestila mladence na donji boj, a oni ne hotješe djece odmah pa se čuvali, bezbeli, i samo frljatali one najlone kroz prozor, a pod prozorom bila trešnja sva od snijega bijela. Kad se onaj snijeg otopio, nema ko nije zastao pored Zumrine kuće i grohotom se nasmijao. Ona trešnja okićena kao božićno drvce, ne budi primijenjeno, sve sa nje visi onaj bezobrazluk, a Zumra, jadnica, bere i skida, u zemlju bi propala od sramote.

Gledam Zumru kako bere i sve nešto kontam: Da je ovog bilo birvaktile, more biti da ne bi u nas bilo djevojačkih stijena, ko će ga znati.

DUMANJE

Što ti je ovaj insan, zakopiti se na ovom dunjaluku kao da će vječno na njemu ostati, a nestane ga sad pa sad, da je ne znam ti kakav. Nekog upamte po ovom nekog po onom, a nekog se ne mogu sjetiti nikako, tek kad spomenu sa kim se družio i sa kim je sjedio i u kojoj kafani, sjete se i njega.

U mene Fata se vazda sjeti istih ljudi, biva žena:

- Sjećaš li se ti, Uzeire, babice Nafe, šta je ona žena porodila i pupaka svezala.

Čim spomene Nafu, znam da je sljedeća Kira, patronažna sestra koju si vazda mogao sresti po mahali s onom crnom tašnom, istom kao kod Skake rahmetli. Mnoge su žene bile hanume, a samo je Kira, za Fatu, bila vazda gospođa.

Nabrajajući tako dođe i do Hasije, čistačice u Domu zdravlja. Hasiju su svi begenisali, hem je bila vesela, hem htjela svima pomoć. Ona bi ti zađi po mahali i pokupi bi zdravstvene knjižice ko god treba na kakav pregled ili kontrolu i znao si ako ti je Hasija odnijela knjižicu da si najprvi na redu. I ne samo to. Kad bi neko morao odnijeti mokraću prvo bi je odnesi njojzi da je ona pogleda i dadne dijagnozu pa onda hećimu ako ga Hasija uputi. I vazda je pogađala:

- Ma ovo ti je upala mokraćnih kanala, haj' ti kući, čaj od peršuna ti je za ovo tvoje bir ilađ. Samo pi' i pro'će. Bolje ti je nego da se truješ tabletama.

Molili je doktori kad već daje ljudima dijagnoze da im ne govori koje će lijekove uzimati. Svi su je voljeli i poštivali sve dok ne dođoše ovi novi i zaprijetiše joj otkazom ako nastavi.

To joj je i dohakalo.

Sjetih se jednom, kad ono nije bilo kocke u nas kupiti, a mi svi grizli kocku sa kahvom i, da se ne bi odrekli ćeifa ljudi pravili kocku od sitnog šećera pa bi se ona kocka sva raspi dok je prineseš ustima, pa bi Hasija, Allah joj rahmetile, znala lanuti:

- 'Bem ti ovo, pune mi sise bidnu šećera!

Imaš ti ljudi, a bogme i žena, što protutnja, ili se provuče, jal odgmiže, a da se nikad ne zapita, šta ću ovdje i kakva mi je svrha, nego ti se ono onako u behutu pusti, a da nikad i ne pomisli otkud ovdje i kud mu je ići kad se svjetla pogase. Neka vala ni ne misli kad ne mora, samo ga glava može zaboliti.

Kakva je korist onima što im je Bog dao da moraju vazda dumati o svačemu i stalno se zapitkivati makar nikad odgovora ne našli? Šta ćeš, mora i to neko!

Dum`o ne dum`o, insan bi i projde, kao da na jedna vrata uđe a na druga izađe, a dunjaluk nas priteže sebi, odemo pa mu se opet vratimo, i sve tako do sudnjeg dana. Budemo, ne budemo, budemo... jesmo, nismo... ko smo, šta smo...

KUKURIKU

Ljudi ljudski, šta je ovom narodu? Eno u mene se od sabaha ufatio red pred kapijom, čitava se mahala izredala, bilesi počeli dolaziti iz drugih mahala, nije ti šala. Neki dan mi dođe žena čak iz Švrakinog, veli čula da ja pomažem, pa nakav dedo iz Sokolović-Kolonije preko Ilidže i Alipašinog došao sve pjehe, čuo da će tako bolje pomoći.

- Mog'o si - rekoh - i na koljenima do mene doć' ne bi ti pomoglo.

Valjda narodu toga treba k'o kahve i šećera pa me razvikali k'o da sam Torabi, tobe jarabi. Samo da ih još počnem na stadionu primati i vodom umivati. U mene Fata sve jedno po jedno uvodi i namah kahvu donosi.

- Imaš još dvije žene do ikindije, a poslije ikindije do akšama će ti četiri ostat'. Asli su sve četiri sa ljudima došle.

- Puno je - rekoh - četiri. Neću imat' kad. Morat ćeš je'nu vtratit' i naručit' za sutra.

- Jok ja, ne vraćala vala nikoga. Eno one Safure, iz Doma zdravlja, dva put sam je vraćala. Ljudi mi davali pare pa kad su čuli da ne primam, samo kese donose i ostavljaju za vrata. Ne znam šta ću s onolikom kahvom, kockom, linđo kekesom i sokovima na razmućivanje, nego dijelit' po mahali.

Bogme dođe red i na Safuru.

- Kako si, Uzeire?

- Dobro sam, moja ti Safura - rekoh. - Kako si ti?

- Dobro - veli. - Ma vala i nisam dobro, Uzeire, evo me nešto ušćaklo između plećki k'o da mi je neko handžar zabio pa ga vrti krvnički.

- To je tebi sandžija. Popusti li te ikad?

- Jok ona, moj Uziere, jedino kad se nalaktim na pendžer malo mi umine. Ima li kak'og lijeka, Uzeire?

- Ot'kle ja znam, moja ti Safura, nisam hećim. Nego ti traži da te djeca pošalju dvije hefte u banje pa će ti to proći.

- A šta ću do tad, moj Uzeire?

- Ništa, nalakti se na pendžer i zamisli da ti dolaze ašiklije pod pendžer k'o birvaktile, jal jedan jal dvojica.

- Znala su i po četverica doć', moj Uzeire.

- More biti, moja ti, i da jesu. Onda ti zamisli četvericu ako moreš.

- Pravo da ti velim, Uzeire, nisam ti ja zbog sandžije ni došla.

- Neg' rašta si?

- Zbog onog, moj Uzeire.

- De ti meni to rastabiri, draga ženo, neimam ja vremena dumati. Eno narod čeka.

- Uzeire, Uzeire pohiti, eno pun avtobus doš'o čak iz Visokog, valja ti to sve poprimat'. Haj', Uzeire!

- Ne primam više nikog. Kapak!

- Kakvo te primanje snašlo, haj ustaj, pro'će ti rani sabah. Šta si se raspav'o, znaš otkad te budim?

Ustanem sav u goloj vodi i kontam šta sve ovaj insan neće usniti. Šta li mi je ona Safura hotjela rijeti?

Pu pu, ne dao mi je Bog više usniti.

Ne kukaju ljudi džabe baš kao što ni horozi nisu kukurikali džabe, nekad davno u nas u mahali.

LJUDI LJUDSKI

Lahko je sa ljudima u današnji vakat, je l' ti nešto nije legao samo ga u stranu gurneš i on namah skonta i nema ti ga više. Prije je bilo drugačije. Mogao si ti njemu u lice reći da ti nije legao, džaba, eto ti ga opet, oko tebe se uzvrtio dok ti ne popustiš i opet počneš sa njim kahvu piti. Morao si ga sikterisati jal mršnuti da bi te se okan'o, a zato je trebalo debelih razloga. U današnji vakat sve više i sve deblji razlozi, a sikterisati nekoga kao vode se napiti.

Koliko ljudi toliko i ćudi, govorili su. I nije svako na prvu da ti legne i omili. Takvih je malo, a od tog malo najviše ih je kvarno i ne misli ti dobro, nego se mili oko tebe sa kakvom namjerom, pa kad ti omili tek tad se i pokaže. Jah!

Trebalo mi je čitav život da skontam da najvrijednije ljude moraš dobro potražiti, a da te kvarnjaci sami nađu. I kad si ih prepoznao neće ti odmah leći, jok oni. Takvima treba vremena i vremena da ti se otvore, a kad ti se otvore sami, baš kao školjke, pokažu ti bisere ljepše nego onima što ih nasilu otvaraju da bi ih ukrali. Jah!

- Biva, dobiješ prijatelja za čitav život, moj Mute.

- Sve dok ti ne zatreba kredit i uzmeš ga za žiranta, moj Uzeire.

- Hajde, nosi te dobrina, sve preokreneš na svoje. I mi smo dizali kredite, al' ne pamtim da je neko za nekog vrać'o. Nije bilo veće sramote od toga. Haj' ti za svojim poslom, nalet te ne bilo.

- Neka radi ko mora, ja sam davno odradio te tvoje bisere i sad uživam, moj Uzeire. Takvi se u nas zovu levati.

- Šuti, 'uncute, more neko pomislit' i da jesi, hrsuze li da bi li hrsuze.

- Nego ti meni nafataj takvih pa ćemo dijelit tal, Uzeir-beže.

Ovako on kad se nastavi nikad prestati, ko ga ne zna pomislio bi da je takav, a more biti i da jest, ko će ga znati. Da ne bih dušu griješio sa njim, rekoh:

- Odo' se ja malo odgegati do granapa.

- Haj' i ja ću sa tobom malo prošetat', da protegnem noge.

- Haj' kad si navalio!

- Hoćemo li s autom u šetnju, Uzeire?

- E beli sam danas gotov, asli neimaš nikog drugog za šege pa se meni nalaktio.

NAFAKA

Neki ljudi, a bogme i žene, plaho su strašljivi u životu i od tog straha nikad ništa ne učine nego puste da im se dešava i da im drugi kroji sudbinu, a kad ti pustiš drugima, ništa ti se ni dobro ni lijepo ne može desiti, jer svako gleda prvo sebi, bezbeli.

Kod nekog je tako, a kod nekog skroz drugačije, biva, uzme stvar u svoje ruke i zavre taman i na svoju štetu, ali će biti onako kako je on htio i nanijetio i, osim dragog Allaha, niko mu to ne mere poremetiti.

Tako i moj dobri ahbab, najstariji insan na sunčanoj strani, a može biti i šire, dedo Kasim, iz Budakovića, veli:

- Uzeire, ako preživiš pedeset i petu živjet ćeš do sedamdesete rahat, a ako preživiš i sedamdesetu moreš se nadat i stoji, ne d'o Bog nikome.

Zna bogme dedo Kasim, jer ti je on u pedeset i nekoj fasovao onog pogančera, gluho i daleko bilo. Ha ga je fasovao namah je rekao, „ja doktorima ne idem, svakako ću umrijeti, sad ili za dvadeset godina, svejedno". Kako je rekao tako i uradio, doktori ga nisu vidjeli, ali se Kasim sam izliječi. Veli, svako jutro i naveče kocku šećera natopiš sa devet kapi gasa, bir ilađ, za godinu dana kao rukom odnešeno. Dogura, bogme Kasim i do osamdesete sve uz kahvu i cigaru kalemeć jednu na drugu. Kad bi mu ko šta reci za duhan, znao je rijeti, baš kao ona žena na televiziji, ja ću pušiti dok ne crknem. Zamalo tako i ne bi, jer je prestao pušiti poslije srčane kapi. E kad je dedo Kasim mogo prestati u osamdesetoj, može vala svak, govore i dan-danile u nas pušačima, ali džaba.

Kad mu je hećim rekao da mu moraju ugraditi n'akvu pumpu, Kasim će ti njemu:

- Nisam mahnit da mi ugrađujete pumpe sa kineskom baterijom pa da mi srce stane, neg' ti meni pravo reci more li mi ovo srce biti dok sam živ?

Rekao doktor može i Kasim ti iz bolnice pravo kući. Eno ga i dan-danas živ i dobro se primakao stoji, ako je nije i prešišao, ko će ga znati.

Nisam vam htio reći da se ne liječite, ne d'o Bog, svak zna svoje, nego sam vam hotio rijeti da će svako potrošiti svoju nafaku do kraja i da se nema čega plašiti, jer će mu sve što ima moći biti do kraja života, bezbeli.

PROLJEĆE

Pijemo mi kahvu u nas na čardačiću, šutimo i čekamo kad će se ova izmaglica slegnuti, neće li nam se i Saraj'vo ukazati. Baš kao kratkovidan insan kad čita kakvu lijepu knjigu po ko zna koji put, ali bez đozluka, pa samo nagađa i zamišlja tu ljepotu u njojzi dok bulji u zamagljena slova, a kad turi đozluke kao da mu se dunjaluk otvori i razvidi pred očima.

E tako ti i nama sabahile svanu i Sarajevo nam se u suncu ukaza. Kako se ukaza, tako mi se i u glavi poče vedriti i rasvanjivati.

- De, Uzeire, ne zanosi se badava, neće ti proljeće još zadugo - veli mi Fata i probudi me kao iz nekakvog sna.

Kad imaš ženu pored sebe ne mereš se ni razvedriti ni naoblačiti, niti ti more proljeće doći kad ti hoćeš nego kad se dogovorite, biva kad ona odredi, bezbeli.

MATI

U nas u mahali, kao i svake godine, žene se nadignu da planiraju kuda će za Osmi mart, biva Dan žena. Svako malo eto ti u nas Šahze da ugajguli, sa u mene mi Fatom, koliko je još ostalo mjesta, hoće li sve žene moći stati i kakve će mahane naći hrani i piću kad sve prođe. Haman o svemu tabire dobar vakat.

Ha ja unijdem, kao da si radio ištekao iz struje, stane i priča.

- Što je vama ženama svanulo u ovaj vakat - rekoh him, da se malo našalim.

Kad se Šahza javi:

- I ne svanulo, Uzeire, kad se sjetim šta je ona moja huda mati sve izdeverala za svog vakta.

- Sa babom ti rahmetli?

- Bez babe, moj Uzeire, više je bila bez njeg nego sa njim. Ostala željna čo'jeka.

- A jah, ono je on u Njemačkoj radio.

- Moj otac otiš'o '69., a kuću napravili '72. Slao nam pisma i kad bi sjeli za sofru, prije nego ćemo jesti, dedo čit'o babina pisma naglas, a moj babo pis'o pisma starinski, k'o da piše jaranu, a ne ženi, jer je znao da to svi čitaju. Mater ga bila željna pa vazda iščekivala kakvu lijepu riječ, malo nježnosti, al' jok on. Kad smo trebali preseliti u novu kuću dedo joj reče, eto snaha i ti dočeka da se razdijelimo. Hoćeš li sad biti rahat u svojoj kući?

A ona će ti njemu:

- Nek' sam vala dočekala da se pisma naglas ne čitaju, bezbeli da ću biti rahat.

Prvi put da mu je odgovorila.

- Onda su se stari plaho poštivali.

- Jašta su, moj Uzeire, a neki su plaho zafrkavali, k'o kad im se moglo.

- I dočeka tvoja mati da sama čita pisma?

- Dočekala, al' kak'a joj korist? Mogla ga je i naglas, na avliji čitati, nijedne riječi nježnosti i topline, moj Uzeire.

- Tako je to bilo u onaj vakat, nije se plaho govorilo, neg' se to ćutilo, moja ti.

- Šta će oćutiti, moj Uzeire, kad su joj ta pisma bila sve, a on bi dojdi dva puta u godini, ne bi je ni zagrlio kako treba, stid ga bilo oca i matere. Tek kad bi pođi nazad i ona ga pratila, mogli su se negdje krišom poljubit' da niko ne vidi. Ne d'o Bog nikome deverati više kao moja mati.

Uzdahnu žena i zaplaka za materom, a meni je nešto bi žao, i nje i matere joj. Kud joj napomenuh, bolje da sam jezik pregrizao.

Rekoh, odoh ja za svojim poslom, a ne znam ni kud sam krenuo, zastanem u po koraka i dobro se zamislim. Beli su ove naše žene mimo svih ostalih. U kojem god vaktu da su, hodale ne hodale, radile ne radile, vazda im isto na pameti, biva kako sačuvati porodicu i dom.

Svašta deverale, ali niko kao moja mati.

Kemal Čopra

DA POŠUTIMO

Plaho volim sa svakakvim insanom promuhabetiti, ali mi nekad, valahi, dokundiše i moj i tuđi i eglen i beglen, pa ja odem kod dede Emina, sa Ploče, da sa njim malo pošutim. U tog dede riječ kao dukat. Po taj vakat sjedimo, kahvendišemo i siti se našutimo.

Tišina, možeš je nožem rezati, a kroz tu tišinu provlači se dim dedine cigare... Nisam nikad pušio i svaka mi cigara smrdi, ali ova dedina škija mirom miriše.

Prođe i taj vakat, kad Emin progovori:

- Znadeš li ti, Uzeire, ka'će kijametski dan?

Nisam morao ni reći, da ne znam odaklen ću znati, kad dedo nastavi:

- Ne zna to niko, moj Uzeire, osim dragog Allaha koji nam daje znakove, a jedan od znakova je kad nestane stida. Ima jedan cvijet, neki ga zovu stid, taj ti je cvijet nekad bio drugačiji, unutra je bio crn, a okolo bijel k'o pamuk. Ljetos sam ga gled'o i onaj crni dio haman se ni ne vidi. E, kad taj crni dio nestane, nestat će i stida, a bome i dunjaluka, moj Uzeir-beže.

O ISTOM TROŠKU

Što se ovaj narod zabavio oko snijega baš kao da prvi put vidi snijeg u aprilu, znao je u nas i u maju zapasti, velim ja Fati sabahile pri kahvi, i seirim sa čardačića po mahali i sokaku.

- Bo'me je napad'o, ne'š se ovog šale kutarisati.
- Ma ovo su ti babine huke, čim sunce izbije ode on.
- Jah, ode kad jadnom narodu potare i uništi što je narod uzgaj'o i muku mučio.
- Vala će golemu štetu nanijeti, rašta je i pad'o.
- Božije davanje, moj Uzeire, kakvi smo i dobro nam je.

I tako bi mi nastavili kad se nešto začu, kao da neko doziva sa sokaka.

Ko će ti biti, n'akav Rom, traži staro željezo. Gledam ga i kontam što su ovi naši cigani vrijedni, a vazda su u bijedi živjeli. More biti da je do njih, a more biti da je više do nas, ko će ga znati. Samo znam da im nije lahko sa nama deverati.

Nama su govorili od malehna da su svi insani isti i da smo svi Božiji robovi, biva pred Bogom isti.

A što nas je onda, tobe jarabi, napravio različitim, znao bi neko upitati?

- Ne umijem ti kazat', to samo on zna.
- Jesu li i cigani isti k'o mi?
- Bezbeli da su isti i oni su Božiji robovi.
- Pa što onda hoće da nas ukradu, da nam odsjeku noge i ruke, oslijepe nas i da prose sa nama?
- Haj'te, djeco, na jaliju, igrajte se. Samo dragi Allah sve zna, što je to tako.

Kemal Čopra

- Kako su tebe plašili, bonićko?

- Fino, da su me cigani čergaši izgubili i oni me uzeli sebi i, ako ne budem slušala, ha se cigani vrate, oni će me dat' njima. Ja mahnita naroda, Allahu mili. Nisam smjela izić' iz avlije kad bih čuj da su neđe čergu razapeli, sve dok ne jave da su otišli.

- Jašta je nego mahnit: U nas ti ne valja bit' ni viši, ni manji, ni pametniji, ni gluplji, ni bolji, ni gori, nit' ružniji pa ni ljepši od ostalih, a kamoli crn, jal žut, ne d'o ti dragi Allah.

- Pa kakav ćeš onda bit', moj Uzeire? Moraš bit nekakav?

- Moraš, bezbeli, a kakav si god nekom ne'š valjat'. Zato ti je najbolje bit 'nakav kak'og te je Bog dao, a život napravio, kad ne mereš nikad valjati onda barem budi to što jesi o istom trošku.

PRVI PLAČ

Oni koji imaju malu djecu znaju da djeca svašta pitaju i da ih sve interesuje. Kad djeca narastu, postanu ljudi i dobiju svoju djecu, ako i tad nastave pitati i zapitkivati, znajte da je to posebna sorta koja se pita i zapitkuje do kraja života. Neise. Prije je to bilo malo lakše za roditelje nego sad, a pogotovo za nane i dede koji su davali odgovore na sva pitanja kao iz rukava, a mi smo mislili da je naš babo najpametniji čovjek na svijetu, jer što smo god pitali mamu ona bi nam reci, pitajte babu, a što smo god pitali babu on je znao odgovor. Mislili smo da je to zato što nije propuštao nijedan dnevnik, biva vijesti kad mi nismo smjeli dihati, kamo li pisnuti, da mu šta ne bi promaklo. Poslije svakog dnevnika mati bi nas istjeraj na avliju sve dok babo ne prestane psovati.

Njega smo pitali samo kad bi nam trebao pravi odgovor, za škole, iz ovog vakta, a nanu kad bi nam trebala kakva plaha priča puna čuda koja je godila našem dječijem uho, a za koju smo znali da nije baš „za škole", biva istinita.

Jednom je upitasmo zašto djeca plaču kad se rode, a ona će ti nama ovako:

- Isto što i vi kad morate izić' iz naninog krila, a ne izlazi vam se, fino vam toplo izjesti, popiti, svašta čut' pa vas ja moram prevariti, biva poslat' po šarenu lažu da bi mogla šta uraditi. Tako i bebe u majčinom stomaku. Onda dojde melek i veli him, haj'te izlazite, šta ste zalegli, valja vam se roditi. Neke bebe namah poslušaju, a takve, poslušne, ostanu do kraja života, a neke ni mukajet, biva, pričaj ti, nismo mahniti da se rađamo i na dunjaluku se patimo i muku mučimo kad nam je ovdje 'vako fino.

Onda im melek rekne da je vakat se više roditi, „haj'te dajem vam riječ da se nećete plaho napatit' i da ćete lijepo proživit' svoje živote". Tad se rode oni koji mu povjeruju i takvi ostanu vjerovati svima do kraja života.

Ostanu samo oni koji nisu lahkovjerni i oni ti zatraže napismeno od meleka da će im životi proći u sreći i rahatluku i melek him dadne, tutne him u rukicu ceduljicu i veli haj'te sad na dunjaluk, i oni se rode. Kako se rode tako skontaju da im neima one ceduljice, ispala him ili je nisu ni dobili, ko će ga znati, pa vrisnu iz sveg glasa.

- Ih, nano, po tebi djeca zaplaču kad skontaju da su ih meleki prevarili?

- Jok oni, djeco, ne varaju oni nas nego nam pomažu da se lakše rodimo i služimo Allahu klanjajući pet vakata namaza, dajemo zekjat... Ko bi se, boni ne bili, rađ'o na ovom 'vakvom poganom dunjaluku svojom voljom?!

MJESTO U TRAMVAJU

Imaš ti ljudi koje brzo zaboraviš iako si sa njima proveo dosta vremena. Imaš opet ljudi kojih se jedva sjetiš, a imaš i onih koje ne možeš nikad zaboraviti jer su uticali na tebe i tvoj život da bude onakav kakav je i bio. Bez takvih ljudi sigurno bi bio drugačiji. Možda bolji, a i možda gori, ko će ga znati. Jedino u šta sam siguran je da bih bio drugačiji.

Jednom ono neko reče za nas da valjamo samo za hastalom, biva za punom trpezom, i na dženazama. Sjetih se ovoga neki dan na Grlića brdu, kad smo svi u isti glas halalili Muradifu Moriću zvanom Murga i učili mu Fatihu.

Otrasmo lice suhijem rukama i pogledasmo se. Moreš nas na prste prebrojati što smo ostali. Ha insan pređe osamdesetu nema mu više ko ni na dženazu doći od ahbaba, samo nas dva đuturuma iz mahale i nekakav čovjek, ne zna ga niko, što hoda ovako po svim dženazama. Svi zinuli u nas trojicu đuturuma, kao vele, šta vi čekate, samo zauzimate džabe mjesta u tramvaju.

Pođosmo niz Grlića brdo, pored Vidikovca, a dole se Sarajevo ukaza kao kakva prijetnja i pitanje:

- Ko je sljedeći iz ovog 'volikog šehera?

Ha dođoh svojoj kući pita me Fata je li bilo koga poznatog i kolika je bila dženaza.

- Kol'ka će - rekoh - bit' kad čo'jek umre u osamdeset i nekoj. Ko hoće da ima vel'ku dženazu nek pohiti ranije mrijeti.

- Sjećam se ja Murge, Uzeire, išla sam i ja u školu dok me babo rahmetli nije vidio u trikou, kad smo radili gimnastiku u školskoj avliji. Iz istih stopa o'šo kod direktora i dig'o me iz škole. Veli direktoru, neće moju šćer vlahadija gledat' golu. Jok!

Kemal Čopra

Direktor ga odvraćao, a on ni mukajet, „svakako će se udat', šta će joj škola".

- Hej, meni bi drago što ne moram ići u školu, koja sam ja budala bila.

- I onda dojdoh ja da te išćem u tvog babe. Sad je meni jasno što te on 'nako brzo meni dade. K'o veli, ko će je brez škole.

- Ma jok, Uzeire, znadeš da se u onaj vakat žensko nije školovalo plaho.

- Znadem.

Sa Murgom sam ti devero dok nismo legli, a kad legosmo, neće san na oči, sjećanja mi navriješe, hoće da prekipe baš kao mlijeko kad počne nadolaziti.

I mi smo ti nekad bili živi, može biti življi nego vi danas, a i vi ćete jednom nekom biti samo na smetnji i zauzimati džabe mjesto u tramvaju.

Hajdete vi sad svako za svojim poslom dok ja ne posložim sjećanja i ne poredam ih u priču o mom školskom drugu Muradifu Moriću zvanom Murga. Imam i o kome, a bogme i o čemu.

RODBINA

Odškrinuo kapiju da provirim na sokak, rekoh neće li ko naići da sa kim progovorim, a ako naiđe ko dosadan da pobjegnem u avliju, da me ne vidi, kad eto ti onog mog naleta, Muteta.

- Kome si to ti, komšija, čeku opalio? Da neće poštar izbiti i donijet' kakvu vanrednu penziju? - veli mi.

- Jok ja, nikom, a pemzija je neki dan bila, vakat je i za drugu, haman se i potrošila. Kud si to ti hod'o?

- Obilazio rodbinu sa djecom, nek' djeca znaju ko im je rod.

- Aferim, i treba obilaziti rodbinu, to je u nas farz. A đe su ti djeca, beli ostali sa Vesnom?

- Ma jok, eno ih u kući.

- Pa kako si obilazio rodbinu sa njima, a oni u kući?

- Fino, Uzeire, tražio familiju po internetu i fejzbuku i kako mi ko izađe objasnim djeci šta im je ko u rodu, i ko je šupak, sa kim se može i što, a sa kim ne može ni pod razno. Nek znaju djeca ko im je prijatelj i da onaj Vejsil, amidžić, hoće da klepi dedovinu u Ahatovićima samo za sebe.

- Allah selamet!

- Šta'š, Uzeire, bolje i tako nego ih obilaziti od Visokog do Širokače i od Širokače do Kobilje Glave, nosat' hedije, pomagat' i opet Mute najgori. Treba, ba, pod hitno izdati fetvu i okrenuti to na sunet, Uzeir-beže.

- Nosi te dobrina, nije te stid ni pričati.

- Šta me ima bit' stid, sutra ću i ženinu obići 'vako, fino sa djecom oguglat, svakako su i oni oguglali na mene.

- Haj' ti guglaj, oguglo dabogda, kad te i upitah!

HAJVAN KAO HAJVAN

Nas nisu nikad plaho mazili nit su se ustručavali da nam pokažu u kakvom svijetu živimo i šta nas sve čeka u životu. Kao maksum sam volio životinje, a da bogd'o nisam. Mili Bože radosti moje kad n'akav seljak dotjera ovcu zavezanu na kanafi u našu avliju i još kad rekoše: Sine Uzeire, ovo je tvoj Bekan i ti ćeš se brinuti za njega. Brinuo sam se i plaho ga zavolio sve do pred Kurban-bajram, kad me amidža Hasan probudi sabahile, veli, hodi da ti adžo nešto da. Plaho se obradovah, jer se u onaj vakat nije djeci davalo kao sad. Samo kontam šta li će mi dati? Odvede me iza kuće, gdje je pasla moja ovca zavezana kanafom, i stade oštriti onaj veliki handžar. Nisam ni sanjao da će domalo izvrnut moju ovcu na leđa i prerezati joj grlo preda mnom, i da ću je gledati kako visi zavezana za stražnje noge dok je on guli i vadi utrobu da bi meni gurno dva vrela bubrega u ruku i veli mi, nosi, nek ti mati ispeče. Jah!

Poslije toga mi dadoše Grahu, vele ovo je, Uzeire, tvoja koka i ja im opet povjerovah sve dok mi je jednom mati ne gurnu pod mišku, zaveza joj noge kanafom i veli, dobro je stisni za vrat i nosi Halid-agi. Sav sretan, stišćem moju mezimicu i donesem je komšiji Halidu, a on je samo uze, zavrti je i onako u behutu stavi je na panj i sjekirom joj prereza vrat. Vratim se kući, sav se upiho od plača, a mati mi veli:

- E beli ćeš fasovati degeneka ako ti je pobjegla.

Jednom spomenuh materi i ocu kako su mogli ovako nešto djetetu uraditi, a oni će ti uglas: haj' bogati pusti, i nama su naši isto tako, malo tuhinjaš i zaboraviš. Hajvan k'o hajvan.

Eto ti mog djetinjstva, do dana današnjeg nisam zaboravio, a more bit zato nikad više nisam okusio ni janjetine ni piletine, ko će ga znati.

Insan k'o insan.

EMINOVICA

Nema više starijeh insana.

U ovoj mojoj mahali ostala samo mala raja. Jest da su se savili do zemlje i nosaju šćapove, ali će za mene vazdan ostati mala raja, baš kao i ja, ovaj, Uzeir Hadžibeg za dedu Emina, iz Gornje mahale.

Fata se spremila na tehvid, čak na Goricu, a ja rekoh:

- Odo' ja, bo'me, u Emina da malo prodivanimo.

- Znadem ja što ti ideš u Emina, ne mereš iz njeg riječ izvuć', a Eminov'ca plaho umije muhabetit'. Ima l' išta gore od pametna ženska, uh, uh, uh - veli Fata.

Bogme, ima Fata pravo.

I kad se dobro našutim sa Eminom, onda se naslušam Eminovice.

Ovako će ti Eminovica meni:

- Sine, nikad nisam ni u bašču izašla kratkije' rukava, a bilo je vrelije' dana, da zemlja gori, a i neka nisam valahi, sad mi je drago, ostarila bih i tako i tako. Nekad ja bila stidna, me'š'čini draže bi mi bilo da me neko vrelom vodom polijeva nego da me gleda il', ne daj Bože, fali... Sad bih mu komotno zgrmila: „Šta je, šta si blehn'o u me'!?"

- Sa' ću ja, Uzeire, nama kahvu stavit', stavila mlijeko na špore', pa rekoh da se malo ufati kajmaka, pa da nam malo zakajmačim - dodade Eminovica.

- Nemoj ga, vala, meni turat', ja ću 'nako.

Uzmirisala se kahva, a Emin se zalijepio za onaj pendžer, natakao cigaru na čibuk i nijedne. Samo ponekad kašljucne, kao biva da nam da do znanja da je i on tu i da nas sluša.

- Sine, prije su žene plaho poštovale ljude, znao se red. Nije dijete za sofrom smjelo prvo pružiti ruku, dok najstariji ne otpočne. Nije se za sofru sjedalo brez kape i mahrame. Neka su se ove žene malo nadigle, ali brate, prećeruju. Ne kaže se džabe da neće kijamet dok ne zavlada ženski vakat.

I tako u taj vakat Eminovica divani, a Emin kašljuca, nas i ne gleda, pogled mu se muti, neđe u daljine, a ja je slušam, otvorenih usta, baš kao što sam nekad moju nanu Subhiju, a duša mi se puni starim vremenima i uzdišem.

Vratim se ja kući, dođe Fata ljuta kao lepir, a zuji kao pčela:

- Uzeire, zaklinjem te svim i svačim, ako ja preselim prije tebe nemoj mi, Allaha ti, pravit' ni tehvida ni mevluda... Eto, kad sam te zaklela!

BORO I RAMIZ

Bila u nas dva arsuza, dva dobra jarana i nisu mogli jedan bez drugog, a bogme ni bez rakije pa hi prozvaše Boro i Ramiz. Ne umijem ti rijet more li išta dva insana spojiti kao zajednički porok. Šejtanska posla, bezbeli. Helem, njih su ti dva po vascijeli dan provodili zajedno tražeći gdje će šta popiti i kako će se napiti. Sabahile bi onako mahmurni svrati najprije do gasulhane, pa onda do crkve i dobar vakat bi seiri smrtovnice da se uvjere kako njih nema, biva da su još među živima.

- Umro ko pio, umrijet će i prije ko ne pije - veli Ramiz.
- Haj' ti pa ne popi' - veli Boro.

Odatle pravo u kafanu da popiju za pokoj i rahmet duša umrlih.

Jednom nisu mogli nigdje naći da popiju, a pamet ovisnika hiti samo u jednom pravcu, da namiri šejtana u sebi.

Raziđoše se u dva pravca, Ramiz u Sedam braće, a Boro u Pravoslavnu crkvu.

Dođe Boro u crkvu, niđe živog roba nema. Kao kad su u onaj vakat i crkve i džamije vazda bile prazne, a fabrike pune. U današnji vakat sve naizvrat. Neise. Okrenu se Boro dva-triput oko sebe i zarovi ruku u onu kutiju gdje su se ostavljali prilozi. Zagrabi punu šaku i taman da turi pare u džep kad začu glas:

- Ostavi to!

Okrenu se oko sebe, nigdje nekog.

- Ko je to?
- Bog!
- Uh, što me prepade, ja mislio pop.

I tako bi njihovi šejtanluci trajali i trajali da se jalija nije do-sjetila.

Jedno jutro se pred Bakijama zazelenila Ramizova smrtovni-ca i to sa slikom. Kad je ugleda namah se baildisao, a Boro pade u nesvijest kad pred crkvom ugleda sebe među mrtvima.

Otad nisu više liznuli rakije. Ramiz poče klanjati svaki va-kat namaza, a džumu u Carevoj džamiji, postiti mjesec ramazan i sadaku i vitre dijeliti, a Boro je nosao onu kutijicu i skupljao priloge na liturgijama. Biva, dođoše obojica tobe. Kako dođoše tobe tako se prestadoše družiti i sastajati. Nisu imali rašta.

Nešto kontam, trebao bih ovu priču ovdje i završiti, ali ne mogu jer ima još, a i vi znate da se nijedna naša priča ne završi sretno pa tako ni ova.

Nego, ću ja ovako: Ostavit završetak ove priče za neke druge knjige da vam ne kvarim ove lijepe priče pa ko dočeka neka čita, bezbeli.

Dođu tako godine kad se čovjek mora odlučiti,
gledati samo svoja ili samo tuđa posla.
Neima se više kad na sve stići.

S MAKSUZIJE NA BAKSUZIJU

Ja plaha sijela kod mog ahbaba Edhema, na Mihrivodama!

Sve po istilahu i tabijatu. Svakojakih mezetluka i peksimeta na hastalu, pa šerbe, pa kahva i eglena i beglena. Ja miline i meraka u Edhema sa čardaka, ne mereš se nagledati Sarajeva. Još kad Edhem zakuca u saz, sati se pretvoriše u minute, a minute u sekunde.

I, kako to vazda biva, sa maksuzije okrenu na baksuziju.

Vraćamo ti se mi, u neko doba, kući, samo što nisam zapjevao uz kaldrmu, od miline i hop - pred kapiju. Ja ključ u bravu, lijevo, desno... Neće. Ja opet, opet neće.

- Da nije ko uniš'o pa zamandalio s unutrašnje strane - rekoh.

- Jok, bolan Uzeire, ko će unić', haj' polahko i sa Bismillom.

Ja polahko, neće. Ja zavro, umalo ne prebih onaj ključ. Neće. Ufati me nekakav srklet, poče me znoj oblijevati, počeh, neuzubillah, i lajati, a u mene Fata veli:

- Daj da ja probam, sa Bismillom.

- Hama šta ćeš ti probat', ženska glavo, kad ja ne mogu...

Uze mi ona ključ, ja se vas tresem od nekakve hinle.

Prouči Euzu i Bismille, turi onaj ključ, okrenu i otvori vrata.

Mi uniđosmo kao u svoju kuću i o tom više ne progovorismo ni riječi.

ŠTO LI?

- Što li se mi, Uzeire, nikad nismo umjeli proveselit' i na-smijat' rahat, i pokazat' kol'ko nam je drago kad nam nešto fino bide, a bilo je i tog podosta? - veli mi Fata sabahile pri kahvi, u nas na čardačiću.

- Čuj što? Zato što smo znali da će nas domalo nešto klepiti po nosu, jal po ušima, jal po džepu. Kako god, nešto će nas kle-piti kad-tad, a mi da se smijemo i radujemo, ošto nam je to.

- Sve'edno bi nas klepilo, moj Uzeire, mogli smo se vala i proveseliti pođahkad o istom trošku.

Jah, mogli smo, bezbeli. Asli će nas i danas sunce obasjati, a valja nam i satove pomaknuti, a i ne moramo, valahi, nećemo nigdje zakasniti.

Kemal Čopra

KAHNIDER, SULJAGA

Birvaktile nije bilo viceva kao u današnji vakat, niti se lajalo, biva psovalo, tek kad dođoše partizani u šeher poče narod plaho psovati i sve masnije i masnije, a u mene bi mati reci:

- Neću da čujem „je i be" u kući, otići će mi sav berićet iz nje. Tobe jarabi, tobe estagfirullah, psovat' Božiji nimet, a nadat' se dobru. Ne mere nikako!

Onda bi nana nastavila i, po ko zna koji put, ispričala priču o kerovima što laju na mjesec i zvijezde kad nemaju ni na šta drugo.

U onaj vakat narod bio plaho veseo iako se živjelo teško i nije mu trebalo puno da se nasmije od srca, pa i da zapjeva od srca, a ne kao u današnji vakat, sve nešto nazor. Što ono reče Hazim, kad je umro nekakav sa televizije, nije ni čudo što je umro kad se svemu smijao, biva nazor se smijao i slutio nesreći.

Umjesto viceva, narod je prepričavao dogodovštine pa bi i nadodaj samo da bude što smješnije, a bogami i masnije.

Tako se u nas prepričavalo kad su Suljaga i Suljaginica hotjeli leći zajedno, biva naumpalo him, a nisu znali kako da se izvuku, jer su prije bile pune kuće pa se dogovoriše da ode prvi Suljo leći u sobu i kad kahne da to bude znak da Suljaginica dojde za njim. Prođe i taj vakat, a nikom se ne spava, nastavili se ukućani pričat' i smijat', a Suljaginica nikad dočekati da Suljo kahne. Kad joj je više dokundisalo prodera se iz sveg glasa pred svima:

- Kahnider više, Suljaga!

Tako se i Suljaga probudi na svoju sramotu, a ova se dogodovština poče prepričavati po sijelima kao kakav mastan vic i to samo kad djeca pozaspu.

Može biti se ovo ne bi više nikad ispričalo da sva djeca spavaju kad zatvore oči, ko će ga znati!?

Kemal Čopra

AKŠAMHAJROLA, UZEIRE

Pošli mi, u neko doba, sa prela kući, nigdje žive duše, a meni se omače i ja prde, kad će ti Hanifa sa pendžera:

- Akšamhajrola, Uzeire!

Kad nisam u zemlju propao.

- Neima veze, Uzeire, ja sam navikla. U mene babo, rahmetli, prdio gdje je god stig'o, a nas četiri sestre vazda rondale. Jednom on doš'o sa posla, ja se tad tek udala, i odvalio rafal u ganjku. Niko ništa. On pomislio da nema nikoga u kući. Uđe u sobu, kad zet sjedi, prvi put mu doš'o. Otad nije više nijednom prn'o, ali se zato onaj moj nastavio do dana današnjeg, dobro mu došlo, k'o veli, kad može tvoj babo... što ne bih i ja.

S IBRIKOM U RUCI

Baš smo ti mi, starinski insani, Allah selamet, ne meremo nikad biti rahat, pa eto ti. Ne umijemo, šta li? Po vazdan moramo nešto dumati, jal unaprijed, jal unazad. Svuđe ti nas ima osim tamo đe treba, biva, sad i ovdje.

I dok normalan svijet konta gdje će se rashladiti, pored kakve rijeke ili u planinini, a neko će, bogme, i na more, Fata i ja dumamo u koju ćemo kacu pokiseliti kupus i hoće li nam i ka' će ćumur doći. Djeca nas ruže, vele, šta će vam ćumur, boni ne bili, pored plina i ovak'e komocije, a mi opet uplatimo preko penzionera.

Jah, šta ćeš! Ko je ostajao bez hrane, vode, struje i plina zna šta je devar, baš kao onaj što je zatvaran pa zna šta je sloboda. Sve ti je to u nas bilo, biva nije bilo ni hrane ni vode ni struje ni plina, a bogme ni slobode.

I svega nam je opet došlo, samo nam je, me'š'čini, pameti i ljudskosti nestalo. Mi smo ti živi dokaz da se može živjeti bez svega osim bez duše i da se može ostati bez nje, a da ti se Azrail i ne primakne, jer ti u nas duše stoje onako, „na izvoli" pa ih svaki šejtan i šejtanluk može lahko uzeti kad god mu se ćefne.

Dumam ja tako o svemu i svačemu, samo da ne bih dumao o onome što moram kad odnekle izbi onaj moj hrsuz i, kao da je znao, veli:

- Još malo, Uzeire, pa će biti: Hadžibeg u ćumuru, Hadžibeg u drvima, Hadžibeg u kupusu i kiselim paprikama.

Veli mi, ugursuz, dabili ugursuz, kao da mi misli čita i ode, izvuče se kao mastan kaiš, a mene ostavi da i dalje dumam, usred ljeta i po ovoj vrelini, hoću li pokiseliti kupus u onu veliku kacu ili u malu? Meni i Fati dosta i u tegli, ali može ko početi dolaziti i tražiti rasola, a ja nemam pa eto ti sramote. Kad li će mi doći ćumur i drva i ko će mi ih unijeti? Fata i ja ne meremo, a haj' se ti na ovom vaktu nekom moli. Ne mereš nikog naći ni da mu platiš. Nije to kao prije - čim bi nekom dojdi ogrjev iziđe cijela mahala i, što bi rekao keks, drva i ćumur u ćefeneku, sokak i avlija pometeni, a kahva i himber se pije sa komšilukom. Neima više toga. Jah!

Namah mi postade vruće, valjda od ogrjeva, a hava mi se kao uščču i poče mi plaho tuknut na kiseli kupus. Haj' ti, rekoh sebi, Uzeire, u đulistan, neće li ti opet zamirisati u hladu od hadžibega i jasmina, kad more kiseli kupus mi tuknuti usred ljeta, more bit mi s ibrikom u ruci izbije i Emina.

Taman fino završio priču kad će ti meni Semira hanuma, preko bašče, biva preko bare:
- E vala neće Emina izbiti jer bi joj Fata zube izbila!

U MENE FATA

Kao star insan, moj sinko, pa mu sve misli lete unazad, a dani mu okraćali, kao maksumu kad okraćaju pantalone a on nema drugijeh pa ih vuče nadole, ali džabe, svi vide i zadirkuju ga:

- Je l' ti to bila poplava u kući?

Kako ja tako i u mene Fata.

Veli mi jutros na kahvi:

- Sjećaš li se ti, moj Uzeire, kad sam ja došla za te'?

- Sjećam, kako se neću sjećat'.

- A sjećaš se kad me je tvoja nana Subhija natjerala da pred svima varim halvu, k'o biva da me ispita znadem li?

- Jok ja, đe ću se toga sjećati?

- E, moj Uzeire, kako mi je tad bilo, ne umijem ti kazat'. Miješam ja onu halvu i molim se, u sebi: „Dragi Allahu, jal je stisni, jal me sebi digni."

- I - i, stisnu li je?

- Ne mogu se sjetit', al' se dobro sjećam kako mi je tad bilo - veli Fata i uzdahnu.

Nešto kontam: Sa ženama ti je najbolje ne započinjati nikakve ni rasprave, a kamoli svađe, jerbo one pamte i ono što je svak zaboravio i kad se posvadiš sve ti izbifla kao da iz knjige čita, kad si joj šta rekao, kako si je krivo pogledao i kad si joj sve familiju spomenuo.

- Haj', bogati, šta bi da te natjerala da pitu razvijaš - velim ja njojzi, neće li prestati.

- Jah - veli - ima sve gore od goreg.

- Bezbeli da ima - rekoh.

I bi mi drago što sam je odvratio od ovog kaharli sjećanja kojem kraja neima, a još kiša. Što bi rekao u mene Hazim: „Kako god se okreneš guzica ti je iza leđa, pa ti vidi."

MAHALA

Ha prođe Bajram, isprazni se mahala, nigdje živog roba nema. Samo čuješ konu Hanifu kad se prodere, biva doziva djecu, a djeca je ušutkuju:

- Samo se ti čuješ, mati, u čitavoj mahali. Što se bona dereš, jesi popila tabletu za smirenje?

I prije su ljudi išli na odmor, neko na selo odakle je došao, a neko na more, preko Sindikata. Čitava bi mahala znala gdje će ko, kad i dokad i kome je ko ostavio ključ od kuće, a koga je zadužio da mu zalijeva cvijeće. Me'š'čini da je narodu bilo važnije da mu cvijeće ne uvehne nego da mu šta iz kuće ne iznesu, jer se vjerovalo da čuvarkuća čuva kuću, a hadžibeg donosi i održava rahatluk u njoj.

Svi smo znali da je u Halidovice ključ stajao na stepenicama ispod saksije sa čuvarkućom, a kod Raseme u potpećenim i podrezanim cipelama za okokuće, nabacanim jedne na druge, kao fol da se ne primijeti sve dok paščad ne raznese one cipeletine, a ključ od kuće bljesne onako „na izvoli". Nikad im niko nije ušao u kuću dok ih nije bilo.

Odu na sav glas, a vrate se još glasnije i svima nešto donesu. Takva je bila naša mahala otkad pamtim.

A danas... svako se zavukao u kuće, zamandalio kapije i pođahkad se izvuče, kao mastan kaiš, i ode kriomice. Nema ga podobar vakat. Projde hefta, dvije, eto ti ga nazad u mahalu, pozdravlja te, selami, merhaba, kako ko, taman kao da te juče ostavio, a gdje je bio i šta je radio, o tom nijedne ne progovara. Samo nastavi tamo gdje je stao prije nego je otišao, te ne valja država, ne valja narod, ne valja dijaspora, ne valja fakultet u Travniku, diploma iz Kiseljaka... Niko i ništa njemu ne valja, a on sav sija koliko se uglanjcao i nekakav mi drugačiji kao da se sav izoperisavo, gluho i daleko bilo.

Ko zna dokle bih ja ovako dumao da se Hanifa ne dreknu iz avlije:

- Ne derem se, boni ne bili, tako ja govorim. Bezbeli da sam je popila, ne bih mogla bez nje živjet.

*Dok pametni pametuju, dobri dobruju, dotle
duduci i hrsuzi rajzuju dunjalukom.*

ŠAĆIR ZVANI ŠAKA

Svi u mahali kupili radione, Šaćir, zvani Šaka, neće, svi kupiše televizore, Šaka neće, kaže šta će mi šejtan u kući. Svako malo eto ti ga te na dnevnik, te na Gradić Pejton, pa na Dinastiju, tek je Povratak u Idn gledao na svojoj televiziji, kad su mu djeca počela raditi.

Uvode se telefoni, ili platit' ili prokopat' četiri metra kanala. Šaka neće.

Kad god bi mi zazvoni telefon pošaljem dijete:

- Trči po Šaćira!

Na kraju dođe:

- Mogu li ja sa tobom, Uzeire, bit' dvojni, neimaju više linija u pošti?

- Haj' može, komšije smo.

Neki dan dođe u mene Šaćir, nije mi ulazio od '86.

- Uzeire, bi l' mi mog'o tvoj Hike napraviti oni fejzbuk da se povežem sa familijom. Znaš, Uzeire, ja ti neimam ni interneta...

- Znam komšija, znam, haj' bujrum!

UPAO U SEVDAH

Ima li mi šta milije čuti nego dječije glasove na sokaku?! Bez-beli da nema! Porijetko, bogme, pogotovo u ovaj zimski vakat kad se svako zamandali u kuće i svoj devar devera, svojim radostima se raduje između se da ne bi ko saznao i onaj devar mu otežao, a radost makar malo nakrnjio ili skroz upropastio. Neise, ima i finih insana, na prste ih prebrojati.

Svako malo u nas na čardačiću odškrinem pendžer na sokak, dok nije Fata došla sa kahvom i stala rondat na me. Danima ne čujem ni da se ko nakašlje kad prođe, kamoli šta drugo, kad... Neki dan, iza ikindije, začuh poznate glasove sa sokaka. One dvije male hanumice što su pitale jedna drugu ko je tebi ljepši, ti ili Belma. Ne znam ni čije su, majka ih ubila, ali vazda plaho muhabete kao velike.

- Pit'o me Harun da mu budem cura, rek'o mi da me voli.
- Pa jesi li?
- Nisam, on mene voli, al' ja njega ne volim pa ne mogu, znaš.
- Up'o Harun u sevdah k'o šljiva u govno.
- Haj' mu ti, bona, budi cura kad ja ne mogu!
- Nisam ja bona neg bona ne bila, a ni luda tvoje otpatke kupit', joj nje šta govori.
- Rekla sam ja i babi.
- Baš si luda, k'o da se to babi govori. I šta ti je rek'o?
- Rek'o mi, budi mu cura jedno tri godine kad te tako voli.
- To se on zafrkav'o. Što tri godine?
...

- Ama Uzeire zatvori taj pendžer, ako Boga znadeš, sva mi se kuća ishladi. Poče Fata rondati na me i ja ne čuh šta joj je odgovorila. Jazuk!

KAD SAM ONO GONJAO PEMZIJU

U mene nana Subhija, rahmetli, znala je hejbet pravila šta kad ne valja raditi i za sve imala primjer:

- Onog Sejfu udario grom, stoj'o na pragu i pokaziv'o prstom u nebo kad je grmilo. Husniji mašina ufatila prste jer mu je hanuma prala veš utorkom i petkom. Šemsa ograjisala kad joj je čo'jek rez'o nokte u akšam, onog udario trajvan jer se šiš'o uoči petka. Onoj čo'jek pomahnit'o što je curom vazda pjevala u hali...

I - i, tako bih vam mogao nabrajati do Aliđuna. Sve sam ja to kasnije batalio, do jednom. Treb'o ja ići u Vrazovu, na komisiju za invalidsku penziju. Izađem iz avlije i vidim crna mačkurina preleti preko ceste. O'zgor idu Sevda i Hadžo. Asli je i oni ugledaše i Sevda se trkom vrati, kaže, uh zaboravila sam nešto. Zastanem ja uz kapiju, kao fol nešto tražim, priđe Hadžo i pita:

- Uzeire, asli si nešto izgubio?

Rekoh:

- Tražim kunice da istucam malom Hiketu, ubio se u koljeno.
- Neima ti ovdjen kunice, haj' ti dole niz sokak pa traži!
- Haj' ti - rekoh - za svojim poslom, kud si kren'o, prođi me se.

I tako mi očekasmo dok ne naiđe nekakva žena i prođe prva, a mi za njom. I prođoh ja i na komisiji i dobih pemziju, a da nisam očekao... Ko zna?

MAHALUŠE

Čekam Fatu na čardačiću da uznese kahvu i odškrinem malo pendžer prema sokaku i čujem kako dvije djevojčice razgovaraju. Pita ova jedna drugu:

- Ko je tebi ljepši, ti ili Belma!?

Utom će ti Fata sa kahvom i stade rondati na mene:

- Ama zatvori taj pendžer, hoće l' te jope jamit sandžija, pa ću ti ja morat' hizmetit'!

I ne čuh šta joj je odgovorila.

Sutradan maksuz odškrinem pendžer kad čujem one dvije male razgovaraju kao velike:

- Što ti je plaha ta haljina, kol'ko si je platila?

Reče joj ona kol'ko, ka' će ti ova:

- Mogla si novu kupit' za te pare, a i ne stoji ti. Vala, znaš kako bi Belmi stajala.

- Joj tebe, prava si raskopuša, da mi te je kod moje mame malo, kako bi te ona sredila.

Utom ti zaškripaše basamake, eto ti Fate sa kahvom, te ja brže-bolje zamandalim pendžer, more opet rondati na me.

NOĆ ŽELJA

Koliko sam samo puta dočekao sabah moleći se đah za ovo, đah za ono... Tačno me sad bude stid kakve sam sve gluposti i besposlice od Allaha tražio. Kao kad insan i ne zna šta je za njega dobro, a šta nije, pa zine da mu je ovo i ono, ne misli plaho nadaleko nego moli za ono što ga sad svrbi i u duši stišće. Hoće li Hamo položiti isprve vozački, jal Merima završiti fakultet u roku i sa najboljim prosjekom, hoće li mi odobriti da izbijem onaj ćošak, proširim halu i dogradim još jednu sobu... Sve je to tada izgledalo najvažnije za me na čitavom dunjaluku, a danas samo nešto što je trebalo biti pa je eto i bilo tako da Hamo položi iz trećeg puta, a Merima, rodio je babo, završi sve u roku i bude najbolji student generacije, kao kad je vazda bila hairli i pametna. Dobih i ja dozvolu, ali da bogdo nisam, i proširih ono malo kuće, a komšiji Nazifu zasmeta pa me poče tužakati i ne progovorismo sve dok on ne pade na postelju, kad i halalismo jedan drugom. Jazuk u šta nam životi prođoše naslonjeni jedan na drugog.

Dok sam bio mlađi uvijek sam se čudio kad bi neko stariji reci da mu je život prošao sad pa sad, biva začas, a u mene dan nikad proći. Evo, ostarih i sve prođe što bi dlanom o dlan, a ja se opet nađoh sam sa Gospodarom u dvadeset sedmoj noći, biva noći želja i praštanja, i prvi put ne umijem ništa poželiti nego se napokon predajem sav Allahovoj volji i milosti siguran u njegovo određenje. Amin.

SNAHA

Kad god mi šta ukusno jedemo u mene Fata doziva djecu i unuke, hodi Hamo, dođi Merima sine... haj'te djeco... sve poimenice, bilesi i zeta zovne kad je šta što on voli. Sviju osim snahe. Kad je priupitam što to ti nikad snahu ne zovneš, veli šta ću je zvati ionako ne mere doći, a i da dođe ne voli ona ovo što ja spremam.

Neki dan bio u nas Hamo sa djecom i ženom, nisu ni sjeli kako treba kad dođe i voda te se svi razletišmo da napunimo svaki sud u kući. Snaha veli, odoh ja, mama, suđe oprati, a Fata ne da. I tako bi se one natezale, te nemoj kad sam te zaklela, te hoću kad sam se zaklela da Fata ne morade pohititi, more vode nestati.

Malo posjediše i odoše, kao i vazda. Velim Fati, bogme ti je snaha plaho valjala, onoliko suđe ti oprala.

Bolje da nije.

Što li, bonićko?

Koju je vodu niz cijevi salila i još vruću odvrnula na ovoj vrelini, mogli smo se i ti i ja do Bajrama kupati. Ih da sam ja tako trošila...

Sve se kao pitam da li ove matere ikad mogu halaliti snahama što su him sinove uzele? Jok one!

IFTAR

- Haman i ramazan proš'o, a nas niko ne zovnu na iftar - veli mi Fata.
- Haj' - rekoh - da i to doživimo. Valahi se sve izokrenulo pa i ovo, a more biti nas neko i zovne, ko će ga znati?
- Dabogda, ima i prečih od nas. Ko zna kako i ko se u današnji vakat doziva i priziva.
- More biti najprije onaj ko more valjati pa onda ko je srcu drag, da ne griješim dušu odoh malo u đulistan jedino mi tamo neima ovak'ijeh poganih misli što kvare post.

Taman ja niz basamake kad onaj Ifetovicin unuk ulazi u avliju i stade preda me:
- Merhaba, dedo Uzeire, poslala me nana da tebe i nanu Fatu zovnem na iftar da nam dragi Allah svima u sevap upiše... - izbifla mali sve u jednom dahu, meni se čini ne bi ni have uzeo da ga ne prekidoh.
- Polahko, dijete - rekoh. - Nestat će ti zraka pa šta ćeš onda.
- Uzet ću ja opet zraka, dedo Uzeire.
- Bezbeli da hoćeš. Jašta ćeš nego uzet'.

Mašim se za džep da mu dam koju bobu, kad u džepovima mi nijedne bobe, a vazda sam ih nosio da imam ovako djeci dati, kao kad je dječija ruka malehna i malo u nju stane, a sevap je golem.
- Stan'der da ti donesem nešto, sa' ću ja - rekoh.
- Ne treba, dedo Uzeire! Rekla je nana da ti kažem da mi ne daješ ništa, ne smije od moje mame.
- Haj' da i to čujem - rekoh.

Zamače mali i zamandali vrata, a ja brže bolje da Fati uzmem muštuluk.

Nego nisam vam ovo hotio ni rijeti. Hotio sam vam rijeti kako je plah bio iftar kod Ifetovice. Nije žena, me'š'čini, ni sjela, samo donosi i iznosi, a šćer i unuke joj pomažu.

Haj' što donosi, ali kad spusti nešto na sto i ode po drugo vraća se sve unatraške, biva ne okreće se od nas.

Ne izdržah da je ne upitam o tome.

- 'Vako su nas naučili, biva kad se ko poštuje da mu se ne okreće guzica, da izvineš. Kad je moj rahmetli Ifet doš'o da me prosi, meni se tad nije svidio plaho, a sviđ'o mi se jedan iz Gornje mahale. Ali haj' da ne iskvarim babi, donesem ja prid njih kahvu, okrenem se i odem. Rekoh, da mu se tako ne svidim pa me onda neće ni uzet'.

- I kako te uze, bonićko?

- Fino, što ti je sudbina, moj Uzeire. Moreš joj i guzicu okretat kol'ko ho'š, opet će te strefiti.

- Jah, moja ti, a moreš letat' za njom do kraja dunjaluka, ako nije tvoja, džaba ti je.

- Pitam ja njega poslije, Boga ti, Ifete, što ti mene uze kad sam ti onako uradila.

- Tad sam te još više zabegenis'o - veli on.

I neka nam svaki dan bude mubarek ko Bajram, čestit ko Božić, sretniji i uspješniji od Nove godine. Amin

ZEC

Vala vam ja ove dnevnike više i ne gledam.

Ovako sam rahatniji. Sa dnevnika na dnevnik, a ima hin bukadar, pa na kraju, niti znaš šta si vidio, nit' šta si čuo. Svi muhabete isto, ali na svoj način i na svom jeziku i kako kome paše, a ja stalno odvijam, kontam ne čujem, a ono, bolan ne bio, hin ne razumijem. Hejbet nekakvih novijeh riječi i svako govori kako je u kući naučio i odaklen je došao, a ne kako bi trebao.

Nek' oni nama vrate onaj jedan dnevnik, pa da insan rahat zaspe.

Pametan je bio moj komšija Hasan, zvani Zec, alarahmetile, on vam je samo gledao crtani film, a svi iz mahale bi dođi da gledaju Hasana kako on gleda zeca, biva Duška Dugouška i crče od smijeha. Jedino nije volio Kalimera jer bi se od njega toliko rastuži da bi insan zaplakao gledajući ga. Inače je bio ozbiljan, vazdan namrgođen i malo je govorio, a puno radio, jer je imao ženu, Sajmu, koju ništa nije moglo podmiriti da joj bude dosta i potaman.

Kad bi uniđi u njega, nađi bi ga kako sjedi na minderu, mota škiju i čeka neće li se dati kakav crtani. Iznad glave, na zidu, visi dvocijevka i fišeklija metaka. Plaho je volio loviti.

Čim bi ja uniđi, jedino što me pitao je: Uzeire, kad ćemo u zeca?

Rekoh, nikad, moj Hasane, ne mogu svoje krvi gledati, namah se ubandačim, kamoli od zeca.

Kad pođu crtani mogao si mu čitavu kuću iznijeti ne bi ni primijetio.

Svako malo bi otiđi u Kijevo, imao je negdje vikendicu pored Željeznice i tamo bi se razrahati, dan ili dva, u lovu i ribolovu, sve dok mu Sajma ne poruči da ga traži čovjek da mu udara pločice i on ti se, jadnik, namah pokupi i na posao.

Radio je i dan i noć, haman je čitavo Saraj'vo oblijepio pločicama, a nije mu trebalo. Njemu je trebalo samo škije, kahve, kakvog lovačkog kera, dvocijevke, a najviše od svega crtanih filmova.

Nešto kontam, da je danas živ, mogao je povazdan gledati crtane, ali kad bi mu Sajma dala. Nije imao ni še'set, dobi onog pogančera, valjda od onih ljepila, šta li, i preseli i kao da ga Bog nije dao.

Nešto kontam, odoše svi ovi fini insani i sa njima fini adeti, a ostade ova pogan, da na ovu našu omladinu prenese pohlepu i grabež kao jedini adet na ovom vaktu i zemanu.

MRAKUŠA SA JEZERA

Prije su se djeca rađala po kućama, a onda zavladala moda da se ide u bolnicu porađati. Muškarci su ketili taj vakat pred porodilištem, jer nisu smjeli ulaziti, čekajući kad će se odškrinuti pa onda širom otvoriti pendžer i na njemu se pojaviti žena s umotanom bebom, mahnuti mu i uzviknuti, glasno, da svi čuju:
- Muškooo je! Dobio si sina!

Znalo je biti i po dvadesetak muškinja pred bolnicom, a žene bi him spusti kanafu da zavežu kese sa malo prtokala, sokom od borovnice i ovako ponešto što bi him ženama zatrebaj.

Pričalo se da je jedan tako dobio curicu i plaho se naljutio, jer se u onaj vakat nije radovalo ženskoj djeci kao sad. Jedva ga smiriše, a kad ga smiriše priupita ženu na koga liči, je l' na njega, a žena mu veli:
- Jok, na jednog iz Mrakuše, ne znaš ga ti!

Poslije se ovo prepričavalo kao vic, a malo ko zna da je bilo ovako kao što sam vam ispričao kad sam ono ketio i čeko da mi Fata rodi sina.

NEIMA SE KAD

Počeo sam se plaho sekirati za u mene mi Fatu.

Ustanemo na ručak i ne meremo plaho ni pojesti, malo tarhane sa somunom i eto ti. Uzmemo po šaku tableta, a Fata se spremi i ode sa jaranicom Sađom učiti Mukabele i Jasine rahmetlijama po sarajevskim džamijama i nema je povazdan. Kao kad je iza nas ostalo više mrtvijeh nego živijeh pa i nama nekako došao bliže onaj dunjaluk nego ovaj i sve nas nešto vuče tamo da se sastanemo sa dragom rodbinom i ahbabima.

Rekoh:

- Mogla bi ti i ne postit' svaki dan, pa poslije napostit', đe piješ te lijekove, more ti, ne d'o Bog, pozlit' pa se bajildisati od gladi. Samo ti zehra fali i ode ti meni, šta ću onda ja bez tebe, moja ti?

- E, moj Uzeire, nikad mi nisi hotio rijet' da ne mereš brez mene. Znala sam ja da ne mereš, al' je nekako ljepše čut' iz tvojih usta nego samo znat'. Ka' ću napostit', moj Uzeire, ne znam hoću li i Bajrama dočekat'. Neima se više kad, a ja ti se uzdam samo u Allaha Milostivog i Samilosnog. Niukog više.

Pobulila se i ode, a ja kao stuha, baš kao kakva ubleha po kući i oko kuće.

Nešto kontam, sam dođeš na ovaj dunjaluk, bogme, moraš se sam i vratiti ot'klen si došao. Ne mere ti niko pomoći, niti moreš šta ponijeti što si čitav život u znoju stjecao, a bogme i grijehe sabirao ne bi li sve poredao na ovom dunjaluku kako treba i kako svima paše. I ondak sve to ostavljaš osim grijeha, samo njih nosiš kao breme preko Sirat ćuprije, tanje od dlake, a oštrije od sablje iznad dženemske vatre. Što reče jednom u mene Mute:

- Da je kako preć' tu ćupriju i doć' do Vrhovnog, lahko bi se ja onda vadio.

- Zafrkaji se ti kol'ko ho'š, moj Mujo, al' svi ćemo mi na tabut, preko ramena rodbine i ahbaba u crnu zemljicu, pa na tu Ćupriju tanju od dlake a oštriju od sablje.

Tako nam je suđeno.

Jah. Šta ćeš!?

JEZIKARA

Imaš ti ljudi, a još više žena da plaho umiju govoriti, a imaš i onih što ne zatvaraju usta, a ništa ne kažu. Neko ovako neko onako, a niko kao naša kona Fehma. Dođe i priča li priča, ispriča se i ode. Nas dvoje ne progovorimo nijedne, samo se zgledamo i ibretimo.

Mislio sam da ona ne mere drugačije sve do neki dan. Najednom stade sa pričom pogleda nas u oči, jedno pa drugo... Taman ja pomislio da će prestati govoriti kad ona nastavi:

- Bo'me sam ja svojima rekla da pohite kad me budu nosili do mezara.

Mi se opet zgledasmo pa uprijesmo na nju očima, biva da nastavi, kad će ti ona:

- Je'nom govorio naš efendija da dragi Allah pošalje meleke kad ponesu mejta mezaru da pitaju oči šta su gledale, uši šta su slušale, a najviše jezik šta je govorio. E tu bi trebali plaho pohititi kad budu mene nosili, moja ti Fatma hanuma.

Ode Fehma, a meni se nešto sažalilo na nju, kontam, što ovaj insan umije ostaviti pogrešan utisak na drugog insana to niko drugi ne umije. Jah.

Kemal Čopra

FEKALIJE

Stanem malo sa komšijom Atifom na sokaku da promuhabetimo, kad eto ti komšije Bakira uz sokak...
- Mer'aba Uzeire, me'raba Bakire.
Atifu ni mukajet. K'o da ga nema, ma kao da ga ni Bog nije dao.
- Asli vas dva k'o da ne govorite!
- I ne govorimo, moj Uzeire, i to od '84., haman od Olimpijade. Znaš ti da se Bakir vazda petlj'o u vlast dok se nije dobro upetlj'o. A u ono doba nije mog'o dobacit' dalje od predsjednika mjesne zajednice. U svašta se petlj'o. Jednom se u mene začepila kanalizacija i ja izađem na sokak i probijem cijev, da očepim, kad eto ti Bakira uz sokak.
- Atife, kak'e su ovo fekalije niz sokak?
- Fekalije niz sokak, fekalije uz sokak!
On se samo okrenu i ode. Otad ni selam da mi nazove.
Nije prošao ni mjesec kako ovo bi, kad eto ti Bakira uz sokak i pravo na mene: „Uzeire", veli, a unio mi se u lice i sve k'o šapće, „pazi ti, Uzeire, šta laprdaš, mogli bismo mi i tebe pozvat' na saslušanje."
Ja se malo kao zbunih, ali se brzo pribrah pa mu rekoh, anamo njemu:
- Slušaj ti, Bakire, privodio si ti nas i saslušav'o i u onaj vakat, a vidim moreš i u ovaj, al' ću ja govorit' kako je hak i pravo pa ti privodi i saslušavaj kol'ko ho'š.
On se samo okrenu i ode niz sokak, k'o biva ljut, a ja ne mogodoh šutiti, pa za njim iz sveg glasa viknuh:
„Fekalije uz sokak, fekalije niz sokak."

E TU SAM TE ČEKAO, JARANE

Neki dan, kad me ono dovuče do Ifetove kuće, Mute stade i upita me:

- Vidiš ti, Uzeire, ovog našeg komšije Ifeta?

- Vidim - rekoh - plah insan, svima pomaže i svi ga vole, veliki gospodin i čo'jek.

- Jest, ali malo sutra - veli mi Mute i poče pričati: - Njegov najbolji jaran je bio Sifet, onaj klošar što je dužan i Bogu i narodu. Od malehna su vazdan bili zajedno i u školu pođoše zajedno. Završiše Mašinsku zajedno, Sifet se zaposli u Energoinvest, a Ifet ode na fakultet, završi ga i zaposli se, bezbeli u Energoinvest. Me'š'čini da bi tako zajedno i u grob da se ne zarati. Sifet brdu, da brani i čuva Sarajvo, a Ifet strmu, da brani i čuva sarajevsko blago. I jedan i drugi sačuvaše i odbraniše što su čuvali i branili, Sifet Saraj'vo, a Ifet sarajevske fabrike, hotele, restorane, stanove, radnje i radnjice u državnom vlasništvu, a sve ispred stranke. Za čitav rat Ifet ne dođe ni jednom u mahalu, a Sifet mu poruči da ne dolazi nikad više, jer je mahala postala pretijesna za njih dvojicu.

Ifet više i ne dođe, ali ode Sifet u njega tražiti mu para, jer nije imao posla, a propio se i prokockao od one muke i nepravde. Prodao i svoje i ženine certifikate, budzašto, a u Energoinvest se više ne vrati. Ifet kupi njegove i ženine mu certifikate i od svih onih što su po sarajevskim brdima truhnuli, ginuli, zijanjivali pamet i dijelove tijela, i zamijeni ih za fabrike, hotele, restorane, stanove, radnje i radnjice.

Dočeka ga Ifet kao jaran jarana, otkaza i neku delegaciju iz Kuvajta, kao biva jaran je preči od svega. Halališe oni jedan

Kemal Čopra

drugom i ispričaše se kao nekad. I sve bi haman bilo kao nekad da mu Sifet ne zatraži para.

- E, tu sam te ček'o, jarane! Kol'ko ti treba?
- Jedno dvije hiljade maraka, makar da vratim dugove.

Veli ti njemu ahbab Ifet ovako:

- Ja nikom ne pozajmljujem pare, al' pošto si mi jaran, evo ti ovih dvjesto maraka sa halalom, ne moraš mi vraćat', i da mi nikad više nisi doš'o tražit' pare.

Sifet uze one pare, šta će jadnik, i preko vrata, a isti taj dan Ifet se vrati u mahalu i eno ga i dan-danas. Svi ga fale i uče mu dove, jer je pozapošljavao pola mahale, renovirao džamiju, a žena mu za svaki ramazan obilazi, nosa kese i daje sadaku gdje treba i gdje ne treba. Na ranu ih obadvoje priviti.

Svi zaboraviše kako je ko šta hajrovao, samo im na pameti ko šta ima sad i koliko. Kao biva snašao se jer je plaho sposoban.

- Vjeruješ li ti, Uzeire, da se halal i sevapi mogu kupit'?
- Ne vjerujem, moj Mustafa.
- Ču li ti ovu moju priču?
- Čuo sam, moj Mustafa. Bezbeli da se na ovom dunjaluku more sve kupit', ali se na onom dunjaluku mora sve to platit', da si ti meni živ i zdrav i uzbrdo brz.

MIRDŽIJA

U mene je Fata, dok sam ono hodao po terenima, imala bukadar načina da odvrati gulanfere od naše avlije i vrati sa kapije. Ha joj neko bude sumnjiv namah mu rekne da joj je čovjek milicioner, zatvori kanate i ode me, kao fol, zvati, onda viri sa čardačića i ako taj još čeka znači da je ispravan, a ako je pobjegao onda se boji milicije. Još je znala rijeti da joj je čovjek sve opasao žicom i pustio struju pa bujrum ko misli preskakati tarabe neka preskače ako mu je život dojadio.

Haman sam ovo i zaboravio da neki dan neko ne zalupa na kanate i Fata veli, neka ja ću, biva otvoriti. Čujem ja ona nekom govori da joj je čovjek policajac u penziji i da ga ode zvati. Vrati se i viri kroz pendžer:

- Bo'me ne idu, Uzeire, povirider hi, asli su Cigani.

Provirim i ugledah muško i žensko, crnomanjasti oboje sa dvoje male djece stoje i čekaju.

- Odo' ja vidit' šta hoće!

- More bit' prose, ponesi him po marku, nama sevap, a na njihovu dušu.

Otvorim, kad će ti onaj čovječuljak meni:

- Ja sam taj i taj, pomagaj dedo Uzeire, ako Boga znaš. Evo mi došli čak sa Gorice da nas izmiriš, platit ćemo kol'ko god treba.

- Šta ću vas ja mirit' nisam ja mirdžija, a i da jesam neima govora o plaćanju.

- On mene vara i pije - veli ona mladica. - Neki dan se napio i prebio mi mater pa ja otišla od njega, a on letio za mnom i molio da ne idem. Kleo mi se da neće više nikad i ja mu rekla da ću mu se vratit' ako mi se zakune na Musaf.

- Pa što ste meni došli?

- Da nas izmiriš, dedo Uzeire, mi čuli za tebe sve najbolje.

- Haj' onda kad ste toliki put prevalili, sa vrh Gorice, nije ti šala. Idi ti Ahmede u mene u halvat, tamo ima česma i uzmi abdest, a ja odo' po Kur'an.

Ode, bogme Ahmet i sve u hodu skida cipele i čarape i zavrće rukave kao da je od srca nanijetio da je prestane varati i piti.

- Haj' sad Euzu i Bismille - rekoh - i stavi desnu ruku na Musaf, a lijevu na srce i ponavljaj za mnom.

Ja, ovaj Ahmet, sin Aganov, kunem se... Bogme sve ponovi za mnom što sam ja rekao i oni se zagrliše, a on od radosti i zapjeva. Vadi pare iz džepa i gura mi ih, a ja mu ih vraćam. Sve one pare padaju po cesti, a djeca kupe i turaju u džepove.

Ne htjedoh im ništa uzeti, a i rašta bih, nego Fata donese nakih boba i čokolada i dade onoj djeci.

Odoše njih dvoje zagrljeni i pjevaju niz sokak.

- Bogme si, Uzeire, velik sevap zaradio - veli mi Fata - a kol'ko će njima ovo trajat' sam Bog zna.

Gledam za njima i neka me milina obli, ne umijem ti rijeti što. A umalo ih ne vratismo sa kapije!

AHMO

Imao jednog ahbaba iz mladosti Ahmu, plaho volio zaak-šamlučiti i popiti, a mati mu bila pobožna pa bi je svaki put nasekiraj kad bi joj kone i jaranice reci da su joj vidile Ahmu pjana. Kao da su se utrkivale koja će joj prije donijeti muštuluk i obneveseliti je.

Ahmo nije hotio matere sekirati, ali se nije hotio ni rakije odreći pa se dosjetio. Taj dan nije što ono kažu ni liznuo, nego ti pola onih para što je nanijetio za akšamluka dadne hamalu Hoši da ga nosa kroz mahalu, od avlije do avlije svih materinih kona i ahbabica što su ga panjkale. Za ostatak kupi flašu rakije. Veli mu Hošo:

- Malo je to Ahmedaga, vid' te kol'ki si, valja te teglit po Saraj'vu.

- Dobit ćeš ti još na kraju, vidit ćeš. Neće ti falit', ne boj se.

I Hošo ga nakrkači i sve od avlije do avlije da svi vide Ahmu mortus pjana sa flašom u ruci. Na kraju ga odnese pravac u Muharembegovu avliju i kad ga lijepa Safija, Muharemova jedinica, ugleda, a plaho je begenisala Ahmu, istrča za hamalom tutnu mu nešto para zamotanih u bijelu košulju i veli:

- De, Allaha ti, nemoj ga više nosat' po mahali nego ga nosi pravo kući, eno tamo on stanuje.

Hošo je posluša i odnese ga pravo materi sretan što je dobio ostatak para i još bijelu košulju pride. A Ahmo dođe materi trijezan i veli:

- Vala večeras neću akšamlučit' neg ću malo u kući popit' i zameziti.

Materi bude drago, kao svoja mati, ovako ga bar ima na oku.

Kad joj pođoše dolaziti sve jedna za drugom kone i jaranice sa muštulukom da su joj vidile Ahmu pjanog, nosa ga hamal Hošo sve od avlije do avlije jer ne zna gdje stanuje.

- E vallahi, lažete k'o kuje! - veli mati. - Svunoć je sa mnom bio.

U tom ti ih zatjera, sve jednu po jednu i otjera iz avlije. Ahmo otad rahat nastavi akšamlučiti i piti, a materi mu više niko ne dođe Ahme panjkati.

DAN ŽENA

Prve godine, kad smo se uzeli Fata i ja, za Osmi mart sam joj kupio, bilesi, dvije metle, jednu za pokući, a drugu, brezovu, za avlije.

I tako svake godine do dana današnjeg, nijedne nisam preskočio.

Jedne godine, đevđir, pa tendžeru, pa elpezu, gramofon, haber kutiju, pa sve do usisivača.

Jutros na kahvi, kaže meni Fata:

- Uzeire, ti za svaki Osmi mart uzimaš nešto za kuće, vakat je da uzmeš nešto i za mene.

Živ sam se ufatio šta ću uzeti Fati za 8. mart, pa zar joj i dosad nisam uzimao?

Pomagajte žene, ako Boga znate!

Dok sam ja sa mindera u halvat, nekakav šejtan, naletosum, pomete mi onaj muhabet ili se Fata brišući prašinu posefila, pa rekoh da ponovim.

Jazuk onakvog eglena.

Uzmem ja Fati miruh za Osmi mart i bi me sramota pronijeti đule kroz sokak, pa rekoh Mutetu taksisti da mi kupi jedan buket, ali da niko ne vidi.

Zove me Mute, kaže:

- Uzeire, puk'o mi kvar u auta, haj' pohiti do Vratničke kapije, dok ti nisu ruže uvehnule.

Nazujem kaloše i pohiti - polahko. Dok sam se vraćao ufati me nekakvo rumenilo, meni se čini bio sam ti rumeniji od onih đula. Rekoh, ugledat će me Šekjurovica i puče bruka po mahali.

Prolazim mimo svijeta, niko ni mukajet što ja nosim đule hanumi za Osmi mart. Vas u znoju zakoračim u avliju, a zove me Mute iz auta:

- Eto vidiš, ba Uzeire, nije to više sramota k'o prije.

Ugursuz, opet me nasamari, a imao je pravo.

Obradovala se u mene Fata kao da sam joj ne znam ti šta donio. Odsle znam kako ću.

Nije džabe Fati mati vazda govorila:

„Čuvaj čo'jka, pusti djecu, djeca odoše, a vi ostaste jedno drugom."

PRIČA O DOBRIM LJUDIMA

Ljudi su čudo, o ženama da ti i ne govorim. Najstarija žena u mahali, Pemba hanuma, ima, ako neima i preko sto godina. Ko će ga znati. Kao kad su se neki ljudi, a pogotovo žene plaho pazili u životu, šta će pojesti, popiti i da bude rahatluk u kući pa su sačuvali i zdravlje, uz puno rada, sevdaha i sabura, a od nečeg se mora i umrijeti, bezbeli. Ne mole se ljudi džaba Allahu da im dadne smrt na nogama i da se ne zalijepe za postelju od koje te više niko ne rastavi.

Tako i Pemba godinama leži, a dragi joj Allah nije dao ženske djece, sinovi i snahe joj hizmete kad mogu i kako mogu, a to je malo i premalo. Zato joj dragi Allah pošalje konu Sabihu da joj pomogne, izmjeri joj šećer, priključi aparat za disanje, skuha supicu, opere suđe i još sjedne sa njom, uzme je za ruku i priča joj dobar vakat. Pemba joj od zahvalnosti svako malo poljubi ruku, a Sabiha njezinu.

- Nemoj ti moju ljubiti, šćeri, sva se sprčila. Dodajder mi taj džuzdan - veli i sve hoće da joj plati, a ova neće ni da čuje pa joj zaprijeti da će namah otići i da joj neće više ni dolaziti.

- Ko bi rek'o za onu Sabihu, moj Uzeire, 'nakva gospođa, zubarka, nije ti šala, neima muška u mahali koje se ne okrene za njom, bilesi onaj pjevač, tvoj rođak, a ona merhametli 'nakva draže joj Pembi hizmetit' nego se gizdati i puhati, a ima sa čim, dragi je Allah obilato obdario sa svačim.

- Čuj i on se okrene za njom. Isti je dedo mu, rahmetli. Nije ni čudo kad su mu one oči k'o na loju pa svukud letaju.

- Okrene, bo'me, a ona ni mukajet, k'o veli, imam ja svoju majku Pembu, valja mi sa njom, a tol'ko sam je zavolila da ne smijem ni pomislit' da će mi umrijeti.

- Merhametli insan, džaba što je žensko i još tak'a da se okreću za njom.

Nekad se na insana natovari n'akav teret pa ga hotio ne hotio nosa danima, nekad mjesecima pa i godinama, a teret ga pritišće, mori i biva sve teži i teži sve dok insana ne dovede do jedne jedine misli satkane u molitvu:

Dragi Allahu, il' mi olakšaj il' me sebi uzmi.

Pošto nam je obećao da nam nikad neće dati teret koji ne meremo izdržati, tako i bude.

Uvijek nam pošalje nešto ili nekoga da nam olakša i najveće muke kao što je Pembi poslao Sabihu, bezbeli, a more biti i da je Pemba njojzi nešto olakšala, ko će ga znati. Ljudi su ti čudo, a ljudske duše se osjete i prepoznaju jedna drugu pa se i zavole, bezbeli.

TAMBURICA

Provirih malo na sokak, kad eto ti Sulje, nosi nešto zamota-no u novinu. Rekoh:

- Šta ti je to Suljaga, k'o da si 'ticu ufatio?

- Ma jok, bolan Uzeire, nosim mokraću u Dom zdravlja, ne-što me peče. Odnio ja fino, sabahile, mokraću u onoj flašici od vegete, kao što se vazda nosilo, kad se ona na šalteru poče smija-ti, veli: „Šta ti je ovo? Ne mere 'vako, moraš kupit' u apoteci fla-šicu i donijet." Samo da insana vrati. Odem do apoteke i kupim flašicu, al' se neimam đe izmokrit', te ti se vratim kući, evo me vas u goloj vodi.

- Šta bi da si mor'o nosit' nešto drugo? U šibicu, bezbeli, moj Suljaga?

- Ne bih od sramote, moj Uzeire. Odo' dok nisu prestali pri-mat'.

- Haj', allahimanet i nosi dok je vruće.

Taman da se vratim u avliju kad ugledah konu Šuhru, pod mahramom mete ispred kuće. Asli je nešto bilo jerbo ona nikad ne nosi mahramu onako. Rekoh:

- Šta je reć'?

- Moj Uzeire, da si ti živ i zdrav, babo mi je preselio.

- Bašam sagosum.

- Dostum sagosum - odgovori ona meni i zaplaka, jadnica.

Tobe jarabi, umal' ne rekoh nek' je živa glava, al' se nekako ohafizah na vakat. Rekoh:

- Jah, šta ćeš, neka je samo po redu.

Ne znam šta bih joj drugo.

Veli ona meni:

- Znam ja to, moj Uzeire, nego kad god pomislim na njega sjetim se kad sam se curom zabavljala sa u mene mi Salkom. Plaho me Salko zabegenis'o, pa bi me doprati sve do kuće i kad bi se vraćaj ona bi ga naša jalija ufati i prebij. On ni mukajet, kao kad me je volio. Vidila ona jalija da ga nemaju rašta biti i pustiše ga. Je'nom on mene dopratio, a u mene babo naš'o nak'u tamburicu pa, ha bi dođi sa posla, jami onu tamburu i tambura povazdan po sokaku. Otad su ga i prozvali Tamburica.

Doprati ti jednom mene Salko i kad ugleda u mene babu sa tamburom, priupita:

„ Ko vam je ono?"

„ Ma, pusti n'akva budala", velim mu ja.

Bolje da sam jezik pregrizla.

Drugi put on mene pita koja je u mene kuća. Ja mu pokažem onu Halimovu, vel'ku, stid me bilo što je u nas bila mala kuća, kad u mene babo sa prozora viknu na me:

„M'rš u kuću!"

Veli moj Salko:

„Ja ove budaletine. Što ću ga jednom štocirat."

„Ma pusti ga", rekoh, „taki je on."

- Moj Uzeire, babo mi je halalio, al' ja sebi neću nikad halalit'.

- Sabur, moja ti Šuhra hanuma, mladost je to bila, a mlad insan svašta bi hotio i volio što neima.

Ne znam šta bih joj više. Izvukoh se kao mastan kaiš te zamakoh u avliju. Sve nešto kontam:

Što ti je ovaj insan, nekog proganja jedna riječ ili rečenica što je nekad nehotice izgovorio, a neko kakvo veliko zlo učini na dunjaluku pa ni mukajet, a mene ufati n'akva muka kad neko vrati starog Sulju sa šaltera što je donio mokraću u flašici od vegete.

Jah, šta ćeš!?

VAZDANICA

- Sjećaš se ti, Uzeire, kad sam ja čuvala našeg Hiketa?
- Sjećam, kako se neću sjećati.
- K'o kad u ono doba nije bilo blizu obdanište, a bilo i sramota angažovat' ženu. Nije nam bilo lahko sa maksumima. Ne kaže se džabe da je dragi Allah hotio da star insan devera oko djece dao bi da i on more roditi. Bogme i druge nane čuvale svoju unučad, a dani onda bili dugi pa bismo ti mi svaki dan jedna u druge na vazdanicu, bezbeli sa djecom. Mi kahvendišemo, a djeca se igraju nama na oku. Kad je bila reda kod Ibrahimov'ce, ona imala verandu i pogolemu avliju pa bi mi sjedi na verandi a djeca bi se igraj i skači po avliji. Nasred avlije imala hadžibega, plah joj bio, velikih cvjetova i lijepih boja. I, moreš mislit, ona su ti se djeca zaigrale „teta", a našeg Hikmeta postavili da kao fol prodaje u granapu, a pare him bile, moreš misliti, latice od onog Ibrahimovic'nog 'nakvog hadžibega. Mi nismo ni primijetile kako one kidaju one latice i plaćaju sa njima našem Hiketu. Svega su joj ga iskidale.
- Eto kako ste čuvale djecu.
- Ibrahimov'ci ne bi pravo, al' ne reče nije'ne. Sljedeći put mi dojdosmo u nje, kad ona nama svima podijeli po komad špage i, veli, vežite svaka svog šejtana rukom za verandu i neka se igraju. K'o djeca, i to him bilo zabremedet, a hadžibega nisu mogli dofatiti.
- Pametna bila Ibrahimov'ca, sačuvala i jaranice i hadžibega, bezbeli.

UZ MAHALU, NIZ MAHALU

U nas, u mahali, nije bilo haman kakvih podstanara.

Kao povisoko, a i kućice bile pomalehne i trošne ćerpićare, a sobičci pomalehni i unilazilo se u njih sve jednu kroz drugu.

Jedino je komšija Abid vazda imao podstanare.

Nije zato što mu je trebalo radi kakvog šićara, nego što nisu imali svoje djece, kao biva zbog radi društva, da him je običnije, šta li? Ne znam i je li him i naplaćivao što su u njega bili, prije će ti biti da him je i od sebe davao i pomagao, ko će ga znati. Budi bi u njih po koju godinu dok ne dobiju stan od preduzeća, jal na Alipašinom, jal na Dobrinji i odoše, a Abid i Abidovica bi dobar vakat tuhinjaj i žali za njima sve dok ne dođe kakav novi. Onog bi starog namah zaboravili koliko bi se zabavili da ugode novom. Podstanari bi se vazda vraćaj u mahalu, kažu uguši nas haustor i beton, ne meremo dihati.

Jednom dođe u njih Agan sa Sokoca.

Kao biva da završi kakvog zanata. Bogme se on i oženi u Abida. Dovede Enisu, iz Gornje mahale. Ona mu donese u miraz ćilim, što ga je curom tkala i u velikoj kanti hadžibega. On je imao kredenac i koher, a bilo bogme i ljubavi, pa him više nije ni trebalo. Sve dok Ago ne poče piti i lutati sa jaranima. Kad god bi se Ago vrati iz skitnje, Enisa bi dobi degenek i osvani bi sa šljivom na oku. Nije dala rijet da je Ago izdegenečio. Kad bi joj dokundisalo ona bi pošalji kakvog maksuma u Gornju mahalu po brata Ševkiju, smotaj bi oni ćilim Ševkiji na rame, pogolem je bio, a Ševkija sitan, pa bi se sav savi pod onim ćilimom dok bi ga iznesi u Gornju mahalu. Tako bi danima tuhinjaj u matere i čekaj da joj Agan pokuca na pendžer i samo rekne:

- Haj'mo, kući, polazi!

Agan ode, a ona ti sa hažibegom na kuku, a za njom se savijao brat joj Ševkija pod onim golemim ćilimom. I tako godinama, sve dok jednom Enisa ne posla maksuma po brata, a maksum se vrati sam:

- Poručio ti je buraz da moreš doć', al' brez stvari. Kaže da je kilu fasov'o od tvog ćilima i hadžibega, a svakako ćeš se i vratit'.

AZRAIL

Neki dan kod Emina spomenusmo Azraila, kad će ti Eminovica:

- Kad je dragi Allah dav'o melekima zadatke, svi slušaju i šute samo Azrail ne mogaše:

„ Gospodaru, težak je to zadatak i ljudi će me zamrzit."

„ Neće oni ni znat' da si to ti, jer ću ja objaviti ovako: 'Melek smrti, koji vam je za to određen, duše će vam uzeti...'"

„ Opet će oni saznat' nekako, ljudi su to, Gospodaru, znatiželjni i mudri."

- Allah se smilova Azrailu i dade ljudima bolest, nesreće i ratove da ne bi Azraila optuživali kako im je on uzeo život. Biva, nije od Azraila umro nego od te i te bolesti, udarilo ga avto, jal od metka, il' gelera. Bo'me je Azrail bio u pravu i ljudi nekako saznadoše da je on taj koji im uzima duše, al' ga nisu zamrzili, jer kad se ljudi nekog boje, ne mrze ga, prije će ga od tog silnog straha zavolit', moj Uzeire.

- Jah, moja ti Eminov'ce, neka svak radi što mu je određeno. Mi ćemo svoj pos'o, biva rađat' se i mrijet', jal od bolesti, jal od starosti, a nek Azrail radi svoj, sve po Božijem određenju, bezbeli.

Samo znam da ne treba svakom namah i širom se otvarati, mogli bi ti prije Azraila bahnut pa dušu i srce uzeti, moja ti Eminovice.

ŠVEĐANI

Bio nam Fatin daidžić, Hamo iz Švedske, onaj što mu je mali hašarijast, pa ga ja nagovorio da ga osuneti neće li se smiriti. Došao sam, a ja ga i ne pitam za malog, znam da će mi sam reći.

- Nisam ga htio dovodit', rekoh, da se u miru ispričamo. Otkako je doš'o samo dudla onu nargilu k'o da je na sisi, pa ga ne moreš odvojit' od nje.

- Bogati - rekoh - Hamo, kak'a je ta Šve'ska?

- Plaha, Uzeire, najbolja zemlja na svijetu. Tamo ti insane drže k'o malo vode na dlanu. K'o bogata zemlja, sređena, pa svako može imat' kol'ko mu treba, a ko zapne može i više.

- I - i, neima tamo lopovluka i zijanćera k'o u nas?

- Ima, Uzeire, kako neima, nego svak može imat' pa se i ne vidi kad ko zagrabi više.

I dok mi Hamo muhabeti kako je tamo, ja nešto pođoh dumati o tim svim bogatim zemljama. Kako su oni postali bogati, a mi vazda ostali jadni i siromašni. Koliko znam, i oni su vazda ratovali, najprije između sebe, pa onda počeli otimati od drugih. Čitav su svijet obišli i jamili sve što him je trebalo, a đe su god došli tu više trava nije nikla. Namirili se, glanćeri, oteli od drugih i onda počeli voditi politiku. U njih sve dobro, a kod ovih ništa ne valja niti će kad valjati, jer oni ne daju da išta valja. Ko hin ne zna skupo bi hin platio. Što bi u mene Hazim rekao: „Znam te puško kad si pištolj bila." A mi u Bosni imali sve i nikad nam nije ni naumpalo da idemo druge ubijati i od njih krasti. Šta će nam tuđe kad imamo svoje!?

- Slušaš li ti mene, Uzeire? - veli mi Hamo i povrati me iz ovih misli.

- Ne čuh te ovo zadnje što si rek'o - rekoh.

- Kažem ti, moj Uzeire, da mi je počeo falit' ovaj naš ciganluk, ono kad te prodavačica mrko gleda, pa ni merhaba ni pomoz Bog, a kamoli osmijeha. Toga mi fali, Uzeire, ne'š mi vjerovat', al' mi je dodijalo ono njihovo lale-mile. Nit' te voli nit' te mrzi, samo ti se smije i klima glavom. Nikakvih osjećaja, moj Uzeire.

Slušam ga ja i kontam:

Kad se insan namiri u svemu, počne mu faliti ono što ne mere kupiti. A kako je krenulo, na cijelom će ti dunjaluku biti ovako: sve ćeš moći kupiti, a nigdje ne'š moći naći ovo malo duše u dobrog insana.

O DOBRIM LJUDIMA

Onaj moj nalet Mute prionuo za mene kao za očinju bradu, ne ispušća me iz vida. Veli, hajde ti Uzeire kod mene u kafić i sjedi ako ti je dosadno, a možeš šta i čuti pa priču napisati.

- Šta ću po kahviću, moj Mujo? Ne idem ti ja đe se pije. Dosta sam se priča nasluš'o, a narod samo ponavlja jedno te isto.

- Nema ti u mene alkohola, moj Uzeire, znaš da sam doš'o tobe.

- Aferim, moj Mujo, tako i treba.

- Zato sam Vesni otvorio kafić, kod nje ima, njoj vjera dozvoljava.

- Vala si pametan k'o dvije budale, jedini ti umiješ ugoditi i Bogu i narodu, a sebi ponajbolje.

- Ko ne umije sebi, umije punici, je l' se to tako kaže?

Kako on meni ovo reče tako se sjetih kad smo bili djeca, pa udarili po avliji praviti zijane, a nana Subhija sa pendžera samo klepi dlanom o dlan, nije se onda vikalo i dozivalo za djecom kao danas, biva da nas iskupi i ispriča nam priču ne bi li nas smirila.

Poredamo se oko nje, iskolačimo oči na nju i otvorenih usta čekamo kad će početi.

- Znadete li vi, djeco, da je vaš dedo Atif im'o hejbet ahbaba? Bezbeli da ne znate, kad ga niste ni upamtili. Svi su ga voljeli, poštivali i gotivili, a najviše jedan Jovo, samardžija, po njemu je ova naša ulica i dobila ime. On ti je pravio samare za konje i kalufne jastuke za mindere. Plaho fin insan bio, ne faleći mu zakona. Kad bi vaš dedo u njeg' dojdi na kakav ićram na je'noj polici je stajalo suđe i na njemu je pisalo Atif. Biva, kad Atif dojde sa njima jest',

Kemal Čopra

a da ne sumnja da je, ne d'o Bog, u tom suđu bila paščetina il' da se peklo na masti. Jok! A dole, malo niže u kazandžiluku bio jedan Marko, kazandžija. Kad bi zaokuiši sa munara, a on vazdan nešto kuck'o i je'nom tamam zamahn'o kad se začu okuisanje, a on namah stade držeći onaj čekić u havi dok ne izuči ezan. Sve kazandžije bi otiđi klanjat' namaz, a niko nije zatvar'o radnje, jer su znali da je tu Marko i da će him čuvati k'o i svoje.

Gledamo mi u nju razrogačenih očiju i otvorenih usta, neće li nastaviti. A ona ni mukajet.

- Šta ste zinuli, eto vam priče za danas?!
- Ih, nano, kak'a ti je to priča, nije ni završila.
- Bezbeli da nije, djeco, nit će se kad završit', a vi ste još mali, imat ćete se kad naučit' kol'ko je ovo bilo golemo u nas i kako su se ljudi poštivali i cijenili sve što je tuđe.

Zadumao ti se ja tako, kad eto ti u mene mi Fate, sva se uspuhala i veli:

- Moj Uzeire, da si mi ti živ i zdrav, preselio ti onaj ahbab Jovo Jovanović sa radija, što si o njem pis'o i što ti se vazda javlj'o.
- Nek mu je lahka zemlja. U današnji vakat dobrim ljudima dojde lakša zemlja nego hava. Još malo pa ću i ja za njim, bit će mi lakše otić' kad znadem da je na onoj strani više insana i ahbaba nego na ovoj.

ĆAMILAGINICA

E, moj Uzeire, što ti je ovaj star insan, škripe kosti i pucketaju kao u kakve harabatije.

- Ova se zima otegla k'o teravija, neuzubilah, da ih je đe kako izgrijat' - veli u mene Fata, na sabahu uz prvu kahvu.

- A, moja ženo, đeš hin izgrijat', jedino u Reumalu u Fojnici hin moreš rasparit', pa kad se vratiš onda još gore škripe, Allah selamet - velim ja njojzi.

- Sjećaš li se ti, Uzeire, kad sam ono sa mojom jaranicom, Ćamilagin'com rahmetli, bila u Neumu, u hotelu Sunce. Aman, što nam je bilo plaho, jedino nas onaj njen unuk Harun bihuzurio, bio plaho hašarijast. Mi bismo ti onim konobarima reci, sve šapatom, da nam ne turaju svinjetine. Je'nom mi čekamo da nam donesu doručak, puno sve, a onaj konobar gura kolica, svašta na njima, a tišina, valjda narod čeka, gladan, ni muha se ne čuje. Ja kad se onaj njezin Harun razdera:

- Nano, ene ga krmetina, nu krmetine, nano!

Kad nismo u zemlju propale.

Moj Uzeire, što je ona moja Ćamilaginica bila insan i džomet, aman jarabi, neima više 'nakve žene niti će je biti. Oni su ti bili iz Bijelog Polja, srodili se sa mahalom, a ne kao ovi danas, kad dojdu da hin je sve po svom...

- I jest, valahi, ono se više ne rađa, vazdan je po mahali kese nosala, k'o da dijeli kurban, sve od kuće do kuće. Onaj joj stariji sin Ruždija im'o mesaru, pa vazda bilo mesa. Nama je donosila sudžukice, plahe bile, neima hin više nakih ni kod Hodžića, a kamoli đe drugo.

- Sjećaš se ti kad ono ona u mene je'nom ostavi kesu punu sudžukica i ćevapa, k'o biva kad se vrati da je ne nosi. Po belaju mene viknu kona Sajma, da joj nešto pomognem, a djeca kako dolazila iz škole, gladna, nađoše one sudžukice i stadoše hin cvrljat' i maštrafit' do zadnje. Vratila se Ćamilagin'ca po kesu, ja je tražim, niđe kese. A moj Uzeire, kad nisam u zemlju propala. Ala joj rahmetile, ona će ti meni: „Ma pusti Uzejrovice, maksumi su to, donijet ću ja njima još čim Ruždo napravi!"

Dumamo mi tako o svemu i svačemu samo da ne bismo dumali o čemu moramo.

KAO SVOJA MATI

- Sabahile ova kiša plaho razgali insana - velim ja u mene mi Fati.
- Jok ona - veli Fata - hornija sam, men' se čini, kad ne pada.

Nešto kontam, ja ove u mene mi žene, šta god reknem ona kontra.

Prije nije bilo tako. Prije je bilo:
- Ja, moj Uzeire, pravo veliš - taman i da nisam u pravu.

A sad jok, ne da rijeti. Neise.

Otkad je izišla ova knjiga ne mogu ni sa kim riječ progovoriti, svako mi ufati svoje priče pričati, a ja neimam kad ni svoje slušati, kamoli tuđe.

Tako i Šabanaginica, presrete me na sokaku, nije me čestito ni za zdravlje upitala, namah mi pođe pričati:
- Kad sam se tek udala, mala djeca, a ja se, moj Uzeire, plaho razbolila. Pođe mi ovo ovdje rast', 'voliko, da izviniš - i pokazuje na prsa - ne da dihat'. Dojde meni doktor i čujem ja šapće u mene mi Šabanu: „Neće ti ona dugo, nego ti njoj zovi hodžu." Ondak se meni plaho živilo, nije zbog mene, nego mi mala djeca, moj Uzeire. Velim ja u mene mi Šabanu: „Kad ja umrem ti oženi Aišu Ćurićku." On blehn'o u me', al' ne reče mi ništa. Dojde hodža i napravi mi zapis, smota ga u trokut i metnu u vodu. Poprska me onom vodom, a meni k'o da me neko ispuha i ja dojdo do daha. Veli hodža: „To si ti nagazila na safunicu." Bo'me, ja ustah iz mrtvih, k'o kad mi nije bilo suđeno, šta li? Pita me u mene mi Šaban: „Što 'no ti meni ondak reče da oženim Aišu Ćurićku, beli si me ponizila, zar mi nisi imala nikak'u drugu?" Rekoh: „Moj

Šabane, ja to zbog djece, znaš da je Aiša došla na dvoje djece i umrije joj čo'jek, a ona hin pazi k'o svoje. K'o velim, pazila bi tako i moje."

Što ti je svoja mati.

Kemal Čopra

DŽEP

Dojde Fata sa teravije i pojde skidati jemeniju, veli sva sam ti u goloj vodi. Onaj narod muhanat, ne da uključiti ono za hlađenje, nekom udara u glavu, nekom u krsta, i svak se voli znojiti nego kakve bolešćine fasovati.

- Ne kaže se u nas džabe, niko nije umro od smrada neg' od zime.

- Ode' ja nama u onu malu pristavit'. Svakako neću ni spavat' do ručka - veli i zamače u kuhinju.

- Haj' vala, volim i ja oćeifit' nego spavati.

Donese kahvu, srknusmo, uzdahnusmo od meraka, a Fata se ispravi na minderu i okrenu prema meni:

- Vala Uzeire, do sad sam ti sve rekla što sam uradila i pomislila, al' ovo ti ne rekoh nikad. Ko zna doklen ćemo još pa da mi halališ, ako mogneš.

Kontam, kako se naperila name, asli je nešto golemo što mi ima rijeti. Da nije šta o djeci, da mi neće, ne dao Bog, rijeti da Hamo jal Merima nisu moji? Šta mi ima to govoriti, tamam i da nisu, oni su moji. Ja čiji su?

Kao da me je čula, veli:

- Ma nije to, Uzeire, ne d'o Bog. Nego kad si ti ono kupio odijelo, kad si hotio ić' u Novi Sad, ja mazala Merimu i spustila onu soleu otvorenu na minder, a ti dojde u odijelu i sjede na onu soleu. Asli nisi primijetio, ali ti ostade 'volika fleka na gu'ici, masna. Ne smjedo' ti rijeti, nego kad si skin'o pantole ja hi spodbijem i kod one moje tetišne u Gornju mahalu; ona bila šnajderica.

„Moja ti, Zulko, pomagaj ako Boga znadeš", rekoh. „Vidi što sam napravila zijan."

Uze ona one pantalone, gleda, mjerka, maše glavom... Asli neće na dobro.

Kako hi izvrati tako joj se ćehra promijeni i ja odahnuh. Veli: „Fin n'akav materijal, s obje strane isti. 'Vako ćemo mi, rašit' i okrenut' naizvrat pa se neće ova fleka vidit'. Jedino će džep otići na drugu stranu."

„Ma nek ide đe hoće, k'o da će to Uzeir i primijetiti, ne zna đe mu je glava kamoli na kojoj je strani džep."

Zulka ono raši, saši, sad pa sad, i fleke nestade. Rekoh, dobro je, nek i ovo projde. Vrati se ti iz Novog Sada, ne znam ni što si iš'o, šta ćeš po Novom Sadu?

- Čuj što sam iš'o? Znadeš da me firma poslala.

- Neise. Ha si se vratio veliš mi: „K'o da je ovaj džep bio na drugoj strani." Ti ono im'o običaj turiti maramicu u zadnji džep. Jok on, reko', vazda je bio na lijevoj. Slagah. Još se ona tvoja nana Subhija nastavila taj vakat: „Što fušeraju, samo da him iz ruku ispadne. Tvoj dedo Atif je sašio bukadar odijela i svako bilo k'o pod kaluf jednako, a vidi ovo... Hej' jadi, jadi, šta se radi na današnji vakat. Čuj na muškom odijelu džep na lijevoj strani. Sve naopako i naizvrat, zato nam i jest 'vako." Nikad prestat'.

- Eto, Uzeire, ja ti rekoh, a ti halali ako moreš.

- Haj', Boga ti, k'o da je to za halala, ja mislio Bog zna šta je!

- Meni bo'me jest, sa' će i pedeset godina kako mislim na to. Kud mu ne rekoh, majko moja mila.

- Halalosum, nek' nije šta drugo, a i da jest vala bih ti i to halalio.

Pričam ja ovo onom mom naletu Mutetu, kad će ti on:

- E, moj Uzeire, da mi je tvoja pamet i brige Fatma hanume pa da se naspavam ko čo'jek. Dok se čitav svijet zabavio oko fudbala, ratova i terorizma, vas dvoje oko džepa.

- E moj Mujo, kad bi se svako zabavio oko svojih problema pa makar bili i džepovi, svima bi nam bilo bolje, a ja bih ovaj 'vaki fudbal ukin'o da se imalo pitam. Samo pripremaju jadni narod za nove ratove, huškaju jedne protiv drugih i trpaju pare u džepove i na lijevoj i na desnoj strani.

Đe him više stanu?

Kemal Čopra

U SRCE NAS DIRALA

- Moj Uzeire, moreš mislit, mrven šećera nejma u kući, ni sitnog ni u kocki, a granap se tek u sedam otvara, veli mi Fata sabahile. Neg ću ja nama kahvu zasladit s onim smeđim za kolače što mi je Merima ono jenom donijela.

- More komotno, samo nek je sladak.

- Ja kakav će bit neg sladak, moj Uzeire. Ko šećer, samo ga malo obojili. Asli mi je malo izblijedio, ko kad je dugo stajo.

Nasu nam Fata po finđan i turi po kašiku onog šećera, a ja bez đozluka vidim da je nakav pokrupan i plaho bijel.

Kako nasu, tako uzdahnu:

- Što mi je nešto žao one Jadranke, n'aka obična bila, fino se nosila, nije se ni bakamila, fine ćehre i naravi bila, vazda nasmijana.

- Šta ćeš, moja ti, svima nam je mrijet.

Ne znam šta bi joj odgovorio, a i meni je nešto bi žao, a da ne bi suze pustio srknuh malo iz onog findžana.

- Ko da ti ovaj šećer nije sladak?

- More bit, moj Uzeire, nakav je izblijedio. Saću ja tebi još jenu kašikicu.

Turi ona još jenu, promješa, srknem. Gorka, ko čemer. Malo zavrtim finđan neće li se onaj šećer rastopit i jope srknem kad ugledah do po finđana onaj šećer stoji li stoji.

- Asli mu je prošo rok trajanaja dok se ne topi.

Kako ja to rekoh Fata se zagleda u onaj galon, otvori ga i istrese malo na dlan.

- Halali Uzeire, ja se posefila i mjesto šećerom kahvu ti pirinčem zasladila. Blento, blentava.

- Haj reko nek je sva šteta u tome.

Nešto kontam, da sam mlađi sad bi ja na nju, more bit i zagalamio što je kuća ostala bez šećera, a valjda insan nadojde s godinama i skonta da je zalud tratit vrijeme i živce na besposlice. Desi se, pogotovo starom insanu, a more bit se neko i nasmije i eto ti sevapa.

Ode Fata po šećer, a ja se nešto zamislih:

Neki ti ljudi omile, a da ih nikad u životu nisi sreo. Kad odu bidne ti ih žalivije neg onog prvog komšije što si čitav život sa njim proveo i u dobru i u zlu.

Što ti je ovaj insan? Devera, muči se i svak bi nešto ostavio iza sebe da ga ko biva upamte, a nemere, il ne umije svak, šta li. Neko čitav život sprca podižuč kuće i imanja, misleć da je nešto ostavio, a nije jadan ništa dobro, neg samo da mu se djeca imaju oko čega svađat. A neko opet pomaže drugima i đi god makne nešto dobro uradi. Za sebe i ne haje. Takve ljudi najdulje pamte i rado ih se sjete. Baš ko naša Jadranka, najmanje je sebi gledala, a Bome nam je dosta dobra dala svojim pjesmama, i n'akva merhametli kakva je bila, svak je se rado sjeti.

A nama što smo ostali valja deverat sa svačim pa i sa kahvom rižom zašećerenom.

Kemal Čopra

MLADOST

Sinoć, kad se vraćah sa jacije namaza, ugledah na jaliji se iskupili n'akvi momčići, tek se oguzali, pa se sjetih kad bi se mi, birvaktile, ovako iskupi na istom mjestu, a otale jal u zijan, jal u sevdah i ašikovanje.

Gledam. Meni se čini ne znam nikog.

Da su him matere i očevi sa njima znao bih, ovako ne znam, jerbo, danas ti nikog ne smiješ ni priupitati: „Čiji si ti, mali?" Kao što je prije bio običaj. Ako ti se sam javi i rekne, dobro i jest, ako ne, bolje ti je gledati svoja posla. Hajde, rekoh, nazvat ću selam pa odoh svojoj kući.

Nisam to ni pomislio kako treba, kad će ti oni uglas:

- Akšam hajrola, čika Uzeire!

- Allah raziola, i vama akšam hajrola - rekoh i bi mi plaho milo što se znaju upitati.

Veli mi onaj jedan, najveći među njima, asli him je on harambaša:

- Mog'o bi kad i nas spomenut' na fejzbuku, čika Uzeire, haman si čitavu mahalu izred'o, a nas nigdje. Ma vala, mi ti i nismo na fejzbuku, neg'...

I reče on đe su, jal ne čuh dobro, jal ne razumih, a prije će ti biti da nisam razumio šta mi 'no reče. Znam samo da je nešto oko vage, k'o gram, k'o kilogram, ne umijem ti kazat'. Neise. Oni su ti našli n'akvu drugu zanimaciju, jerbo hin roditelji špijuniraju po fejzbuku, i ako nađu curu, namah lete da se, kao biva, sjarane sa njom ne bi li što više saznali o njojzi i o njenoj familiji. I tako ti ja sa njima dobar vakat, mog'o sam i rani sabah dočekati, kol'ko mi je plaho bilo.

Pita me onaj jedan, me'š'čini, najmudriji među njima, jerbo je sve vrijeme šutio dok nije ugrabio pravi vakat:

- Hadžibeže, de ti nama reci šta je najvažnije u životu pa da dočekaš, tako k'o ti, rahat, duboku starost?

Bogme se ja dobro zamislih. Nasta tišina. Mog'o si čuti struju što zuji kroz žice sa bandere na banderu. Rekoh ovako:

- Treba ti neko da ga zabegeniš, al' ne svako, nego neko ko će i tebe begenisati. Kad se zabegenišete, tad će te se poštovati i paziti, haman čitav život, jer brez tog ne ide. Morate svakom ko vam je nanio kakav belaj i nepravdu halaliti, al' pametno. Halalit' i zapamtit' da vam ne bi to isto jopet napravio. Vjeru imate, ona vam je data rođenjem. Primate je glavom, a vjerujete dušom i ne dajte da vam je pokvare i pretvore u mržnju prema drugim vjerama. Kad sve to imaš imat ćeš i nadu, jer brez nade neima ni života. Mog'o bi vam 'vako vaziti do sabaha, al' moram pohititi, more biti mi Fata zaspe, a nemam ključa. Haj', allahimanet.

I oni odoše, jal u zijan, jal u sevdah i ašikovanje, a ja svojoj kući i svojoj hanumi.

Nešto kontam, svi na ovu omladinu, a bo'me su ti oni isti kao što smo i mi bili u njihovim godinama, samo treba znati sa koje him strane prići, ako imaju imalo pameti.

„Samo budali ne prilazi ni sa jedne strane", što bi rekao moj Hazim, „inače ćeš sam sebe matirati u tri poteza."

STAROST

U današnji vakat starost vam dođe kao kakva bolest, otegne se, dodije, što ono kažu, i Bogu i narodu.

A star insan hoda kroz život naopako.

Za njega ti je naprijed nazad, a nazad kao naprijed. Kako god, ode tamo ot'kle je i došao. Sve mu se izmiješa i ne zna više šta je bilo, šta je sad ili šta će biti. Odakle će i znati kad ga prošlost svrbi, baš kao da mu je neko otkinuo ruku. Ruke neima, a njega svrbi li svrbi i more mrdati i prstima, ali ne more ništa jamiti.

Prije je bilo drugačije.

Star se insan plaho poštovao. Mladima nije pristajalo unilaziti u društvo starijih i miješati se u njihove razgovore. Mi smo se sastajali na merajama, a ženskinje po avlijama. Tamo bi se ljuljaj na ljuljaškama i pjevaj bi lijepe pjesme, ne samo zbog radi sebe, nego i da momke draškaju, jer znaju da ih oni iza taraba prisluškuju. A kad bi kakva starina naiđi, namah bi svi na noge skočili, dotaknuli bi desnom rukom prsa, usta i čelo, kao biva pozdravljam te srcem, izričem pozdrav ustima i dajem ti čast umom svojim. A ako nam učini čast da zastane i promuhabeti koju sa nama, haman jarabi miline. Mi bismo čekaj da on progovori i niko mu se nije petljao u govor, nego samo ako te šta priupita. Mi ga gledamo raširenih očiju, a iz njega kao da nešto sija, more biti što je završio s ovodunjalučkim poslovima, pa se okrenuo onom, ljepšem dunjaluku i ta ga svjetlost obasjava.

Koliko sam puta pomislio, Bože moj, kad ću ja ostariti i 'vaki se ukazati.

I evo, ostarih, ali se vakat promijeni i starost ti dođe ne kao nagrada, već kao kazna na dunjaluku gdje obraza i poštovanja više nema. I mogu vam vaši ostaviti ne znam ti kakav imetak, ako vam nisu ostavili srce i dušu, kao da vam nisu ništa ni ostavili.

Eto to sam vam htio reći, pa vi vidite.

SULJO DEGENEK

U nas, u mahali, bila dva milicionera: Asim i Suljo.

Asim bio fin, pa ga ljudi i pamte kao Asima, komšiju, prijatelja, brata, rođaka..., a Suljo bio Allah selamet.

Upamtiše ga kao Sulju Degeneka.

Neki dan ga sretoh na sokaku, jedva ide, sav se usukao, ali ne zastaje. Kao nešto mi smrmlja da me pozdravi, ali ne razumih je l' mi nazvao selam, dobar dan, zdravo ili pomozi Bog. I gleda me i ne gleda, lice mu se iskrivilo kao da hoće rijeti:

- Ma pusti, Uzeire, taki vakat bio!

U taj vakat plaho bilo biti milic'oner za pogana insana. Kad bi te Suljo pogledaj krv ti se zaledi u žilama, namah se osjetiš krivim i čekaš ili kakvu psovku jal degenek, a kad ti napiše samo prijavu, dobro si prošao. Ni kriv ni dužan. Babo mu volio popiti i jednom ga on našao pjana u „Drini" i toliko ga je ispendrečio po tabanima da mu je petu odbio. Drugi put ga čekao da naplati kaznu što nije imao zvono na biciklu. Nešto se on bio navadio u mene dolaziti. Malo-malo, eto ti ga, onako u uniformi, sa pištoljem i pendrekom, a šapku ne skida. Hajde što šapku ne skida nego se i ne izuva. Onakav obučen, izvali se nasred mindera, haman na leđima sjedi i šuti. Niko ne progovara, svi čekamo šta će rijeti. U mene mi Fata kao na iglama, samo gleda u one njegove cipeletine kao da joj je stao na kurije oko i stišće li stišće. Hajde što stišće nego i zavrće. Išaretim joj da prestane, a ona ni mukajet, sve dok Suljo nije skontao pa se poče kao izvinjavati:

- Čuju mi se noge od ovih cipela! - veli Fati.

Fata ne prestaje gledati, kao veli bolje i da ti se noge čuju nego što si mi taj poganluk na njima nanio u kuću. Čim bi on zamakni Fata uzme onu ribaću četku i struže dobar vakat gdje je god stao. Neise.

Kad god bi Suljo dođi imao je nešto važno i u povjerenju da mi kaže. Naišaretim Fati da izađe i izvede djecu, jerbo ovo nije za njih. Čim bi oni izađi, Suljo otpočne ovako:

- Uzeire, ne valja ništa, neprijatelj ne miruje i država je u krizi. Što si jeo teletinu jeo si, ne'š više moć' ni fiću vozit' svaki dan, jer uvode par-nepar, a kahve i zejtina neće bit' ni za lijeka. Nego ti nakupuj svega i na tavan, ko zna, more se i zaratiti, kako je krenulo.

Poslušam ti ja Sulju Degeneka i uzmem kilu teletine, dvije kile kahve i tri litre ulja. Rekoh, more mi biti dok ova kriza ne prođe. Taman mi nestade svega kad meso poskupi, a kahvu i zejtin posakrivaše.

Velim ja Fati:

- Vidiš da je Suljo istinu govorio, mogli smo i više uzet'.

- Ma pusti budalu, moj Uzeire, eno je on navukao svega na tavan pa mu tavan prop'o, moglo ih je sviju pobit'. Njemu pala kanta ulja na glavu, eno ga u bolnici. Haman će ga i pemzionisat'.

Tako ti i bi. Nikad se nije oporavio od one kante ulja, a narod odahnu kad on ode u penziju. I dan-danas ostade Suljo Degenek, a kad me moj Hike upita što onog dedicu zovu Degenek, ne znam šta bih mu rekao, pa sjedoh i napisah ovu priču.

Nek se zna!

ŽENSKI ŠER

U nas u familiji nije upamćeno da je iko ostao neoženjen ili neka neudata, ne dao Bog, osim amidže Arifa. Duša mu bilo tamburic ili saz u ruke i po čitav dan kucati i uveseljavati mahalu svirkom, a znao je i zapjevati. I dan-danile se pitam ne kako je proživio život bez žene, imao je on tamburicu i saz, biva, imao je ušta udarati, već kako je izdržao i preživio pitanja, kad ćeš se ženiti i navaljivanje rodbine da se i on ženi. Uvijek smiren i razborit, kad bi ga ko upitaj odgovorio bi ovako:

- Ženio bih se ja, al' me strah. Čuo sam jednu hićaju o ženama pa me plaho pripalo, efendisi benum.

I onda bi počeo pričati kao da se brani i opravdava. Jednom bi reci ovako, drugi put onako, a nekad bi znao čitave priče ispričati protiv žena i ženidbe.

- Kakvu si to hićaju čuo, amidža, pa te tol'ko pripala?

- Čuo sam da žene piju krv muškarcima na ham pamuka, onako polajnak, dok mu ne dohaka i dok ga posve ne dokusuri, i kad poslije pogledaš hudog čo'jeka od njeg samo ost'o ćulah i firale. Čo'jeka niđe.

Od svih njegovih priča o ženskom šeru upamtio sam ovu, a sve su isto počinjale i isto završavale, kucanjem u tamburicu ili saz pa je to davalo neku posebnu kokiju ovim njegovim pričama: Birvaktile se oženio jedan seljak i veli ti on ženi ovako: „Ženo, najgori je šejtanski šer i moramo se dobro čuvati!" A žena mu bila plaho hašarijasta pa mu odgovori: „Gori ti je ženski šer, mužu moj, od šejtanskog."

Jok on, najgori je šejtanski. Ne da on rijeti, a ne da ni ona, plaho bila svojeglava, pa mu veli: E vidjet ćeš ti, mužiću, šta može ženski šer od čovjeka napraviti.

SABAHZORSKA

Ima l' šta ljepše od sabahzorskih mirisa kad odškrineš pendžer, a nosnice ti zapahne miris bosiljka i šeboja odnekle, o'zgor sa Bioskog, jal iz Faletića, ko će ga znati. Mahala se budi mrzovoljno i jutarnji glasovi, uvijek dragi i veseli baš kao cvrkut ptica, a najljepši među njima dječiji, kao poj slavuja među vrapcima i svrakama. Merak za uši i nozdrve, a najveći za oči pune Sarajeva koje se budi bezazleno i neokaljano od svakog zla i nesreće koji su ga snašli i snalazili vjekovima, a ono, Sarajevo, ni mukajet, što 'no kažu, nisu mu ni pera odbili, samo su ga ojačali i oljepšali kao nikad dosad. Jah!

Najdraži su mi najvrijedniji ljudi. U našem sokačiću najprije iziđe Muharemaga da pomete ispred svoje kapije, a malo za njim Munira, mlada, a vrijedna žena, pomete ispred svojih vrata, a bogme i ispred naših svaki put, neka joj dragi Allah upiše u sevap.

Ha iziđe prvo upita Muharema kako si, jesi li se naspavao i još upita šta ima, a Muharem joj odgovori samo na jedno pitanje.

Rekoh, tako će biti i ovog jutra, kao i vazda.... kad Muharem zagalami, 'ori se mahala:

- Šta vas briga šta ima, hoćete sve da znate, nosite se svi u neku stvar!... - nema šta nije izgovorio.

Ona se jadnica sva smela i umjesto da se vrati u svoju avliju uniđe u našu i izvinjava nam se.

- Hodi ti, šćeri, popi sa nama fildžan kahve pa se smiri, pusti ti Muharema i njegov tersluk - veli joj Fata.

- Ah, draga Fatma hanuma, fino ga upitah, a on meni 'nako. Šta je ovom narodu, sve pomahnitalo?!

- Šuti, bonićko, šćer mu se udala pa pričaju da ne živi dobro, a svijet zloban pa ga ispituju uzinad ne bil' se naslušali tuđeg zla.

- Ah, da sam znala ne bih ga ni upitala ništa.

- Neka si ga upitala, al' si trebala samo jedno, k'o i svak', jal uranio, jal jesi li se naspav'o, jal samo kako si, a ti još povrh svega i šta ima, namah ljudi pomisle da ho'š šta raskopati.

- Nisam, ne pomakla se smjesta, znaš ti mene, niti me šta tuđe interesuje nit' pitam.

- Znam, zato te i savjetujem k'o što bih i moju Merimu.

Nastavile se njih dvije, a meni misao dojde i ode kao i svaka do sad:

„Stvorio Gospodar ovu ljepotu, a ljudi poletili odsvakle da se tu nastane pa u ovom dženetu na dunjaluku zidaju sebi i drugima dženemska vrata, a red se ufatio k'o nikad do sad."

Bio jedan dedo Mehaga sa Ploče, pušio
„moravu" bez filtera i sve do svoje smrti govorio:
Ničeg mi neće biti žao kad umrem osim
sabaha, iftara i behara

DUMANJE

- Piši ti, Uzeire, kol'ko hoćeš i šta hoćeš, moreš i izmišljat', al' ne mereš ništa izmislit' što već je'nom nije bilo, biva dogodilo se, dogodit će se, il' se baš sad nekom događa - veli mi Eminovica.

Hajde da mi je samo to rekla ne bih ni mukajet, nego je dodala:

- I ovo što mi mislimo su već mnogi mislili i odmislili haman isto, pa da je ne znam ti šta.

Pošao ja svojoj kući polajnak, nogu za nogom, i sve nešto o ovom dumam: More biti je ovako isto nekad neko nekom rekao kao meni Eminovica pa ovaj ovako dumao kao i ja o tome kad je krenuo kući. Odšto ti je to, Uzeire, razbijati glavu kad su je već mnogi razbili, a neko je to garant već i zapisao, a ako nije odoh ja sad pohititi polahko i turiti na fejzbuk, dok nije ko turio.

HAFIZ

Kad god nas spopadnu dunjalučke morije i nekakav nevidljivi teret se natovari i odozgor i odozdol, a najviše ga bude u nama samim, što ono kažu, nakupi se svašta, pa ne da dihati, ne da misliti kako Bog zapovijeda nego kako mu anamo on išareti.

- Vala sam ti n'akav.
- Je li 'nako n'akav il' je od vremena?
- I n'ako i od vremena, n'akav nikakav. Ne umijem ti rijet'.

Dođe to insanu, jer insan ima dvostruku dušu, što bi rekla Eminovica, jednu za živjeti, a drugu za dumati o životu, dok hajvan ima prostu dušu, ha se najede i razmnoži ode plandovati i ne misli ni o čemu više dok mu opet ne naumpadne jesti... Rahat od pameti. Insan mora najprije sebe namiriti pa onda druge, ženu, djecu i sve po redu... bezbeli i nanu i dedu.

Hajde, sve bi to on lahko i nekako da ne mora poslije o tom misliti: Eto, sve sam namirio i svi su zadovoljni pa bih sad i ja mogao uživati, ali jok, ne da šejtan mira, treba opet sutra sve namiriti, pa prekosutra, čitavu heftu, čitav mjesec, godinu i sve tako dok je insan živ života svog. Raditi, misliti i još se o svemu brinuti i sekirati.

Kad si ovako nekakav nekad je dovoljna lijepa riječ da ti razbistri, ali je kod Eminovice ne bi.

More bit će biti od kog se najmanje nadaš, kao i vazda. Vraćam se gori nego što sam otišao i polajnak sve nogu za nogom, kad me neko viknu:

- Uzeiraga, stan'der, dina ti, da ti nešto ispričam.

Ko će ti biti, ona Čamka štono radi sa djecom u obdaništu.

- Ču li ti, Uzeire, da nam ode hafiz?

- Čuh, al' ne mogu vjerovati da je istina.

- Jašta je neg' istina, domalo će sve otić' što valja iz ovog našeg šehera.

- Svako ide đe misli da će mu bit' bolje, moja ti, a hafiz će biti isti i tamo k'o što je i ovdje bio samo ovdje više neće biti isto k'o sa hafizom što je bilo.

- Šta si mi ono hotjela ispričat' pa te ja smetoh?

- Aah ja... Jednom hafiz dolazio u nas u obdanište, bio rođendan Muhamedu a.s.

Mi smo ti danima pripremali djecu i učili ih o Poslaniku. Dođe hafiz i prvo što je upitao bijaše:

„ Djeco, znate li vi kome je danas rođendan?"

Djeca će u glas:

„Znamo!"

„Kome je rođendan, djeco?"

„Ajli i Tariku!"

Kad nismo u zemlju propali.

- K'o djeca, moja ti, a šta hafiz na to?

- Od srca se nasmijao, kao kad je on imao razumijevanja za sviju pa i za djecu.

- Jest, valahi, im'o je to nešto kad je insan n'akav baš k'o ja danas. Nisam ga ni čuo ni vidio, a evo mi razvedri ovaj dan.

NAJLAKŠE ZA ZIJANITI

Da mi nije onog mog naleta, Muteta, ne bih ni znao šta ovaj naš narod sve devera. Allah selamet. Veli mi neki dan:
- Moj Uzeire, prije je život bio zafrkancija. I onda si mor'o zapet da bi šta zaradio, al' je bilo i šege pa sve lakše bilo.
- Ima u tebe i sad šege, moj Mujo, ko ti brani.
- Ne brani mi niko, moj Uzeire, al' raji ništa više nije smiješno ni zabremedet. Probam ih nasmijati, bacim im koju foru od birvaktile, a on blehne ume k'o da čeka da nastavim. Proš'o bih se vala i šege kad niko ne konta. Prije je bilo drugačije. Znao sam sa jednom forom zabavljat' i mušterije i sebe po čitav dan. Kad padne kiša, kažem mušteriji da mi je šupalj pod i gdje god naletim na lokvu dignem noge, a mušterija za mnom diže dok ne skonta i onda se odvalimo od šege. Ne pamtim da mi je iko ikad zahatorio il' se naljutio. Ljudi se nasmiju i odoše za svojim poslom.
- Jest, vallahi, prije se znalo i za smijeh i za šalu. U današnji vakat samo bulje u one telefone i smiju su drugima, kako je ko pao, slomio nogu, kičmu... Crkoše od šege.
- I ovaj život steg'o, moj Uzeire, što 'no ti kažeš, narod zin'o za dunjalukom pa niko nikog ne gleda. Neki dan mi uđe žena kod bolnice i sjede. Rekoh, ne taksiram. Veli ona, haj' Bog ti dao, neću daleko, a nemam snage da hodam. Haj', rekoh, odvući ću je, usput mi je, al' odo' prvo na pumpu. Veli mi ona, ku' ćeš tamo, nemam ti ja para da se vozikam okolo. Rekoh, nema veze, kuća časti. Kad ona na mene, moj Uzeire: „Šta ćeš me čašćavat', nisam ti ja za sadake, ja sam samo bolesna žena, idem na zračenje, Bog zna nije mi puno ostalo, osim ovo malo ponosa i dostojanstva,

a ti hoćeš i to da mi uzmeš. Sram te bilo! Imam samo dvije i po marke, liječenje je skupo, a ne mogu da hodam poslije zračenja." Nema veze, gospođo, dat ćete kol'ko imate, samo da svratim na pumpu... počnem se vaditi. A ona ne prestaje. „Daj ti meni tvoj broj telefona i adresu. Čim budem imala pare ja ću tebi platiti. Neću da mi niko uzima dostojanstvo za pet maraka. Samo mi je to još ostalo." Odbacim ja nju i nisam mog'o danima o njoj prestat' kontat'. Sve dok me nije nazvala. Veli, nabavila sam pare, moram ti ih dat'.

- I uze li, moj Mujo?

- Jašta radi, moj Uzeire, mor'o sam. Al' sam je uspio premuntat' da je svaki put vozim na zračenje i kući. Jedva je pristala.

- Nek' si moj Mujo, sevap ti je, a i ta hanuma je sačuvala ono što je najlakše na ovom vaktu zijanit'.

ADET

U mene svaki dan počne sa namazom, kahvom i muhabetom. Između toga je bukadar sitnijeh adeta koji su poredani kao niska bisera.

Ako jedan biser zafali na njojzi nije to više ona ljepota, već nakarada što bode oči. Sad će neko reći:

- Lahko je vama redat' bisere u nisku, kad ste vas dvoje sami i kad morete sve po istilahu.

Tako je bilo i dok nam je bila puna kuća. Ako sam morao na posao u sedam, ustani bi u pet, pa bi sve ove adete obavi, pa rahat na posao, da ne bidnem težak ni sebi ni drugima. More biti su nas zato svi begenisali, jerbo kad je insan rahat sa sobom ondak je rahat sa svima.

Neise!

Bude tako dana, kao što je ovaj, kad sve krene naopako, a kad jednom krene naopako, baš kao kakva, ne d'o Bog, nesreća, nikad ne dođe sama nego se nadoveže jedna na drugu i šta god insan uradi bidne samo gore. Ne mereš ti tu ništa nego pustiti. Proći će to samo.

Sa ranog sabaha, odo' uzeti, rekoh, kašiku meda, nešto me kao probada između plećki, kao kakva sandžija, šta li? I u prsima me steglo, pa se sjetim naše Srme, rekoh, kako li je njojzi deverati sa zaduhom. Vidim Fata sve poredala za kahve, pa otišla malo pomesti ganjak dok ja ne ustanem. Plah bi ovaj med, moreš misliti, u satu, donio nam Šefko iz Glavatičeva, jes' mu malo poskup, trijest marki, ali je, brate, i zdrav.

Kaže meni Šefko:

- Uzeire, ove ti 'čele nikad u životu nisu omirisale ni auta ni benzina, kamoli šta drugo, pa ti vidi.

I ja ti navalih kusati onaj med, me'š'čini da sam tri, jal četiri kašike jamio.

Dođe i Fata da pristavi kahvu i po nesreći za onu kašiku što sam ja sa njom kusao med. Vazda je imala običaj otrati palcem kašikicu, koliko god ona bila čista, prije nego će zasuti kahvu. Ja kad poče rondati:

- Hrsuze li nijedan, od 'voliko kašika ti za ovu moju i još mi je poturio pod nos...

Prisjede mi i med u satu i kahva!

Rondala je na mene sve dok joj, srećom, ne dođe Semka, jaranica iz Faletića, da posjedi. Nisu se vidjele haman od rata, pa se raspričaše uz kahvu i Fata zaboravi i na me i na kašiku, a ja se izvukoh.

Rekoh, odoh ovo zapisati, more biti se neko nađe i u ovom, ko će ga znati.

U TOM TI SE SARAJEVO UKAZA

Pijemo Fata i ja kahvu u nas, na čardačiću, šutimo i čekamo kad će nas sunce obasjati i kad će nam se Sarajevo ukazati.

I kad šutimo mi jedno drugom nešto kazujemo.

Ja je, kao biva, pitam što je onako na mene rondala i je l' još ljuta, a ona odgovara šutnjom:

„Bezbeli da sam ljuta dok ne progovaram, al' bi se namah odljutila i progovorila kad bi ti progovorio prvi."

E, vala neću, jerbo znam, ako ovo potraje da će ona prva progovoriti. Umijem i ja biti ters.

Tako ti i bi.

- Jesi uz'o meda? Eno sam ti pripremila i stavila čistu kašikicu na krpu?

- Jok ja, prošla me je zaduha, a i onaj mi sat ostane u ustima, nikad se rastopit'. Treba reć' Šefki da donese običnog meda, plaho mu je dobar čim 'nako ujede za želudac.

- Jes' vala, i meni se zalijepi za zubalo, pa nikad kutarisat'.

- Šta ti priča Semka, ima l' šta u nje novo?

- Neima vala ništa, sve po starom. Onaj joj njezin Ekrem ne da pare u ruke, pa ne mere niđe hodat'. Kad šta treba za kuće kupit' on ide sa njom i on sve plaća. Otkako je ono opremila gornji sprat sestriću i dan-danile otplaćuju dug. Sve pare podijeli svojoj familiji, kaže, ne mogu hin, moja Fatima, gledati da se onako pate, srce mi se para. Rekoh, moja Semka, ot'klen ćeš him davat' kad neimaš ni ti. Džaba, moja ti, moram him dat', tak'a sam ti. Kaže, onaj njen mali od sestre, Amar, imao veliku želju da ode na ekskurziju sa školom, a odakle, moja ti, kad niko ne radi, te mu ja, kad je ono u mene Ekrem donio regres, sve one pare dam i dijete uplatilo i bogme otišlo. „Kako si smjela od Ekrema, bonićko?" Nisam ga ni pitala, moja ti, kao da bi mi i dao. Sjećam se dobro, bilo ljeto, plaho vruće i ja napravila limunadu, sva ona tri limuna što sam imala u kući iscijedila i stavila na sto. Rekoh, kad Ekrem dođe da mu nalijem, ne bi li se smirio kad mu reknem za pare od regresa. Kad mu rekoh, moja ti, vidim ja na njemu nešto će mi uraditi, i ja ti se, kao fol, onesvijestim. On se prepade, zove me: „Semka, Semka, šta ti je!?" Uze onaj bokal sa limunadom, rekoh sad će me zaliti sa njom i ja skočih, rekoh, ne prosipaj Ekreme, bolje mi je. Žao mi bi onolike limunade, moja ti.

U tom ti se i Sarajevo ukaza i mi zaboravismo i med i Semku i Ekrema.

Ne mereš od ovog meraka i ljepote pred očima ni našta drugo ni pomisliti.

*U mene bi dedo Atif, poslije svakog namaza,
šapatom molio i, na kraju, naglas, da ga svi
čujemo, zamolio....
da me makar gori od mene ne gazi i
ne vrijeđa!*

DEVER DUNJALUK

„Zapjevala sojka ptica misli zora je, haman, haman..."
- Ustaj Fato, ustaj zlato, eno kahva gotova.

Zapjevam ti ja mojoj Fati na sabahu, a već pristavio u onu veliku džezvu i pripremio nam po lokum da se rahat ispričamo i zaboravimo tersluke od neki dan.

Kontam nešto na ove današnje hanumice, ne dao mi dragi Allah sa njima deverati. Nisu više žene kao što su nekad bile, a me'š'čini nisu ni muškarci.

Neise.

Popismo mi pomirušu i razgovorušu i svako za svojim poslom. Fata ode trehnuti one ponjave iz ganjka, a ja odoh u cvijeće da vidim, rekoh, je l' mi onaj hadžibeg ispotkuće propupao. Kud će, rekoh, ranije, ali šta znaš, ove vrućine, pa rekoh da vidim.

- Mer'aba, Uzeire!

Okrenem se, kad komšija Zulfo. Kalemi jabuku.

- Merhaba, ja. Hoće li se primit'?

- Bezbeli da hoće, znaš da se u mene sve primi.

- Znam - rekoh - k'o kad si ti fine ruke. A bo'me neće u svakog, valjda i biljke prepoznju insana.

- Ronda li ti Fata još, moj Uzeire?

- Jok ona, a ot'klen ti znaš, moj Zulfo?

- A imam i ja fejzbuk, moj Uzeire, a znam i čitat'.

- Aha. Kako tvoja Đulsa, je l' imalo bolje?

- Jok ona, moj Uzeire, da Bog da da ikad više i bidne. Ova nak'a bolešćina, Allah selamet. Vratila je u mladost, eno je bakami se, kaže mora kod jaranica na Pirin brijeg i u Arapovu, k'o biva da se dogovore šta će obuć' za nak'e igranke u domu na Vratniku. A najgore mi je, moj Uzeire, čim ustane i vidi mene da sjedim i čitam novine, digne name hampu, veli, diži se idi traži pos'o, šta si tu zasjeo. Ja joj velim, šta ti je ženska glavo, ja sam u pemziji, a ona ni mukajet. Kaže mi, vala si mi dodij'o više, mala djeca, a ti ne radiš, samo sjediš i čitaš novine povazdan.

- I šta ti, moj Zulfo?

- Šta ću, moj Uzeire, spremim se i, k'o fol, odo' tražiti pos'o. I tako svaki dan, više mi je život dodij'o. A sve gore i gore. Haman, kao da i nije više na ovom dunjaluku nego sebe smjestila, birvaktile, dok je mlada bila, ne umijem ti ni kazat'.

- Sabur, moj Zulfo, ne znam šta bih ti drugo rek'o.

- Jah, moj Uzeire, meni je deverat', a da mi je Bog dao ženu u pameti, plaho bi mi bilo.

Nešto kontam, šta sve ovaj insan devera. Allah selamet. I tek kad ovako čuješ skontaš koliko si rahat i da nije ovih priča insan bi mislio da je njemu najgore, a bogme nije.

Uvijek ima gore od goreg, kao što ima i bolje od boljeg. Jašta!

KAO DA MU NIKAD NISI VALJAO

Meni se čini, nikad nije bilo teže sa nekim se paziti kao u današnji vakat.

Kao kad je to sve zinulo za dunjalukom, pa samo da mu je.

Došla kao neka moda, šta li, ako nekom valjaš i ako ima koristi od tebe pazit će te, bogme, kao da si mu najrođeniji. Čim mu nešto iskvariš okrene se od tebe, kao da te Bog nije dao.

Niti se javlja, niti dolazi.

Sjetih se kako smo se pazili sa komšijom Haretom i Minkom. Ona njihova mala Dina više je bila u nas nego u svojoj kući. Prirasla nam za srce, me'š'čini da smo je volili kao i našeg Hiketa.

Kad je ono u mene Hamo, Hiketov babo, otvorio firmu, dođoše u nas da pitaju ima li u njega posla. Pitamo mi Hame, a Hamo nama veli:

- Ima, treba mi radnika, al' ja ne bi' ni rodbine ni komšiluka zapošljav'o, neće to na dobro.

Mi ti na njega obadvoje, a Fata veli:

- Haj' kad sam te zaklela!

I on pristade.

Da, bogd'o, nije!

Dok su radili u Hame, pazili nas još više, me'š'čini bolje nego svoje matere, sve dok Hamo ne morade otpušćati radnike. Njih ti najzadnje otpusti. Veli:

- Moram, nema posla ni za mene, a kamoli za njih.

Kako ih otpusti tako i oni okrenuše glavu od nas.

Hajde što su oni, ali i ona njihova Dina. Ni selam da nam nazove, kamoli da dođe. Odemo ti mi u njih da vidimo šta je i more li se to ispraviti, ako je nešto. Vidim ti ja, namah, sprema se sikteruša.

Nikad one kahve.

- Što vas to neima u nas, pa ni Dina da dođe po one svoje igračke? Mi joj nakupovali da se more igrat' kad bi dođi?

- Slobodno vi podajte nekom te igračke, ima naša Dina, fala Bogu, igračaka - veli on meni.

Rekoh:

- Šta je reć', moj Muhareme?

Kaže ti on meni:

- Uzeire, vaš nam je Hamo gori i od Kardžića i Mladića zajedno, eto šta nam je on uradio.

Probam ti ja istjerati na čistac, vidim ne ide. On zavro na našeg Hamu, te on ovakav, te on onakav, a nijedne pametne iz njega. A hanuma mu nadodaje, sve kao fol Fati šapće, kakav je naš Hamo. Da nije naš insan bih pomislio da i jeste gori i od Karadžića i Mladića, kako oni na njega. Vidim ti ja da iz njih ne zbori razum, nego n'akva hinla i poganluk, te ti se mi digosmo i preko vrata.

Otad, ponekad bi nam Dina navrati, kao dijete, ali je oni namah vikni, preko bašče, da ide kući. Počeše obadvoje neđe raditi, ali sa nama ne govore, a mi ti se više ne petljamo u Hamine poslove. I ne bi više Hame priupitali da nekog zaposli ili pomogne taman da je rod rođeni. Što bi rekao u mene Hazim:

- Moj Uzeire, bolje ti je stijenu izgurat' uz Babin zub, nego nekog pogurati.

Kao biva pomoći mu.

Ako mu jednom ne valjaš kao da mu nikad nisi valjao.

GOSPOJA

- Asli će kiša, Uzeire - veli mi Fata sabahile, pri kahvi u nas na čardačiću.
- Kaka kiša, ženska glavo? Niđe oblačka neima!
- Znadem ja, kad god meljem kahvu i ako mi pomaveni ruka od mlina eto ti kiše, jal kak'e promjene vremena.
- More biti je tako prije bilo, a u ovaj vakat sve se izokrenulo pa i taj tvoj mlin more slagat'.
- Jok on, moj Uzeire, nikad nije slag'o pa neće ni sad.
- Haj', bogati, ne sluti, neće li i nas malo sunce ogrijat'.

Ima l' đe ljepše na dunjaluku kao u nas u Sarajevu na proljeće? Bezbeli da neima. More biti što su onakve one sarajevske zime, zagušljive i mračne, pa kad obehara kao da si iz džehenema prešao u dženet, ne budi primijenjeno.

U mene nana Subhija nije volila proljeće, jer bi se u proljeće počmi žene i cure gizdati i utezati, a dojde nekakva moda pa se pokratko nosilo, haman sve se vidi. Haj' što je prekratko i nekako, ali nije nikako mogla halaliti žensku kad bi se utegni u farmerke.

Dođe jednom u nas kona Pemba, ljuta kao lepir i veli mojoj materi:
- Ona tvoja mater ne da onom mom djetetu proć' niz mahalu, ha je vidi počme je rezilit' i jadno se dijete vrati, a suza suzu goni. Rekoh, beli ti je ona Subhija jopet nešto lanula.
- Šta joj je lanula, moja ti, Pembo. Hoće ona, znaš kak'a je?
- Neki dan obukla onu kratku suknju kao što sva omladina nosa na današnji vakat, a ona joj veli: „Jesi l' makar čiste gaće

obukla kad hin pokazuješ svijetu?" Danas joj dijete fino nazva selam, a ona joj se zagledala u farmerke, namračila se na nju i veli: „A šta si to navukla na se, jadna ne bila, eto ti se gospoja uslikala, ne moraju ti je ni tražit', sama se nudi."

- Nije joj valjda tako rekla, moja ti, Pembo?

- Jašta je, moja ti Fatima, ne mere mi dijete kroz sokak proć' od nje. Ha je sretne, eto ti je namah kući, presvlači se sva u suzama.

- Rijet ću ja njojzi, moja ti kono, da ne rezili više dijete - veli u mene mati, ne zna šta bi joj drugo rekla.

Vazda je toga bilo, moj Uzeire, koja je hotijela i imala šta pokazat' nisu ni dimije mogle sakrit'.

- I reče li joj tvoja mati išta?

- Jok ona, rašta je bilo nani Subhiji govorit', govorio ne govorio, ona po svom.

- Evo kiše, Uzeire. Reko' li ti ja da mlin neće slagati.

SUNETLUK

Neku noć iza akšama zove me ženin daidžić iz Švedske:

- Bogati, Hamo - rekoh - je l' ti onaj mali još 'nako hašarijast?
- Jašta je, moj Uzeire, kao da je šejtan, naletosum, u njega uš'o. Ne mogu mu ništa.
- Pa što ga malo ne ošineš, moj Hamo?
- Bih ja da smijem, kad bi čule komšije da plače odmah bi me prijavile i jamili bi mi ga. Nego, ja njega odvedem u banju, odvrnem dobro vodu i spucam mu koji šamar. Kad me komšije pitaju, što ti je ono mali plak'o ja im kažem ne voli se kupat' pa plače.

Me'š'čini kao da je u ovaj vakat izašlo sve naopako, pa ovi što su zulum i belaj činili i sebe i svoje namirili, sad mirno spavaju, a kod poštena insana neće san na oči.

Tako i u mene neku noć, a n'akvih misli, Allah selamet.

Naumpade mi i onaj Hamo iz Švedske, kontam što li mu je onaj mali onako hašarijast, more biti što ga nije osunetio. Rekoh, odoh ga sad zvati da ga pitam. Kaže Hamo:

- Uzeire, otkud tebe 'vako kasno.

Rekoh, tako i tako.

- More biti si ti u pravu. U mene ona mahnita žena ne dade. Kaže, žao joj ga sunetiti.

Prođe hefta, jal dvije, zove me Hamo, kaže:

- Uzeire, osunetio sam malog i moreš mislit' šta je bilo?
- Ne znam, moj Hamo, ot'klen ću znat'? Beli se sad mali smirio?
- Ma jok, bolan Uzeire. Dolazio mi svijet na sunet i, kako je u nas običaj, davali mu pare. Onaj moj jaran Sake izvadio 500

kruna, veli malom „da vidim ćunu pa'š ovo dobit"'. Kad je mali poš'o u školu pohvali ti se on učiteljici da je dobio pare od čike kad mu je pokaz'o ćunu. Učiteljica nadigla galamu, prepala se, mislila pedofil. Džaba što joj je moj mali govorio ne zove se on Pedofil nego Sabit, ona ti zovne policiju. I moj ti je Sake proveo noć u prdekani, dok nismo dokazali Švedima šta je bilo. Vratim se u krevet i nastavim dumati, šta li mu je to pedofil? Sutradan, pitam ja mog Hiketa, rekoh:

- Hikmete, sine, znadeš li ti za ove pedofile?
- Pa zar nisi već ogugl'o? - veli on meni.
- Ko bi ogugl'o na te peksine i pogan'ćere...
- Ma nije to ba, dedo, joj tebe.

I pokaže ti on meni kako se „ogugla", a bolje da nije. Moj brate, na ovom dunjaluku hejbet poganluka, peksina i zijan'ćera, sve otišlo u helać. Bilesi i u nas. Kaže, faćaju i hapse đuturume koji traže zinaluk sa maksumima. Tobe jarabi, tobe estagfirullah, namah se sjetih kako su se naše nane udavale.

Moja nana Subhija se ukrala sa česme nad Kovačima.

Nije joj bilo ni 14. Ostavila i đugum i leđen i otišla za Atifa. Nije bio ni dvajest godina stariji od nje.

Izašla jednom Subhija da se poigra sa djecom, a svekrva ti za njom:

- Ulaz u kuću, snaha, nije to više za tebe.

Kona Arifbegovica vazda je pripovijedala kako su je dali za Arif-bega kad joj je bilo 12. Veli, ja ponijela krpenu lutku, volila se igrati sa njom.

Sve nešto dumam, je l' to isti ovaj zinaluk il' je ono bio drugi vakat?

KUĆA POD KROVOM

Rekoh Fati:

- Haj'mo malo Muteta obići, da vidim kako mu je noga.

I, kao što je u nas adet kad hastu obilaziš, turimo mu u kesu sok od borovnice i kilo narandži. Nađe Fata n'akvu bombonjeru. Rekoh:

- Vrati je, ko zna kol'ko je prešla. Haman sam mu nogu prebio, sad još samo da ga otrujem.

Seirimo ti mi po mahali, kad mi se nije šija ukočila koliko je to sve otišlo uvis. Moreš znati po spratovima kol'ko braće ima u kojoj kući. Rekoh Fati:

- Nekad ova naša kuća bila najveća u mahali, a gledaj sad, došla k'o pečurka, a da nam nije onog čardačića ne bismo Saraj'va ni vidili. More biti ne bismo ni znali da smo u Saraj'vu.

- Džaba hin ov'liki spratovi, moj Uzeire, kad niko ni sa kim ne govori. Allah selamet!

Uniđosmo kod Muteta, dočeka nas njegova Vesna, plaho čeljade. Kontam nešto u sebi, kako ove fine žene vazda udare na ove hairsuze?

Kad u primaćoj, na onom golemom minderu, izvalila se Himzina Sabaheta, što bi u nas rekli, sjedi na leđima i ni mukajet što smo mi unišli. K'o da nas Bog nije dao.

Rekoh:

- Što je ne pokrijete, haman će vam zaspat'?

- Ma pusti, Uzeire, hodi ti 'vamo sa mnom, da mi koju bacimo.

Rekoh:

- Moj Mujo, jes' se ova naša mahala izgradila. Ot'klen ovom narodu ov'like pare?

Kad će ti ona Sabaheta, što sjedi na leđima:

- Vala, ja sam mog Himzu na bauštelu poslala davno, jes' se slomio jadan, al' je kuća pod krovom!

- Haj'mo - rekoh - Fato, proći će nam akšam!

NALETOSUM

Gledamo Fata i ja na televiziji nešto o kuhanju kad bahnu usred emisije n'akav političar, kao biva on se razumije i u kuhanje. Rekoh:

- Ne mereš od njih i od reklama ništa pogledat' na ovoj televiziji. Tačno ću je odjavit', i ne treba nam 'vakva.

Veli meni Fata:

- Uzeire, k'o da ja znadem ovog čo'jeka!
- Ot'klen ćeš ga znat', bona ne bila?
- Ne znam, al' ja njega znam odnekle.

Otišli mi leći kad će ti meni Fata:

- Znaš ot'kle znam onog čo'jeka, moj Uzeire?
- Jok ja, haj' spavaj, odaklen ćeš ga znati?
- Sjećaš li se kad je ono počeo rat, pa davali uzbune i čitava se mahala pokupi i u podrum kod onog Ibrahima, im'o tri ploče, govorili ne mere hin nikak'a granata probiti?
- Ja, vala, nisam niđe mak'o iz kuće, radije bih da me raznese granata u mojoj kući nego sa ženama da se zatvaram u podrum.
- Nisu bile samo žene, bilo je i muškaraca, bilesi onaj ministar što smo ga gledali na televiziji. Eto odaklen ga znam. On bi dođi i zauzmi mjesto u ćošku ispod n'akve stalaže i pokri' bi se jorganom. Žene bi na njega zagalami, k'o biva šta će tu, što ne ide na brdo k'o i ostali muškarci, i šta će mu jorgan. Veli on: „Ako probije granata mog'o bi ovaj jorgan sačuvati gelere jer je pun vune." Žene mu se smijale i šprdale se sa njim, a vidi ga sad, moj Uzeire.
- Nemoj ti to nikome govorit', more čuti pa eto ti belaja, a more bit' si se posefila pa ga sa nekim zamijenila.

- Jok ja, Uzeire, ista mu ona ćehra, samo se udeblj'o i glacno. K'o da ga sad gledam, padaju granate, a on iz onog ćoška, ispod jorgana, k'o miš viri i drhće, a vidi ga sad?!

- Haj' neka ga, nisu ni svi ministri bili po podrumima, eno onog Željke, kaže Kemica da je sa njima bio u rovovima u Hrasnu, a vidi ga sad, k'o i taj tvoj ispod jorgana, samo sebi gledaju, k'o da su braća. Haj' spavaj, neka su doba!

- Neću ti ja oka sklopit' od njega, naletosum!

BOMBONJERA

Kad ono u mene Fata izvuče onu bombonjeru, rekoh:

- Da ova bombonjera more govorit' pa da mi kaže đe je sve bila i šta je sve vidila, beli bismo se siti napričali.

U mene Fata imala hejbet vakije po seharama i budžacima, jer bombonjere se ne jedu, one hodaju po mahalama, bolnicama... Bogme su i dunjalaka vidile. I radosti i tuge i rođenja, a i bolesti i umiranja.

Može biti da je ova kupljena na Bistriku, u Okrugloj, kod Salema u granapu. Otale je sišla do bistričke stanice, neko je odnio šefu stanice, a njegova je žena sklonila i kad je ono trebala amidži u bolnicu ponese je, i amidža je odnese kad je ono bio otpušćan, a njegova je hanuma skloni kad pođe u Sokolović-Koloniju kod sestre, da joj je ponese. Može biti i da se jopet vratila u Okruglu, preko Ilidže, Nedžarića, pa u Švrakino, pa do Šefke i Hameda u Varaždinsku, a odatle zaobilaznicom dok nije završila u nas, ko će joj znati.

Neise.

Nego ovo sam vam htio reći:

- U mene Fata nije dala djeci otvarati bombonjere, a oni k'o maksumi vazda željni slatka. Otvore ti jednu i svu je pomaštrafe, pa jopet zalijepe celofan, haman sve kako je i bilo.

Fata pošla kod Pembe i po belaju turi onu bombonjeru u kesu. Pemba hanuma iznese kahvu i viče Fati:

- Baš mi nešto prahnulo slatko, a vidim kroz onu tvoju kesu ti donijela bombonjeru. Haj'mo je vala baš raspakovat' da ne hoda više.

Otvori je ona, kad u njojzi samo jedna čokolada na sred srijede stoji. I one su ti dobar vakat eglenisale o toj bombonjeri, kao biva kako varaju narod i prodaju svašta, iako su obadvije slutile šta je ustvari bilo.

- Kad nisam u zemlju propala - viče u mene Fata kada bi po stoti put to ispričaj.

MINĐA

Dođe mi neki dan ona Zejna, čak iz Budakovića, i veli:

- Uzeire, čitala sam ti knjigu, dobra je, ali ono je mogla i tvoja Fata napisat'.

Rekoh:

- Mogla je, bezbeli.

- I ja sam ti počela knjigu pisat', haman sam završila. Zvat će se Minđa, jer su mi minđušice vazda bile najdraže cvijeće.

- Plaho, nek' ti je hairli.

- Još da mi je uredi ona Mubera, ona ti ima daktilografski kurs još iz onog vakta i plaho se razumije u pisanje. Pa kad je izdam, napravit ću promociju u Zoviku, kod moje sestre, i u džematu Okrugla, pa onda dalje. Ko zna, more biti moja Minđa stigne i do Njujorka, k'o tvoj Hadžibeg.

- More bit', moja ti Zejneba hanuma, ko će ga znat'.

Ne znam šta bih joj rekao.

A lijepo je rekao n'akav pisac, birvaktile:

„Najbolje su one knjige za koje svako misli da bi ih mogao sam napisati."

Asli Zejneba nije pročitala Hadžibega do kraja. Bezbeli!

DOBRI

Pita mene Mute, taksista:

- Znadeš li ti, Uzeire, zašto četnici nisu ušli u Saraj'vo!?

- Ne znam, ot'klen ću znat'? Valjda što im vi niste dali.

- Ma jok, bolan Uzeire, kak'i ba mi. Pred sam rat, dok se još moglo hodati, uđe meni jedan dedo u taksi i kaže vozi me okolo Saraj'va i stani kad ti kažem. I ja mu stanem kad je god rek'o i gledam šta radi. Uči nešto, moj Uzeire, i huče oko sebe. I tako nas ufati akšam negdje kod Vraca. Kaže mi dedo: „Odo' ja sad na akšam, a ti sutra dođi po mene pa ćemo nastavit". Sutradan uđoše četnici na Grbavicu preko Vraca, taman ondje gdje je dedo prest'o hukat', a mi postavismo linije sve na onim mjestima gdje je dedo učio i huk'o i tako ostade do kraja. Poslije sam ga tražio, k'o da je u zemlju prop'o - niti ga ko zna, niti poznaje.

Asli je to, moj Uzeire, bio onaj Dobri, šta li?

LOŠI

U mene, rahmetli nana Subhija nije znala ni čitati, a potpi-
sivala se jal sa prstom, jal sa X, kako joj kad bude ćeif. Plaho je
volila da joj neko čita, pa bi nas maksume natjeraj da joj čitamo
knjige što su joj ostale iza čovjeka, kao biva mog dede, rahmetli
Atifa.

Jednom ti ona mene ufati da joj čitam, me'š'čini, jal Zemzem,
jal Preporod, a najprije će ti biti priče Edhema Mulabdića. Plaho
hin je volila, a i nama nisu bile mrske. Nek' me ispravi ko zna,
ne dajte mi lagati.

Neise.

U toj jednoj priči, dobro sam to upamtio, govori o jednom
sarajevskom prvaku, uglednom trgovcu, koji kaže:

„U mene dedo rahmetli počeo pravit' kuću, i nikad je završit',
a bio plaho pobožan čo'jek, pa se molio Dragom Alahu i dan i
noć da mu pomogne da završi kuću.

Jednom mu u san dođe Dobri i rekne mu da ode neđe na
Alifakovac i da na tom i tom mjestu, ispod n'akog hrasta, kopa.
Dedo ga nije posluš'o, k'o veli, svašta insan usnije. K'o biva, što je
dedi milo to mu se i snilo. Dođe ti njemu taj Dobri i drugi, pa i
treći put i isto mu rekne. Dedo uniš'o i u dugove, a nikad stavit'
kuću pod krov.

- Haj' - kaže - baš da vidim, ništa me ne košta.

Ode dedo na Alifakovac i počme kopat' ispod tog hrasta i,
moreš mislit', iskopa ćup pun zlata. Napravi kuću, kupi radnju i,
kako se koji sin rađ'o, kupi on svakom po jednu. Eto ot'kle ovo
naše bogatstvo."

- Nano, postoje li ovi Dobri? - pitam ja, kao maksum.

- Bezbeli da postoje, samo zapamti, sine Uzeire, u Bosni ti se niko nije obogatio što neko nije zakuk'o, pa ti vidi.

- Bo'me sam i zapamtio, i to dobro. I dan-danas se pitam šta li je taj dobri rek'o današnjim bosanskim prvacima, kad him je, prije onog belaja, iziš'o na san. More biti da him je rek'o da osnuju nacionalističke stranke, pa da se narodi pokolju.

I eto odakle njihovo bogatstvo.

LUBENICE I DIJASPORA

Nekako u ovaj vakat dojdi bi u nas lubenice iz Makedonije, pa bi hi svukud naslaži po čaršiji u piramide. Vazda su Bosanci begenisali graditi piramide. Koliko sam god volio karpuzu toliko mi bidni mrsko što su došle i najavile kraj ljeta. Prošao raspust, prošao odmor, a bogme i prošlo ljeto. Nećeš se više šale ogrijati bez kakve vatre, me'š'čini, do maja. Poslije karpuze dojdi bi u nas iz Srbije kupus, pa bi kamion projdi kroz mahalu, a narod bi sa njega skidaj vreće i unosi u kuće, neka ima za šarene salate, a poslije će uzeti i za pokiseliti. U čitavoj mahali bila samo jedna riba za kupus, pa bi ona hodala od avlije do avlije od kuće do kuće. Iza kupusa eto ti i krompira, luka i suhovine iz Visokog. Eto ti i zime. Nećeš je se šale kutarisati. Uz Kovače dime tamići puni ćumura, jal drva za ogrjeva, a vraćaju se puni djece što vise zakačena na njemu. Tako se nekad završavalo ljeto. Sad, u ovaj vakat, kao da nije tako. Lubenice imaš haman čitavu godinu, niko ne dogoni kupus, niko ne uzajmljuje ribu, nikom ne dolaze ni ćumur ni drva, a opet svako ima sve. Kupi, naruči, odvrne plin, jal struju, ko će ga znati šta svijet i kako u ovaj vakat devera.

Jedini znak da je prošlo ljeto je naša dijaspora. Dođu ljeti i donesu nam topline i vedrinu, razmile se po šeheru u raznim bojama i govore raznim jezicima, kao da nam je svake godine olimpijada. Uslikaju se kod Sebilja i one gume što gori i nestanu kao da hi je insan usnio. Može biti zato ne volim kad počne dijaspora dolaziti, iako su mi dragi, kao što ne volim ovu riječ kojom je obilježiše i nagrdiše, kao što nisam volio kad dođu lubenice iako sam hi plaho begenisao, jer mi i dijaspora i lubenice najave kraj ljeta i početak duge sarajevske zime. Kao da nam oni, tobe jarabi, ukradu i odnesu sunce i toplotu sa sobom, a nas ostave da deveramo i čamimo sa sarajevskom teškom i dugom zimom. A more biti i oni se vrate u svoju hladnoću i čamotinju, daleko od svoje zemlje gdje ni sunce ne grije kao ovo naše. I tako sve dok ne dođe novo ljeto, kad nas sviju zajedno sunce obasja i ogrije. Eto, pa dođite nam opet, ako Bog da, i ostanite malo duže neće li i vas i nas ovo naše sunce malko duže grijati.

DIREKTOR

Ne'š mi vjerovati, zove me neki dan direktor Salko iz moje firme. Ne znam jesam li ikad sa njim progovorio više od dvije riječi dok je bio direktor, a sad me našao zvati, biva da se ispriča sa mnom.

Sjećam se kad sam ga ono gonjao po firmi za akontaciju i onaj kredit kad sam hotio krov mijenjati i banju proširiti, a on će ti meni:

- Nemam ti kad, Uzeire, u cajtungu sam.

Moj brate, to ti je završilo nekakve škole, pa niko kao on. Uzelo fursata, ne zna kud udara od nekakve hinle. Hotio sam ja njemu na sastanku sve rijeti u lice, i za one stanove što je podijelio švalerkama, i za one vikendice na Jahorini i Neumu. Koliko mi je kahva zagorčao, ne umijem ti rijeti kad bih dođi sa posla ljut kao lepir i pričaj u mene mi Fati o njegovim marifetlucima.

- I nisi mu valjda sve to rek'o, moj Uzeire? - veli mi Fata.

- Bezbeli da nisam, nego ja to 'nako pričam, moram nekom rijet', ne mere u meni ostati tol'ka nepravda.

- I ja reko', pa da ostaneš brez posla, a djeca nam mala.

Slušam ga sad, kao janje umiljato, lijepo me prepade. Šta bi od onakve sile?

- Moj Uzeire, šta je mene snašlo, a toliko sam ljudima valj'o, šta sam ih samo zaposlio i hljeb im dao u ruke. Poslije drugog moždanog padnem ti u kolica. Žena me zaključa i ode hodati, povazdan zuji po čaršiji. Rekoh, sramota je, nana si, a nema gdje te nema, umjesto da sjediš guzicom u avliji i meni dodaš čašu vode.

Veli ona meni:

- E, moj Salko, ne radim ja to zbog sebe nego zbog tebe, ja sam ti bolan pendžer u dunjaluk.

'Bem ti dunjaluk kojem si ti pendžer.

- Tobe jarabi, direktore, kako ćeš tako?

- Fino, nego kako. Smjestiše me djeca u dom, nisu mogli gledati kako me muči.

- I kako ti je u domu?

- Fino, dobro me paze.

- Dojdu li ti djeca i unučad?

- Iz početka su dolazili svake sedmice. Pa onda svaki mjesec, ali samo kad im šta treba. Tata, trebali bismo otići u Ameriku, nisu mi djeca nikad bila, a nismo baš pri parama... I ja dadnem. Poslije kontam, baš da vidim je l' to oni dolaze zbog mene ili zbog para. Dođe onaj moj stariji jednom i veli, kontali smo restoran proširiti, ali smo u kreditima...

Rekoh, djeco, ja vam više nemam para. Oni samo ustadoše i odoše.

- I dojdoše li ti opet, moj Salko?

- Nikad više, moj Uzeire.

Nešto mi se sažalilo na njega, a opet kontam, kad gledam ove današnje kabadahije kao da vidim njega dok je mislio da može šta hoće. Nije se ni Boga bojao, a kamoli ljudi, a vidi ga sad. Zato, pripazite se, ljudi, kad ste u najvećoj snazi da koga ne oštetite, povrijedite ili, ne dao Bog, unesrećite, jer sve na ovom dunjaluku bude i prođe.

Ne daje nam dragi Allah snagu, pamet i nafaku da bismo druge savladali i nad njima rajzovali već nam je daje da bi šejtana u sebi nadjačali, drugima pomagali i Njemu se vratili čista srca i duše kakvi smo i došli na ovaj dunjaluk.

MOSTAR

Veli meni Fata, sabahile pri kahvi:

- Vala, Uzeire, da nas ko hoće zovnut' u Mostar plaho bi ga volila vidit' još je'nom.

Gledam je i kontam:

Asli mi se Fata smirila od hodanja, dosad je govorila da joj je u Ameriku, Australiju, Englesku otići, a sad bi u Mostar, a ko ne bi, moj brate. Prije bismo mi otiđi u Mostar, onako, što ono kažu da guzica vidi puta, a nije bilo lahko, birvaktile doći do Mostara, me'š'čini da je sad lakše do Amerike otkako je ovaj dunjaluk pokraćao. Kad bismo dođi u Mostar i ugledaj onu ljepotu, namah bi sve zaboravi.

Haman jarabi, lijepa grada. Mi Sarajlije smo od svih gradova jedino bili ljubomorni na Mostar, a imali smo i rašta:

Ona Neretva, kao kakva plaha đevojka, lahori, a nad njom se izvio đuvegija, svu je natkrio svojom ljepotom, a skupa kao kakav lijepi par što vazdan ašikuje i sevdiše dok za njima svako uzdiše gledajući dvoje što su kao jedno.

Jah!

- Šta to ti, Uzeire, dumaš pa mi ništa ne odgovaraš?

- Ma - rekoh - 'vamo nešto.

Ne htjedoh joj rijeti da više nemam ah na Mostar i da ne bih volio viditi onu lijepu đevojku, hudu, što je njezin stari ašiklija jednom ostavio pa se opet vratio. A kad jednom odeš ne vratiš se više nikad isti i ne bidneš nikad isti, ni ti ni onaj kojeg si ostavio.

I kao što mi moramo živjeti, tako i rijeke moraju teći, a valja nama preko rijeke, pa i u Mostar ako nas ko zovne.

ROĐEN U NEVAKAT

Neki dan mi nekakav curetak nazva selam na sokaku i, kad je pogledah, vidim ona Hajrina mlađa, ali nekakva mi drugačija. Usne joj natekle kao da je pčela ujela i za jednu i za drugu gubicu. Sva nabrekla. Srećom pa je ne upitah. Da sam je upitao ne bi mi više nikad selam nazvala. Bolje ti je šutiti na današnji vakat.

U mene je nana Subhija znala rijeti:

- Manite se, djeco, modanja, sve što zamoda to i izmoda, biva projde.

Jedino što nikad ne izmoda je ono što imaš u sebi. Kakva god ti je fasada, ako imaš nešto lijepo u sebi bit ćeš vazda lijep, bezbeli. Kad sam se rodio i ona mi zavezala pupak, umotala i kažu da je rekla:

- Vidi ga što je lijep, rodila ga nana, trepuške mu k'o od svile, a usta tanka k'o da ih je neko dukatom izrez'o, da Bog da ti meni ostario.

Kao biva, birvaktile bilo moderno kad insan ima tanke usne, k'o što je bilo plaho kad je kak'a cura rumena i podebela, biva zdrava. A danas, moj brate, sve naizvrat. One što su imali golema usta zvali žvalje, a za cure sa debelim usnama bi reci:

- Vidi joj gubica k'o u kobile.

Visoke i tanke cure zvali sohama i govorili:

- Mogla bi ti šćeri prestat' rast', ako nastaviš ne'š se nikad udati, ko će te tak'u suhu i malokrvnu, mogla bi čo'jeku pitu sa glave jesti ako te i jedan htjedne tak'u.

Ako bi muško dijete bilo bljedunjavo, mati bi ga tjeraj da jede mrkvu ne bi li joj potamnilo, a ako je bilo plavooko nije smjelo nikog ni pogledati širom otvorenih očiju, namah bi mu reci:

Kemal Čopra

- Zatvori te pendžere, duša ti se kroz njih vidi.

U onaj vakat je bilo moderno imati tamne oči, mrk ten, mehak glas i veliku glavu, a kod ženskinja tanke usne, rumene obraze, tanak struk i da je malo punija.

Mašala.

A danas kad je cura rumena, kažu vidi seljanke, a kad ima tanke usne ode kod hećima da joj hi napuše.

Allah selamet.

Nešto kontam, što ti je roditi se na vakat. Kakav si god, ako si se rodio u vakat bit ćeš lijep, onakav kakvog te je dragi Allah dao, a roditelji napravili.

More biti je to ono što kažu rodio se sretan, hairli, pa kakav je god, ono njegovo se plaho begeniše, što je u neki drugi vakat bilo za šprdnje.

Dobro je u mene mi nana Subhija rekla:

- Sve što zamoda to i izmoda.

Jedino se malo posefila o onoj ljepoti što imaš u sebi. Me'š'čini da je u ovaj vakat i to izmodalo, a došli u modu oni što imaju nekakvo zlo u sebi.

SA MOG PENDŽERA

Pravo veli u mene mi Fata, mogli smo, vala još ostati. Kud sam poletio kao da me je neko željan.

Naj ti je bolje ne ići od svoje kuće. Odeš, vidiš što nikad vidio nisi i onda dumaš, baš kao da ti se pamet izokrene, pa sve što si mislio da znadeš i umiješ vidiš da ne znaš i ne umiješ. More biti se nekom učini da je neđe bolje i ljepše nego u nas, i sve što trebaš uraditi je biti tamo neđe, daleko odavle i riješio si sve brige. Jok, bolan ne bio. Tek si se tad uvalio u veći belaj, samo što još ne znaš u šta si se uvalio, pa ti se sve čini lahko i potaman. Nekom treba malo da skonta, a nekom više, dok neko nikad ni ne skonta šta ga je i odakle snašlo. Da bogdom niko nije moro ići iz ove naše Bosne, svima bi nam bilo ljepše i rahatnije.

Neise.

Nego sam vam ovo hotio rijeti...

Veli meni onaj moj hairsuz Mute, kad smo se vraćali:

- Uzeire, eto vidio si malo Holandije i kako ti se čini? Je l' ljepša od naše Bosne?

- Jok ona, haman je ista k'o Bosna.

- Kako, bolan Uzeire, ista, u šta si ti gled'o?

- Gled'o, moj Mujo, i vidio Bosnu, k'o da je neko popegl'o i poravn'o ona naša brda i planine i raspušć'o one naše lijepe rijeke da sve poplave, podašiš'o one naše šume, baš k'o ćelav insan kad navlači ono malo kose što mu je ostalo i pravi cirkus od sebe. Jedino je, more biti, Holandija bogatija i uređenija neg' naša Bosna.

- Kak'i bogatija, moj Uzeire. U nas ti ima bogatstva kol'ko hoćeš, samo što je nepravilno raspoređeno. Bosna ti je najsređenija zemlja na svijetu, tu se sve zna i sve je zapečaćeno i ovjereno. Sredili su je za sva vremena.

- Šta se to zna u nas, moj Mujo?

- Sve Uzeire, k'o šta može, a k'o ni blizu. U nas ne možeš biti ni predsjednik kućnog savjeta ako nisi dobar sa Bimom, jer je ta funkcija rezervisana sve do Sudnjeg dana, a da ti ne govorim o većim funkcijama i poslovima gdje se lova uzima. Sve se u nas zna, moj Uzeire, i sve će ti 'vako biti do novog rata.

- More biti, moj Mujo, a more i ne bit', ko će ga znati?

Jedino što još znadem je:

Dunjaluk ti je onakav sa kakvog ga pendžera gledaš. Kad se malo odmakneš pa se vratiš, ukaže ti se drugačiji i sa tvog pendžera, a kako god se okreneš guzica ti dođe iza leđa, pa ti vidi.

ČESMA

Dođe nam Hike da nas obiđe i da nas priupita kako nam je bilo. Kao i vazda, zabavio se podobar vakat prebirajući po onom telefonu i ne upita nas kako nam je bilo.

Neise.

Veli mu Fata:

- Sine Hikmete, dedera nani čašu vode i pusti nek' malo oteče!

- Sa' ću - veli, a ne pomjera se. Fata ustade i napi se vode, ništa mu ne reče, a on ni mukajet. Malo posjedio i ode.

- Ne' je navratio, običnije je.

- E, moj Uzeire, šta sam se nanijela vode sa česme, kad se samo sjetim, a današnjoj omladini zor do sudopera otić' vode nasut'. Jah, šta ćeš. Teško je današnju omladinu dovesti u suru.

- Neka nama njih, nadoći će oni k'o što smo i mi nadolazili, u vožnji što 'no kažu.

Kako Fata spomenu česmu tako meni navriješe sjećanja.

Prije su govorili da je najveći hajr dovesti vodu i izgraditi česmu. Kad bi ko zaimaj malo više, taj bi višak, a često i sve što bi zaimaj, dadni za izgradnju česme u mahali, u sokaku. Na njoj bi stajalo:

„Hajr podigo taj i taj..."

I zaradio bi velikih sevapa da ga se spominje dok je svijeta i vijeka. Spominjalo ga se po dobru sve dok se ne izgradi vodovod. Česme se počeše gasiti i samo iz nekih osta teći ili kapati voda. Sarajevo je oduvijek bilo poznato po svojim vodama i česmama. Nisu one bile samo da se insan sa njih vode napije i umije, već su one bile kao kakve haber kutije gdje su žene mogle raskopati šta se dešava u sokaku i u drugim mahalama. Ko je umro, ko se

Kemal Čopra

rodio, koja je za kog otišla i u kakvu se familiju udala. Mnogi su našli svoju, što ono kažu, sreću na česmama taman da su čitav život proveli u deveru i nesreći.

Česme su vam prije bile baš kao u ovaj vakat fejzbuk. Svašta i ništa na njemu. I kao što u ovaj vakat hanume lete da vide šta je ko turio na fejzbuk, tako su u onaj vakat letile na česmu da čuju šta je u koga bilo i šta se kome snilo. Ha se kakav bardak, jal ibrik isprazni, namah bi ga spodbij i na česmu. I neima hi dobar vakat. I baš kao danas na fejzbuku, od previše druženja i priče izbije i svađa.

U mene nana Subhija se znala sporječkati sa nekim i ne govoriti, ali ne zadugo. Od jednog do drugog Bajrama bi se sa svima izmiri pa opet. Jedino se nikad nije izmirila sa Zubejdom, iz Gornje mahale, a evo i zašto.

Zubejda je bila poznata po ujedanju. Znala je tako ujesti riječima do srca i duše da joj nikakva otrovnica nije bila ravna. Često bi se i pobi na česmi, a poslije tih ženskih tuča na sve strane je bilo dlaka, kad bi se one za kose počupaj. Pričalo se da je nekoj Đulsi, iz Cvjetnog sokaka, pleticu iščupala, toliku je snagu imala. More biti je i konju rep mogla iščupati, ko će ga znati?

U mene mi nana Subhija jednom pošla na vodu i ugledala Zubejdu, hotjela se vratiti, ali je po belaju dozva kona Zumra i morade doći. Haj' što je došla, nego što je Zubejda bila na redu. Poturila đugum i nikad otići. Voda se prelijeva iz đuguma, a ona ni mukajet. Ujeda li ujeda. Tako dojde i do moje nane Subhije.

- Kako ti je Atifaga, Subhija hanuma?

- Dobro - veli ona neće li je se proći.

Jok ona, samo se nastavi.

- Kak'i dobro, moja ti. Ispile ga đidije u Morića hanu i šlajpek mu opuhale do posljednje pare.

Nana Subhija nije više mogla durati i - za kose.

Dojde sa česme praznijeh sudova, sva očerupana. Suza suzu goni.

Kako Zubejda na česmi, tako njezina najmlađa unuka po fejzbuku, ujeda li ujeda.

Sve ti je to u pet deka, pa ti vidi.

ZNA DIREKTOR

Što li je ovako svakom drago živjeti, a najdraže, meni se čini, starom insanu. Valjda kad je čovjek mlad i ne zna, od n'akve hinle, da je živ nego samo srlja i hurlja dok ga šta ne opekne, jal zaboli, tek tad se malo odmakne pa opet na onu istu vatru. Ne kaže se džabe mladost-ludost. Jah.

A star insan se pomiri sa sobom i sa svijetom i jednim i drugim, jer je došao nekako na vrh i odozgo more seirit oba dunjaluka što mu daje mudrost baš kao insanu koji je vidio svijeta spram onom tokmaku što nije makao iz mahale, a jadnik misli da sve zna i umije. Neise.

Sretoh neki dan na pijaci mog bivšeg direktora Salku, onog što je ležao u Hrasnici u onom domu pa ga djeca i unučad prestala obilaziti kad je rekao da nema više para.

Bogme ti on meni nazva selam, ne znam je li ikad za života, ali eto bi mi drago. Vremena se promijenila pa i mi, a bogme i direktori sa njima.

- Zar ti ne ležiš tamo, moj Salko, il' te malo puste da prohodaš?

- O'što mi je to, Uzeire, da ležim po domovima i bolnicama, baš k'o živo janje na ražnju se okretat' dok ne umreš.

- Tako i jest, moj Salko, bolje na nogama godinu nego ne znam ti kol'ko ležeći.

- Kad si ti vidio, Uzeire, da neki doktor leži u bolnici i čeka da umre?

- Nikad, a možda ni tad.

- Nagledali se ljudi svega i znaju kako se umire k'o čovjek, na nogama i kod svoje kuće.

214 Kemal Čopra

- Bo'me se ti, Salko, dobro držiš koje su godine. Ono si ti i stariji od mene, a nikad tereta nisi vidio, što ono kažu ni lopate podig'o.

- Gori je teret kad ti moraš sa glavom raditi, a najgori sa ljudima, moj Uzeire.

- Jašta je nego gori, a kako se tebi da tako nedat'?

- Ja ti svako jutro čim progledam popijem čašu tople vode.

- 'Nako, bez ičega? Turiš li barem kašiku meda jal limuna nacijediš?

- Jok ja, samo 'nako i valjda ona voda sapere sve masnoće i prljavštinu, ne možeš ni suđe saprat hladnom vodom, Uzeire.

- Ne mereš, bezbeli, a ne mereš ni bez deterdženta. Šta misliš, direktore, da kaneš kap u onu toplu vodu kako bi to sve sapralo.

- Zafrkaji se ti, Uzeire, koliko hoćeš, vidjet ćemo ko će duže.

Ode Salko, a ja ostah gledajući za njim.

More biti da ovi ovakvi plaho umiju uvjeriti sebe u nešto pa i drugi počnu vjerovati sa njima i ne misleći je li pravo jal krivo, ko će ga znati. Zna direktor, ako iko zna sebi onda direktori znaju, bezbeli.

KEMICA SA DOLAC MALTE

Neki dan, kad sam ono stao sa komšijom Zulfom, dođe mi moj Kemica, čak sa Dolac-Malte, u svom golfu dvojki. Otvara i druga vrata, kontam, more biti je i Muneveru poveo, kad iz auta iskoči nekakvo pašče.

- Šta je to, moj Kemale, hoće l' ujesti?
- Eki njega, jok, ba Uzeire, ovo ti je sad moj najbolji jaran i ahbab poslije tebe.
- Kad se prije sjaraniste, moj Kemo - ja rekoh. - Kakav si merhametli, beli si ga negdje sa džade jamio?
- Sjećaš se ti, Uzeire, onog mog jarana Faće, diverzanta što je nagazio na paštetu kod kote 505, na Žuči?
- Sjećam. Šta bi sa njim?
- On ti je sad u Americi i ima neku firmu za kompjutere. Pravo ga krenulo.
- Neka, aferim, beli ga je dragi Allah za sve nagradio.
- On ti je, moj Uzeire, prvi fasovao PTSP, ha je doš'o tamo. Nije iz kuće izlazio, samo buljio u televiziju, a da si ga pit'o šta je gled'o, ne bi ti znao odgovoriti. Sve dok nije naš'o psihijatra. Oni ti imaju dobre psihijatre za ovu našu bolešćinu, k'o kad ih tamo ima 'vakvije kol'ko ho'š. Kaže ti meni moj Faćo: „Kemice, odma' idi, liječi se, dok nije kasno, pusti Bugarija i hodže, nađi ti dobrog psihijatra k'o što sam i ja naš'o."
- Dobro te je nasavjetov'o, moj Kemale.
- Jašta je, moj Uzeire. Da ne bi njega sad bih ja mahnit hod'o i govorio ljudima da mi nije ništa i da mi ne treba psihijatar, k'o ovi moji borci. Zove mene jednom moj Faćo i veli: „Kemice, posl'o

sam ti kera sa brodom, a nije obični ker, imam ja istog. Mene je spasio, spasit će i tebe. Spominjat ćeš me cijelog života." Pitam ga ja, kol'ko je to para, moj Faćo? Kaže on meni: „Puno, skuplji je od novog auta, ali je i vredniji."

Umalo mu ne rekoh: „Što ti nije avto posl'o?" A bolje što nisam. Sa'š čut' i zašto.

- Dođe meni ovaj ker, moj Uzeire, i šta radi samo gleda u mene. Je l' mene počelo fatati ono moje, on ti namah osjeti i počne me lizat' i skakat' oko mene, k'o biva, ne da mi da se ufuravam u depresije. Evo me je i sad, ne'š mi vjerovat', kod tebe doveo, a ima li bolje terapije nego kad te depresija ufati doći kod tebe i promuhabetit'.

- Šta Munevera veli?

- Munevera je ljubomorna na njega k'o pašče.

- Na kera?

- Ja, moj Uzeire, na kera.

Vidim ja, onaj ker ništčim ne mrda, samo sjedi i gleda u mog Kemicu kao Ibrina Biza u lovu na zeca:

- Neka tebi tvog golfa dvojke, moj Kemo, vrijednije ti je ovo pašče neg' ne znam ti šta.

BAŠ KAO HADŽIBEG

Kad pripovijedaš ljudima i svi te slušaju, kao biva pretvorili se u uho, a ti kontaš svi te razumiju, a kasnije ispade da te razumio jal jedan, jal nijedan, onako kako si ti htio da im rekneš, a ostali po svom, kako kome paše.

Sve se kao pitam:

- Što li se ovaj naš narod 'vako iskvario?

I ne iskvario se, moj brate, šta je sve izdeverao i preturio preko glave, a bogme i glavom zaplatio. Ovo što ostade, dobro je i u pameti ostalo. I nije više merhametli kao što je vazdan bilo. Nek' vala i nije, kad su svi iskoristili taj njegov merhamet i udarili na njega kao bijesna paščad. I kad te jednom zmija ugrize, što bi rekao u mene Hazim, „ne bojiš je se više nego ujedaš prvi i ne gledaš ni ko je ni šta je nego samo grizeš". Ovaj nam je zadnji rat donio dosta jada i belaja, ali nam je, more biti, i valjao. Pokreno je svu onu pamet što se godinama krila po bosanskim gradovima i selima i odveo ih na mjesta gdje se ta pamet nije više mogla sakriti nego je procvjetala u svoj svojoj ljepoti, baš kao u mene hadžibeg kad rascvjeta. I to što je naš Faćo, diverzant sa Žuči, napravio u Americi, me'š'čini, ovdje ne bi nikad. I nije zaboravio svog ratnog ahbaba Kemicu, već mu je poslao tog pametnog kera da mu pomogne kao što je i njemu pomogao. Mnogi za to ne znaju pa vele: „Izmišljeno, zna se šta je bosansko pašče, jal avlijaner, jal kanafer." Ima i ime:

- Pujdo!

I kako ćeš se, jadan, uživiti u ovakvu priču kad još vidiš bosanskog insana s ovo malo duše koju otkriva svima kako bi mu svak' lahko mogao pljunuti na nju. Ne mereš! Jerbo je bosanski insan sad kao hadžibeg, posijan svuda po svijetu i cvjeta u bukadar boja. I kakva mu je zemlja, takva mu je i boja. Još da je kakve države ili kakve pameti presaditi, đe bi nam bio kraj.

A konci se zamrsiše kao insanski život, pa moraš znati raspetljati, bona ne bila!

Ima li išta ljepše na dunjaluku od proste duše u jednostavnog, dobronamjernog i iskrenog čovjeka? Bezbeli da neima!

KEMICA SA BISTRIKA

U mene kuća vazda bila puna smijeha i šale, a prednjačio je sin Hamo, koji je povazdan sve izvrtao na šegu i šalu, a najdraže mu je bilo sestru Merimu zafrkavati, ali nježno, mudro i sa puno obzira, kakva je i sama bila. Duša draga. Kad god bi telefon zazvonio, neko pogriješio broj i prekinuo, Hamo bi nastavio pričati sve dok ne bi došla Merimica i upitala ko je to.

- Kemica sa Bistrika, pita za tebe.
- Ih, za mene, što će za mene pitat'? I ne zna me.
- Vidio te jednom kad si igrala gume na sokaku. Ima on ovdje tetku.
- Jesam li dobro igrala?
- Kaže da jesi, al' da mu se najviše svidjela crna kosa i zelene oči. Voli Kemica crnke sa zelenim očima.
- A kol'ki je Kemica?
- Malo veći od tebe, za glavu, i ima čičkavu kosu i plave oči.

Poslije toga kad bi god zazvonio telefon svi bi poletili da se jave pa i Merima, rodio je babo.

- Je l' Kemica sa Bistrika?
- Jok on, Pemba sa Širokače - reci bi joj mati.

A ona bi se pognute glave vratila u svoje ćoše i nastavila oblačiti, svlačiti i češljati lutke iščekujući kad će opet telefon zazvoniti...

Samo kad se Hamo javljao bio je i Kemica sa Bistrika.

I tako godinama, a Kemica, Merimina mjerica, postade dio naše porodice. O njemu se pričalo kao da je stvaran.

Završila Merima škole, više pa i najviše, a osim pameti na babu imala je i ljepotu na mater, ali nije imala momka. Hajde dok je išla u školu i nije joj trebao, ali sad kako je završila škole mogla bi se i zagledati u nekog. Tako ti i bi. Ništa nam nije ni govorila kad jedan dan dođe sa momkom kući, nije ti šala.

Fin nekakav bio, majka ga ubila, plave, bistre oči, a ona mu kosa loknava. Upoznajemo se, veli Kemal se zove. Hajde neka, lijepo ime, ali kako on to reče meni se upališe kandilji te ga upitah odakle je.

Sa Bistrika.

Eno ih i dan-danile na Bistriku, u sreći i rahatluku sa dvoje muške djece, rodio ih dedo. E beli joj je buraz dozvao i naslutio sreću.

INSANU NE TREBA PLAHO

Pita me jedan momčić u nas iz mahale:
- Dedo Uzeire, šta je tebi bilo najgore u ratu?
Stadoh, onako se zamislih i dobro prokontah, pa rekoh:
- Najgore mi je bilo prije nego što je počeo i kad je završio.
- Ih, dedo, onda tebi rat i nije bio težak.
- Bezbeli da je bio, k'o rat, moj sinko. Nego pusti ti rat, gledaj da završiš kak'e škole i da nađeš kak'e cure, ako bidneš mislio na rat, rat će ti i doći, ne'š se ni okrenut'.

Nešto kontam, što ti je ova današnja omladina, nije što ono kažu, ni baruta omirisalo, a ono bi o ratu. Eto ti namah dobre japije za kakvog belaja.

Kako me on to upita, ja ne prestadoh dumati o ratu, a nisam odavno. Pored sveg jada i belaja, koji nas je bio snašao, moglo se svašta i naučiti. Trebao ti je neko sve oduzeti da bi skontao kako insanu ne treba puno, malo mrsa, mliva, soli i vode. Sve preko toga je samo da udovoljiš svojoj guzici i da razmaziš i oslabiš samog sebe. Svjetlo ti ne treba da ti osvijetli, jer lampa ne osvjetljava nego skreće tvoju pažnju sa sebe na nešto drugo, baš kao sve haber i muzičke kutije. A brez tog insan more rahat zaviriti u sebe i zapaliti kandilje koji mu obasjavaju oba dunjaluka.

Čim je rat stao ugasiše se i ti kandilji, jerbo insan opet poče sebi ugađati. Jedino se još pođahkad zapale na namazu, a ha predaš selam, umiješ lice suhijem rukama i prvo što pomisliš je kad će ti početi ona serija što gledaš i hoće li priznati ono dijete... Sva svjetla u tebi se pogase, a zasjaju ova dunjalučka i šejtanska. Me'š'čini da još samo kod Emina i Eminovice vazdan gore, kad odem da pošutim sa Eminom i da promuhabetim s Eminovicom.

Nisam vam hotio rijeti šta mi je još Eminovica muhabetila o duši, rekoh more ko pomisliti da smo poblentavili i ona i ja. Ma vala ću vam reći pa mislite šta god hoćete. Veli meni Eminovica:

- Znadeš li ti, Uzeire, kad duša hoće unić' u insana da ti ona dođe baš kad dvoje nanijete da imaju djecu pa porade na tom, i lebdi iznad njih. Ako joj se svidi mater, a otac bidne mrzak, rodit će se muško, i naopačke. I kad se rodi vazda to muško dijete više voli mater, a oca bo'me mrzi i vazdan se sa njim zavađa.

- Zar je to tako, moja ti Eminov'ce?

- Bezbeli da jest - veli mi ona, a Emin s onog mindera tako šuti kao da mi veli: „Zar ti to ne znaš, moj Uzeire?"

Rekoh:

- Ne znam!

A nije me čovjek ništa ni pitao.

Plaho mi je bilo ugodno slušati, a opet kontam da nije pomahnitala kad tako govori. Kad bolje produmam, i jest tako. Vazda je meni moja Merima bila sklonija nego Hamo i sa njom sam nekako lakše deverao.

Eto, ja rekoh, a vi dobro prokontajte je li Eminovica prohlupala ili je Uzeir pobenavio kad vam nešto ovakvo muhabeti na sabahu.

NEŠTO U NAS NE ŠTIMA

Čuh neki dan kako komšija Idriz doziva sa pendžera svoju hanumu:

- Hidajeta, Hitka, da nisi jopet moje gaće obukla?

A u njega vazda možeš viditi ispod pantalona mu viri pidžama i to ženina mu. Mogu misliti šta joj je prije sve provodio, a vidi ga sad.

Onaj moj Hazim, što voli pametovati i igrati šaha, otišao u penziju i ne zna šta će od sebe te naučio ženu da igra šaha, pa ti njih dvoje po čitav dan igraju li igraju. Kad hin vidiš takve ne mereš a da se dobro ne zamisliš.

Nešto kontam, što ti je ovaj insan, dođe na ovaj dunjaluk i donese svako svoju nafaku, prođe njime kako ko umije i ode kao da ga Bog nije dao. Ništa ne ponese osim svojih grijeha. Naši bi stari reci za nekog:

- K'o da se triput rađ'o!

Biva, dobro se snalazi u životu kao da ga je triput proživljavao pa sve zna i umije.

Mi, koji smo se prvi i jedini put rodili, a takvih je najviše, lutamo, tražimo i griješimo, kao kad ne umijemo i ne znamo šta je pravo, a šta krivo, pa srljamo i spotičemo se na svoje greške, padamo i ustajemo, pa opet. Sve dok ne naučimo, a kad naučimo, jal samo mislimo da smo naučili, valja nam ići.

Prošao voz.

Jednom meni moja kona Eminovica reče:

- Znadeš li ti, Uzeire, da duša, prije nego se udahne u insana, obiđe vas dunjaluk i da more birat' mjesto đe će se roditi?

- Jok ja, moja ti Eminov'ce, prvi put čujem tako nešto.

- Jest, moj Uzeiraga, meni moja nana govorila, a ja dobro upamtila: „Kad duša obilazi dunjalukom i vidi đe neima zelenila i vode tudi je težak život, al' je zato vjera jaka, a đe sve buja i raste tudi je život lakši, a lakši život istanji vjeru i lahko je pretvori u nevjeru."

- More bit', moja ti Eminov'ce, da smo se mi zato dobro posefili kad smo izabrali da se ovdjen rodimo. Hotjeli mi, što 'no kažu, i jare i pare, i dobar život i dobru vjeru, a ne mereš sjedit' na dvije stolice, pa sad niti nam jedno valja nit' drugo.

- Jah, kako kome - veli ona meni - al' da nešto u nas ne štima, beli je tako.

Kemal Čopra

NIKAKAV MI ŠEĆER OVU KAHVU VIŠE NE ZASLADI

Kad bi insan imao kuveta da se pohasi i otvori sve ćitabe, što je zaturio negdje u ovoj blentavoj tintari, bogme bi se ovaj dunjaluk dobro zatresao.

Ali nema se kad, a ni sa kim, pa ja ovako pokoju proturim, neka znaju da se zna i da narod nije blentav i da nije zaboravio, nego se svak zabavio oko svog belaja i čeka, kao što je narod vazda čekao, ovdje u Bosni, da mu neko drugi brine njegovu brigu.

Što ono reče moj Kemica sa Malte:

- Moj Uzeire, čim je prva humanitarna stigla u Saraj'vo, mi više nismo branili Bosnu nego talove ovih što su hajrovali na svemu.

Pa nastavi:

- I nisu to ovi, moj Uzeire, bogataši što hin svi znaju, to su ti ovi, malo mudriji, iz stranke, što su nosali kofere para u Bosnu, a više iz Bosne. I sad su ti to truhli bogataši, dobri vjernici, koji dijele sadaku i plate svojim radnicima na vrijeme. Niko ništa o njima ne smije ni progovorit', ko zna moj Uzeire, more bit' mu se sutra moradneš molit' za dijete da ga zaposli, il' ne daj Bože kak'e bolesti, ne valja im se zamjerati.

I nije ti, moj Uzeir-beže, Bosna podijeljena samo na tri dijela, da je Bog dao, Bosna ti je podijeljena na pašaluke, begluke i aginske zijamete, baš kao za turskog vakta, a mi smo ti, moj Uzeire, samo njihovi kmetovi, raja što tegli za njih i uvećava njihovo bogatstvo.

- E, moj Kemale, težak ti je ovaj muhabet za kahve. Nikakav je šećer više ne zasladi, a more bit' i da je tako, k'o što ti veliš. Ko će ga znat'.

Lahko je sa budalom izdeverat kad se naljuti,
haj ti sa pametnim deveraj, gori je onda neg
tri budale.

SVAKO SVAKOM SMETA

Pijemo kahvu u nas na čardačiću, šutimo, srčemo i razgledamo po mahali. Nigdje živog roba nema. Niti šta vidiš, niti šta čuješ. Ni djeteta da proleti preko bašče, niti ko da kahne, a kamoli da se nasmije ili zapjeva.

Sjetim se onih prijašnjih nedjelja kad te probude hašovi i grablje, narod pravi lijehu-dvije za mladog luka, da ima za lukmire i salate. Po sokaku popravljaju fiće i tristaće, djeca gonjaju hloptu na male, cika, vika, dreka na sve strane:

- Mama, namaži mi krišku!

Kao svoja mati, eto ti je nosi onu najveću, sa sredine odrezanu krišku vrućeg hljeba namazanu džemom, maslom, jal margarinom, a kad ničeg nema u kući, zagrije malo ulja i posoli, kako je kad čega bilo. Djeca ne prekidaju igru, gonjaju hloptu, u jednoj ruci namazana kriška, a u drugoj pera mladog luka.

Omladina, kao omladina, puna snage i vazdan spremna na šaketanje. Ako je ko na koga imao pik ili samo onako da se zna ko je jači, nađu se ispod kuće ili u bašči gdje ih niko ne vidi, pa udri bez i jedne riječi dok neko ne padne kad ga ovaj drugi nezgodno klepi čepom posred oka.

U dnu bašče, ispod oraha, zaklonila se dva ahbaba, mokra braća, rakija im od svega draža, pa otpočeli akšamlučiti, haman u podne. Kriju flašu pa je krišom liznu, pa iz čepa piju dok im njihova Fazila mezetluke sprema, da ih ne jami makar do ikindije.

Pendžeri širom otvoreni, a na njima tranzistori i svi na istoj stanici, Sport i zabava Radio Sarajeva. Sa Grbavice se javlja mladi Jovo Jovanović, a prekida ga sa Koševa Mirko Kamenjašević, jer je Sarajevo povelo u trideset osmoj minuti prvog poluvremena golom Vahidina Musemića, nije ti šala, protiv Crvene zvijezde.

Mahala se hori kao da si na stadionu.

Cigani popravljaju kišobrane, oštre noževe, kalajišu sahane i demirlije...

Svi na izvanu osim jedne nane što naklanjava dva rekijata i ne smeta joj ništa, jer ne čuje ništa od svog šapata, Elhama i Kulhuvalahu. A iza širom otvorenih prozora, neka mlada mete i pjeva. Ne vidiš je, ali čuješ pjesmu:

„Karanfile, cvijeće moje..."

Niko nikom ne smeta...

A danas, moj brate, nedjeljom popodne kao da je bila vazdušna uzbuna, nigdje žive duše.

Svako gleda da nekom ne smeta, a svako svakom smeta.

Kemal Čopra

IKAR KONZERVE

Taman prostrli boščcu, Fata malo savila bureka u onu malu tepsiju samo za nas dvoje, kad telefon zazvoni.

Ko će ti biti, moj Kemica sa Malte:

- Sjećaš li se ti, Uzeire, onih ikar konzervi, mog'o se od njih dobar burek napravit'!

- Moj Kemo, nemoj mi gadit' ovaj burek, sad ga neću moć' ni okusit' - velim ja njemu.

A on se nastavi.

- A sjećaš se onih riba u vel'kim konzervama, mi dobijali na liniji, jal po dvojica, jal po trojica na jednu. I niko ih nije volio pa ih davali meni. Znaš kako sam ih ja maštrafio, moj Uzeire?

- Ne znam, ot'klen ću znat'!

- Ono bi nekad dođi malo struje i mi se razrahatimo, u tom ti je i nestade. Čim nestane struje ja viknem Muneveru:

„Daj, Munevera, one ribe dok nije došla struja da ne vidim šta sam poj'o!“

RAHATLUK

Pođem da napišem neku od ovih naših teških i preteških istina pa se predomislim. Ima ih i previše, žao mi narod bihuzuriti i prisjedati mu na muku, podsjećati ga stalno ko smo i kakvi smo, na kakvom dunjaluku živimo i borimo se svi za komad neba, komad sunca, koricu hljeba... i malo janjetine sa ražnja, ako može, što bi rekao onaj moj hrsuz Mute... Prebirem po sjećanju ne bi l' mi naumpalo nešto fino što će svima ozariti lica i razblažiti svakodnevnu muku i čemer. U svom ovom našem jadu i belaju bude i poneka bogda sreće i radosti, tako sićušna i nedovoljna da je brzo smetnemo s uma i zaboravimo, a sa svih strana samo nam poturaju tuđe belaje i nesreće, a nismo još ni svoje prebolili, jer nemamo kad od drugih što po vazdan nadolaze i smjenjuju jedna drugu. Jah!

Dovoljno je pomisliti na onaj dan kad Fata tek poprži kahvu u šišu, samelje i pristavi, a uz sokak idu dva ahbaba, dva dobra jarana sa hanumama, horni za muhabet... i eto ti rahatluka, svi belaji kao rukom odnešeni.

MORE BITI KAKVA PRIČA ISPADNE

U nas ti je odvajkada ovako: Odemo rano leći i ko prvi zahr-
če on će se i naspavati. Sinoć u mene mi Fata zahrka, me'š'čini,
nije ni jorgan po njoj pao kako treba, a ja ostah onako u mraku
otvorenih očiju da dumam. Umjesto da dumam kao vazda o sva-
kodnevnim stvarima: Kad će mi početi odbijati za ćumur, hoće li
mi odbiti pretplatu za televiziju od penzije ili ću je morati platiti
sa strujom. Hoće li ko doći da zakrpi onu rupu na sred džade,
more ko propasti... Meni misli okrenuše na drugu stranu. Nema
veze, kakve su god kad insan ne može spavati valja mu dočekati
sabah sa šejtanom. Da mi je kako okrenuti misli na svoj mlin i
počnem nazor kontati o mom Hami, hoće li mu ovi poslovi ha-
irli krenuti, pa onda o mom Kemalu, hoće li znati naći te Holan-
dije i kako će ga ovaj naš svijet tamo primiti. Džaba, ne da šejtan,
naletosum, pa eto ti. Ja po svom, a on po svom. E, ne'š, rekoh,
nalete; ustanem ti, odem prvo u banju, da izviniš, da se izmo-
krim, a onda nađem onu svoju teku i olovku, sjednem za hastal
i pođem pisati. Ne palim svjetla, jerbo more neko viditi i eto ti
priče po mahali, što je kod Uzeira i Fatma hanume gorilo svjetlo
čitavu noć. Da nije ko bolestan? Hajde ti to nekom objasni. Pi-
šem u mraku, kao kad mi je rukopis kao u doktora, mogao bih
recepte pisati, jer niko to ne umije pročitati osim onih u apoteci.
Neise. Naškrabam ti nešto na ono ćage, more bit će i kakva priča
ispasti, sjednem malo na minder. Kako sjedoh tako i legoh, kako
legoh tako i zaspah, onako nepokriven. Eto ti belaja! Ušćaklo me
u kuku, sandžija između plećki, a nos mi se začepio, ne da dihati.
Kašljem, kišem, Allaha mi jedva dišem. Eto ti moje priče, nije

Bog zna kakva, more biti je samo onaj razumi što ne mere spavati, jer kao što sit gladnog a zdrav bolesnog ne razumije, tako ni u mene mi Fata ne razumije što sam zaspao na minderu nepokriven, pa svojutro ronda na mene. Me'š'čini, ne mere insana ništa izmoriti kao nespavanje. Još kad mrven zaspeš nepokriven, eto ti belaja. Slušam ja vaše habere, te mogao si ovo, te trebao si ono, a ja ni mukajet. Nemam kuveta ni odgovoriti, kamoli nešto drugo. Doguram tako do ikindije i velim Fati:

- Odo' ja mrven zaspat'!

- A, moj Uzeire, nemoj, tako ti Allaha, ne valja iza ikindije leć' i efendija je rek'o. Ne igraj se kad sam te zaklela. Tako ti je i onaj Ibro otiš'o leć' iza ikindije i kad se probudio kao drugi čo'jek, ne zna ni kako se zove. Sve mu se okrenulo naopako pa sad umjesto u desnoj drži fildžan u lijevoj ruci, bilesi počeo i pisat' sa lijevom.

- Drugo je to, Ibro im'o moždani u snu i o'toga mu je to.

Bogme ja ne zaspah ni dekike, ko zna, more biti je Fata u pravu kao i vazda. Pred akšam me oborilo, ne sjedim na minderu nego u minderu i na leđima, kao da će me baciti. Bogme mi Fata ne dade, veli nema ti ništa gore nego u akšam zaspati.

- Je l' - rekoh - gore nego iza ikindije, i šta bidne kad se u akšam zaspe, kakav se onda moreš probudit? More bit' se mlađi probudiš, šta li?

Izduram ti ja i do jacije. Velim Fati, biva, da je malo zbunim, da mi ne bi opet kakvog šejtana svezala:

- Odo' ja sad leć', a ti me obiđi pa ako vidiš da ne dišem nemoj me budit', samo me pokri'.

Ona gleda u mene sva u behutu i veli:

- Haj' ne sluti, nosi te đavo kad si taki nedokazan, ne mere ti se ništa kazati.

FASADA

Imaš ti ljudi koji rade i kad ne rade, biva vazda sebi nađu kakvog posla samo da ne misle ninašta.

Imaš opet onih koji misle i dok rade, a ima i onih koji niti šta misle niti šta rade.

Naumpade mi kad je ljetos komšija udarao fasadu i kad počeše postavljati skele, a Fata veli, sad će oni od sabaha do akšama strugati i udarati meni po živcima.

- Neka ih, neka rade i u nas se radilo. Sve što se radi to se i završi.

- Bo'me se u našoj mahali nikad neće završiti. Otkako sam došla ovdje povazdan n'akva zvrka, huka, galama. Je l' onaj ispiľo drva, drugi se nastavi brusiti kola, treći miješa beton, a ne mereš veš prostrijeti od boja i lakova k'o da svako ima lakirnicu u garaži. Allah selamet!

Slušam je nešto i kontam, šta joj je, vazda se radilo, a nikad nije riječi rekla, sad joj odjednom sve smeta. Što ti je starost, insan postane muhanat, me'š'čini sam sebi smeta. Neise!

Ha svane iskupe se radnici i po čitav dan rade, a Fata ne ronda zbog njih nego se mi namjestimo da ih moremo vidjeti i čuti, jerbo onaj jedan dok radi, nećeš mi vjerovati, pjeva. Milina ga slušati. Oni ostali sa merakom rade za njim i sve mu naručuju pjesme. Ha on ispjeva jednu neko mu naruči drugu. Nema kakve nije otpjevao.

- Bolje him je nego u kafani - veli mi Fata.

- Jašta je neg' bolje, naručuju pjesme, umjesto da plaćaju, oni još zarađuju pare.

Taman se mi navikli na njih kad jedno jutro tišina, samo se čuju mistrije, fangle i radnici kad između sebe pričaju. Dodaj mi tu vaservagu, dobro to zamijesi, izreži mi još dva komada... Sve se čuje samo pjesme nema.

Iza ikindije Fata mi veli, ode him napraviti i odnijeti kahvu, sevap je.

- Hajde - rekoh - i pitaj hoće li onaj još dolazit' i ka' će?

Vrati se Fata i veli:

- Pametan onaj njihov gazda, prebacio ga na drugo gradilište da malo i drugim radnicima zapjeva pa da brže i bolje rade.

Jazuk!

Valahi da hoće više završiti, dodijala mi je više ova huka i galama, ne mere više insan ni leći iza podne sa mirom.

SVEKRVA

Veli mi jedna hanuma:

- Pravo veli u tebe ti Fata, za kog' se udaš bit ćeš tak'a, i ja ti se, moj Uzeire, udam za insana, primim sve njegovo, al' nikad ne postado' hanuma, a sad ćeš čut' i zašto.

Nije nam prošao ni medeni mjesec dolazi nam u goste svekrvin sestrić Fuad i žali se kako mu ništa ne ide, žena ga vara, ostao bez posla, veli: „Hadži tetka, vakat mi je otić' do hodže da vidim da nisam 'dje ograjis'o."

Ja u kuhinji perem suđe, ne vide me niti me zarezuju, a sve čujem.

Kad on to reče, ona će ti njemu kao iz topa i glasno, biva da i ja čujem: „Ohani Fudo, šta sam se ja kletih para nadavala hodžama da mi Amira od šokice odvoje, pare mi uzeše, a ništa ne uradiše." Ja samo provirim iz kuhinje, osmjehnem se i nastavim prati suđe. Fudo ode, a ona će ti meni:

- Snaho, čuli ti šta ja ono rekoh?
- Čula sam.
- Pa, eto.
- Kod nas katolika na vjenčanju se kaže: „Što Bog spoji nek' čovjek ne razdvaja."
- Eto, Boga mi u vas, biva, sve finije.

I tako iz dana u dan.

Da mi nije svekar, rahmetli, bio onako fin, ko zna bih li dočekala da izrodim djecu sa mojim voljenim i da odemo u Ameriku i započnemo novi život. Kad slušam tebe, Uzeire, kao da slušam svog svekra Nijaza, merhametli insan, fine riječi i mehlem za moju ranjenu dušu.

Taman pomislila, evo i meni se svanu, kad nam javiše da je svekar umro, a onaj moj blentavi Amir veli:

„Dovešću ja mater ovdje, grehota je samu ostavit."

- I - i, dovede li je, moja ti?

- Bezbeli da dovede, moj Uzeire.

- Zapamti đe si stala, pro'će mi akšam, pa me iza jacije opet nazovi da čujem, baš, šta bi kad ti svekrva tamo dođe.

I ona ode, a ja nastavih dumati:

Asli se neke matere nikad ne pomire da njihov sin ne može vječno biti samo njihov i da ga moraju podijeliti sa drugom ženom i u svemu pronalaze razloge što ta žena ne valja njihovom sinu. Da nije šokica, našla bi joj ona drugu mahanu, bezbeli. Zato je, more biti, bolje da se od takvih matera i svekrva na vrijeme odvoje.

Ali, što li lete da se odvoje od finih svekrva kao što je u mene mi Fata, neće mi nikad biti jasno.

U NJUJORKU KAO NA VRATNIKU

Ja u mene mi one žene. Ona ti sve zna gdje šta stoji i gdje sam šta ostavio. Kad bih je sad pitao gdje mi je ona vaservaga, jal mistrija il' fangla, namah bi mi je donijela, a nisam je koristio ima trijest godina.

I kad nešto ostavim, pa poslije tamo tražim gdje sam ostavio, nema ga. Pitam nju i ona mi donese. Kontam nešto, more biti ona ide za mnom i što ja ostavim na jedno mjesto ona premjesti na drugo, samo da bih je pitao i da mi ona to nađe, donese i rekne u šta si to gledao.

Neise.

- Neima mi niđe one priče o svekrvi u Njujorku?

- Eno ti je - veli Fata- u avliji, đe si je i ostavio.

Ja u avliju, kad ona tamo. Sjednem i čitam šta sam zapisao:

Taman sklanjao Farze i predao selam, kad šejtan, nalet ga bilo.

Telefon.

Fata ne čuje u halvatu, rekoh možda je Hamo, pa se i javim.

Ko će ti biti, ona hanuma, čak iz Njujorka zove da mi ispriča šta je bilo kad joj je svekrva sa vrh Vratnika došla u Njujork, nije ti šala.

- I dojde li svekrva u tebe?

- Dođe, moj Uzeire, i odmah mi postavi nepisana pravila. Veli, ne treba meni ništa i sve mi je dobro, al' neka se zna kako ja volim i kakvi su moji adeti:

Ujutro, na tašte, voli tanju kafu iz male džezve, u lončiću mlijeka da baci ključ, u drugom vrele vode da razblaži. Kafa je smjela biti samo „Zlatna džezva", zeleno pakovanje, kocka samo „Dedo", ljubičasto.

Ako je čokolada, onda zlatne Lindt praline, rahatlokum, samo od ruže, od jednog Arapina. Žele joj se nije sviđao nijedan, pa sam naručivala po kilu iz butika „Badem", kad bi neko išao u Sarajevo.

I sad se sebi smijem na glupostima.

Ali stvarno sam joj željela ugoditi.

Halva je mogla biti samo od čokolade.

E sad, ja ujutro prije odlaska na posao presvučem djecu, obučem sina za školu, dam oboma doručak, napravim nani džezvicu, stavim joj nešto slatko na mali tanjirić i onda je budim...

Eto ti nje, kao Sofija Loren, niz stepenice, ne voli se rano dizati.

Kako silazi stepenicama, zirne na tanjir, pa onako mučenički odmahne rukom:

- Snaho, jesi li mi to, Boga ti, rahatlokuma? Hajde, eto, nek' si, kad si već.

- Pa šta je, nano, hoćete li nešto drugo?

- Eto, bi mi jutros nešto ah na čokoladu, al' kad si, eto neka si.

- Pa donijet ću vam čokoladu.

- Ma hajde, Boga ti, stara muhanata svekrva, pojest ću ja šta bilo, nisam ja zahmetli.

Helem, drugo jutro, kad iznesem čokoladu, ah joj na halvu.

Kad iznesem halvu, ah joj na žele... I uvijek je ah na nečemu drugom, ali hajde, eto, nema veze.

Vidim ja da sam ... da izvineš...

Jedno jutro joj stavim na tanjir i halvu i rahatlokum i žele i čokolade, dvije-tri vrste, i praline u zlatnom pakovanju, i iznesem...

Silazi, veli:

- Vidi, a šta je to sad, nakav novi običaj, je l'?

- Ma nije, nano, vidim da vam nikako ne mogu aha pogoditi, pa vi sad pogledajte i na šta vam krene ah, to i uzmite.

Gleda ona onaj tanjur, gleda mene, pa provuče onijem srednjim prstom ispod nosa i veli, k'o za sebe, al' da je ja čujem:

- E, što mi ga mlada suknu, baš 'nako!

- Odo' ja leć', valja sutra na rani sabah ustat', a ti zapamti đe si stala.

I bogme ti ja pošao leći, a nema mi pidžame tamo gdje sam je ostavio i gdje je vazda bila.

- Jopet si mi premjestila pidžamu.

- Jok ja, moj Uzeire, nego tebi lijeno tražit'. Evo ti je đe si je ostavo, u oči te bode, nego ti navik'o da ti ja sve nađem. Veli mi Fata.

KESICE ŠEĆERA

Što ti je ovaj insan nekakav, hem zanovijetan, hem zagonetan. Taman pomisliš da ga znadeš i da je onakav kakvog ga znadeš, kad eto ti njega da ti se ukaže kakvog ga nikad nisi znao.

Izišao ja malo na sokak, kad eto ti Muteta, kao da je virio odnekle, i nosi nekakvu kesu punu nečega. Nezgodno mi da ga priupitam, svakako će mi sam reći.

- Mer'aba, Uzeir-beže!

- Merhaba, Mujo!

- Znadeš li ti, Uzeiraga, kako na današnji vakat uspavljuju ljude kad hoće da ih operišu?

- Ne znam, moj Mujo, ot'klen ću znat'.

- Pitaju ih hoćeš li skuplju ili jeftiniju anesteziju.

- Kak'a him je jeftinija, moj Mujo?

- Pjevaju mu, moj Uzeire, „Nina buba..", dok ne zaspe kokuz.

- Haj' nos'te đavo, sa svačim se šprdaš.

- Nije ovo ništa, moj Uzeire, kako smo se ja i moj haver, rahmetli Nećko, šprdali. Sjedimo mi jednom kod njega, ramazan bio. Donio mu ja n'akav konjak iz Francuske, rekoh: „Evo ti, Nećko, sakri' i kad prođe ramazan da oćeifimo." Kaže on meni: „Mujo, jarane, ja ga moram probat' da je hiljadu grijehova. Haj'mo mi po jednu iz čepa dok nije doš'o u mene buraz." A buraz, Dževdo, bio pravi mumin, još u onaj vakat nas kad bi vidi selam mu je bio: „Kad ćete vas dvojica doć' tobe?" Mi ti, moj Uzeire, čep po čep, haman ga iskapismo. Ide onaj konjak, što bi tvoj Momo rek'o, k'o djeca iz škole, kad eto ti Dževde. Gleda ti on nas, nešto mu sumnjivo i veli: „Hoćete li vas dva ikad doć' tobe?"

A Nedžad, rahmetli, izvadi onaj konjak ispod stola i veli: „Hoćemo, buraz, samo da ovo odradimo, šteta je vaki konjak bacat." Zarati se, moj Uzeire, Dževdo osta bez noge odma' na početku, a Nećko u specijalce: „Ne dade ti se, buraz, da budeš šehid, beli ću ja morat' mjesto tebe." Tako ti i bi. Pogodi ga geler k'o zrno riže, pravo u srce, na mjestu mrtav. Nigdje ni rane ni krvi. Mislili da je im'o infarkt. Priča mi Dževdo da mu je to jutro rekao: „Buraz, sad sam se okup'o, uz'o abdest, ako danas poginem bit ću ti pravi šehid. Pričat ću im gore za tebe, burazer si mi." Otkako se rat završi, moj Uzeire, stalno pitam Dževde treba li mu išta, dajem mu para, neće, sve ih baca za mnom. Jednom dođe kod mene i veli: „Ti ono, Mustafa, hodaš po svijetu?" „Hodam!" „Bi l' mi mog'o donijeti ovih kesica šećera, ja to skupljam?" „Bih , kako ne bih, moj Nećko." Od tad ti ja samo grabim ove kesice šećera. Počeli mi se ljudi smijat'. Vidi, Uzeire, šta sam ih nakupio, a sve različite. Odo' mu ih odnijet'.

- Haj', moj Mustafa, sevap ti je.

DA SE BOLJE RAZUMIJEMO

Naš mali džemat ima plaho finog hodžu, mlad, a kao kakav stari starac razborit i uviđavan. Hem što je hafiz i umije plaho vaziti, hem što ima lijep glas, milina ga slušati kad uči i kad okuiše. Helem, ponos našeg malog džemata. Ne smijem mu ni ime spomenuti, jer ha imam postane poznat odvedoše nam ga. Valahi, nije nikad ni ovako bilo kao u današnji vakat da imam može biti kao kakav pjevač, jal glumac pa da se o njega otimaju i da hoda po priredbama. Ovaj naš bogme hoda, svukud ga zovu dok nam ga jednom ne otmu. Jazuk!

Sa njim ti ja plaho volim promuhabetiti, a me'š'čini voli i on sa mnom. Svaki mjesec obiđe stare i usamljene, donese hediju i posjedi i popriča. U mene zna doći i po pet puta na mjesec, siti se ispričamo o svačemu pa i o tajanstvenim stvarima koje nisu poznate ni stanovnicima neba, a kamoli zemlje.

Neki dan mi veli:

Od svih zagonetki u Ku'rana nekako mi je najzagonetnije ono o jeziku i različitosti insana. Mogao nas je dragi Allah kazniti pa da svi izgledamo isto i govorimo istim jezikom, ali nije nego nas je nagradio različitostima i dao nam različite jezike, pa ističe:

Da bismo se bolje međusobno razumjeli.

Izgovori on i na arapskom i reče koja je sura, ali zaboravih, kao đuturum, ali mu rekoh šta mi prvo na um pade:

Zato kod nas, efendum, u zemlji vjere i dobrih ljudi od istog prave tri ista jezika, valjda hoće da se više nikad i nikako ne razumijemo.

Kemal Čopra

SVAKO NA SVOJE MJESTO

Bili u nas, u mahali, Salih i Salihovica, plahi i pobožni ljudi, i imali tri sina.

Dvojica bila hairli, a onaj treći, najmlađi, Hamid, Allah selamet.

Od malehna je počeo djecu prebijati po mahali, otimati him klikere i sličice fudbalera, a bogme i pare i satove. Poče ulaziti ljudima u kuće i ukradi bi, ako ništa, kantu masla ili bestilja, a kasnije zlato i novčanike. Svi su znali da je to Hamid, ali ga niko nije prijavljivao miliciji da ne bi pristajao na muku Salihu i Salihovici, koje Dragi Allah nagradi sa dva sina, pa dobro kazni sa trećim, ili hin je hotio samo baciti u iskušenje. Ko će znati.

Helem, Hamid poče činiti zijan i po drugim mahalama, gdje nisu znali čiji je, i on zaglavi u prdekanu. Malo bi iziđi, pa jopet, sve dok nije dogurao do Golog otoka zbog nekakve goleme krađe.

Zarati se i poče se ginuti.

Ona dvojica Salihovih hairlija poginuše u istom danu. Nasta golema tuga u mahali, a zamijeniše je još veće i gore. Nema insana koji nije pomislio, a neko, bogme, i naglas reče:

- Što nije, tobe jarabi, uz'o onog šejtana?

Krenuo ja jednom po humanitarnu u Mjesnu zajednicu, kad preda me nekakav golemi auto od onog našeg fudbalera što je igrao u Sarajeva. Otvori se pendžer i promoli se glava sa nakrivljenom beretkom i ljiljani na njojzi.

Ko će ti biti - Hamid, Salihagin.

- Merhaba, Uzeire, dokle?

Rekoh:

- Odo' po humanitarnu.

- Šta će ti ta crkavica? Dođi u nas, u štab, reci da te je Hamid posl'o i uzmi šta ti god treba.

- Ne treba mi ništa, moj Hamide, dosta meni i Fati ovo malo zejtina i riže.

- Treba li ti stan, Uzeire?

- Šta će mi stan, pobogu si, kad imam svoju kuću?

- Ako ti treba stan dole u čaršiji, ti mi ga samo pokaži i ja ću ga ispraznit' čiji god da je.

- Nos'te đavo i tebe i tvoj stan.

- Ovo ti je šansa, Uzeire, ja da sam na tvom mjestu...

- Neka - rekoh - pro'će i ovo i jopet će sve i svako doć' na svoje mjesto.

- Pazi ti, Uzeire, kako razgovaraš sa mnom, ja sam ti komandant.

- Meni bo'me nisi, haj ti za svojim poslom.

U zimu '93., kažu, Hamid opet u prdekani, čeka suđenje. Ubio, kažu, nekog političara zbog stana. Otad o njemu ni habera. Sve do neki dan.

Ja niz Kovače, kad sam ono krenuo kod Novalija po onu almasli granu, kad me neko zove. Pogledam u onoj Midinoj autopraonici nekakav čovjek stoji s onim šlaufom i bulji u mene. Pogledam malo bolje, kad Hamid Salihov se iskezio. Pomislih, namah: „Neće ni Dragi Allah svašta sebi, neg' nam ostavi ovaj poganluk da nam bidne još teže na ovom dunjaluku."

- Šta - rekoh - tu radiš?

- Vidiš, perem auta.

- Peri, peri. Reko' li ti ja da će svako doć' na svoje mjesto.

Nije mi odgovorio, samo se okrenu i nastavi prati onaj auto u Midinoj autopraonici.

Kako mu ono rekoh, namah pomislih:

„More bit' da je samo blentavi Hamid leg'o na svoje mjesto, a ovi malo mudriji i danas-danile sjede na tuđim mjestima i beru nečiju nafaku, ko će ga znati?"

NEKA SI SE TI UDALA

Pita me Fata, sabahile, pri kahvi:

- Sjećaš li se ti, moj Uzeire, kad sam ja došla za te?

- Sjećam, kako se neću sjećat'.

- A sjećaš se kad me je tvoja nana Subhija natjerala da pred svima varim halvu, k'o biva da me ispita znadem li?

- Jok ja, ko bi se toga sjetio.

- E, moj Uzeire, kako mi je tad bilo ne umijem ti kazat'. Miješam ja onu halvu i molim se u sebi: dragi Allahu, jal je stisni, jal me sebi digni.

- I diže li te?

- Đe će me dić', nosi te dobrina, da me je dig'o ne bih sad ovdje sa tobom sjedila. Stisnu halvu, jašta radi. Dobro se sjećam kako mi je tad bilo - veli Fata i uzdahnu.

Nešto kontam, sa ženama ti je najbolje ne započinjati nikakve rasprave, a kamoli svađe, jer one pamte i ono što je svako zaboravio i kad se posvadiš sve ti izbifla kao da iz knjige čita, kad si joj šta rekao, kako si je krivo pogledao i kad si joj svu familiju spomeno.

Nisam ni dovršio misao kad se ona nastavi:

- Znadeš li ti, Uzeire, šta je meni mati govorila dok sam bila curom?

- Bezbeli da znadem, stoput si mi rekla. Kad se udaš neima ti nazad, neimaš rašta ni u Miljacku jer je plitka, nego ti na Djevojačku stijenu, tašnu oko vrata i jalah i bismilah, bez dina i imana.

- Jest, i to mi je znala rijet, al' mi je govorila i ovo: Šćeri Fatima, dobro pazi, udaš li se za bega bit ćeš begovica, za seljaka, bit ćeš seljanka, ako se udaš za vlaha bit ćeš vlahinja, a za cigana, bit ćeš ciganka. Odeš li za insana bit ćeš vazda hanuma, pa ti vidi. K'o biva, za kog god odeš, zaboravi sve svoje i moraš po njihovom.

- Dobro ti je rekla mati, samo ti nije rekla šta ćeš bit' ako se udaš za pisca.

- Nisam se ja ni udala za pisca nego za insana i beli sam bila hanuma, a i sad sam. Ne treba mi ništa više.

- Haj' nek si se ti udala pa kako god!

ASLI MI SE FATA POSEFILA

- Ne znam vala, Uzeire, šta bih od onih jabuka što mi je Rukija donijela. Da znam da su kisele smotala bi' hin u dvije jufke za jabukovače.

- Valjalo bi, bo'me, nisi odavno.

- Odo' ja začas razvit' dvije jufke, a ti mi zakači ove store, isprala sam hin u dvije vode. Onaj tvoj Dedo mi hin nadimio, Allah selamet, sve kalemi je'nu na drugu, a ove mi store plaho upiju duhanski dim, ne mereš ti to šale išćerat'.

Nekako hin ja natakarim kad ona gleda i veli:

- Fali ti jedna šćipaljka, vidi kako vise?

- Ne fali, baš je dobro legla.

- Jok ona, sva mi se razvukla. Đe ti je ispala?

Traži i traži dobar vakat. Neima je.

- Ma nije ni bila, ne znam ni šta tražim.

- Jašta je neg' bila, valjda znam kol'ko sam imala šćipaljki na stori, da sam znala ne bih ti ni govorila da hin mećeš. E baš nisi insanu ni od kak'e pomoći u kući.

Iza akšama, velim ja njojzi:

- Rek'o nam je Mute doć' malo sa Vesnom.

- Nek' dojdu, samo him neimam šta iznijet' od slatka.

- Kako nemaš, đe ti je ona jabukovača?

- Ma ne bih je od sramote iznijela. Asli mi je ona šćipaljka upala u pitu pa je ja smotala u neznanju.

Dođoše, bo'me, Mute i Vesna.

- U tebe, haman, vazdi druga trinerka na tebi, velim ja njemu, da nije ko zaboravio kak'u magazu zaključati pa ti zalut'o u nju?

- Ima se, Uzeire, fala Bogu pa se i mijenja, šta'š takav mi grah pao. Mora neko i imat', ne bi valjalo da svi nemamo, moj Uzeire.

- Vala i ne bi, dosta smo svi neimali, red je da pođehko ima kad mi ostali neimamo.

Pijemo kahvu, veli Fata:

- Neimam vam ništa slatko, k'o kad nisam ništa pravila. Da vam otvorim oni keks što mi je Rukija hanuma donijela?

- Dones'der ti njima one jabukovače, kakav keks.

- Ne bih sebi ukabulila da mi se ko udavi.

Ispričasmo him o šćipaljki, a Mujo navalio k'o mutav, biva da je probaju. Hoće i Vesna. Donese him Fata, a Mute joj veli:

- Ne sekiraj se ti, Fatma hanuma, ako je ja progutam, Boga mi ću ti je oprati u tri vode i vratiti.

- De, ne cirkuzaj sa mnom, dosta mi je moje muke.

Harlajišu oni onu jabukovaču, a Fata him zinula u gubice s onim mojim debelim đozlukama neće li je ugledat' prije nego što je progutaju, kad će ti Vesna:

- Meni muštuluk, a tebi tvoja štipaljka.

Bogme je nađe.

Skoči Fata, zagrli je, poljubi, veli:

- Valahi si me više obradovala neg' da si mi ne znam ti šta dala. Ne bi' svunoć oka sklopila.

ZAPIS

Juče iza ikindije nam dođe Behara, čak sa Sedrenika, sva se zadihala i veli mi:

- Uzeire, došla sam maksuz tebi, nemam gdje više, jedino još da idem na Peto ležat'. Tačno će me iy pameti istjerat'.

- Ma ko, bona ne bila Behara, govori, al' polajnak da te bolje razumi'm?

- Ma ona moja bivša jaranica Sadeta, iz Arapove.

- Ne znam ti ja nju, čija je!?

- Posvadile se mi, ne znam više ni što ni kako. Neise. Nit' više govorimo nit 'pišemo jedna drugoj, al' se zato plaho prepucavamo, ne'š mi vjerovati, Uzeire, citatima. Jedno jutro ona meni Mešin citat o najboljem drugu što zabija noževe u leđa, a ja joj odgovorim sa Andrićem, kad ti ona meni zareda sa Balaševićem, Lauševićem i, možeš mislit', dođe do Ričarda Gira i Meril Strip, a sve mene za srce ujeda kao kad me dobro poznaje i udara tamo gdje sam najtanja. Ne bi me začudilo da potpiše Sejdića i Fincija, kol'ko je to bezobrazno i zaguljeno.

- Ne znam ti ja te, jesu l' i to k'o n'akvi pisci?

- Jok, oni, ima tu svašta, i glumaca i pjevača, al' ja mislim da ona to sama smišlja pa potura pod tuđe samo da bi mi više šuknula, k'o kad me zna k'o i sebe. Bile smo najbolje jaranice, a sad bi da može kopile pod mene podbacila.

- Što to ti meni govoriš, bonićko?

- Evo što, Uzeire. Jutros ti ona stavila status u grupu plaho zagonetan pa rekoh da mi rastabiriš i da joj napišeš repliku, nek' se dobro zamisli i nek' joj prisjedne. Platit ću ti kol'ko god treba.

- Šta je tebi, ženska glavo? Ne pišem ja zapise protiv zapisa, nisi trebala meni ni dolazit', trebala si kakvog hodžu tražit' il' namah na Peti produžit'.

Kad joj ovo rekoh ona se k'o ljutnu i ode, a ja ostah zadugo za njom kontati na šta je ovo sve izašlo i na šta će otići. Bolje da su se našle k'o birvaktile, na nekoj česmi pofatale za kose i svaka svojoj kući, rahat, nego ovako kljucati džigarice jedna drugoj povazdan, Allah selamet.

MAKARSKA

Bio u nas, u mahali, jedan Zijo, zvani Zike, Hercegovac.

Njegovi su od Stoca, a kao da i nisu, srodili se sa mahalom kao što je to birvaktile bio adet, a ne kao danas, ha dođu, da him je po svome.

Neise!

Taj ti je Zijo plaho volio toplinu, sunce, a najviše more. Otkad je počeo rat, svakog ljeta krene ti Zike na liniju, puška na ramenu, šljem na glavi, u majici podrezanih rukava i, moreš misliti, u kupaćim gaćama i japankama.

Rekoh:

- Bolan ne bio Zike, ku' ćeš tak'i?

- Moram - kaže - malo ufatit' boje, sad će ovo završit' pa da se pripremim za mora.

I uvijek bi mi ispričaj, kako su svake godine išli preko sindikata na more i to vazda u Makarsku.

- Znaš ti, Uzeire, da je moj babo radio u GeSePeu, k'o biva u GRAS-u, i mi bi ti svake godine na more. Potrpamo se u gradske autobuse, jednom nas vozio onaj zglobni sa drvenim stolicama, i pravac Makarska. Čim onaj svijet uniđe u autobus, odmah ogladni i počme vaditi ono što je ponio, da se dobro najede, jer dug je to put. Neki se čuvaju za Gojka i Jablanice. Vade se pite, pečene koke, kuhana jaja, a zalijeva se jal himberom, jal rakijom. Trese onaj autobus, nije svuđe bilo ni asfalta, pa kad udari po onoj kocki, odvali bubrege, miješa ih kao one loptice na tomboli, a narod stane povraćati. Uščuje se, moj Uzeire, onaj autobus, a nikom ne smeta.

Oko Blažuja započne pjesma, a sve one o Bosni:
„Bosno moja, divna mila, lijepa gizdava...“
„Prođoh Bosnom kroz gradoveee...“
Tako sve jedna po jedna, do Ivana, a onda se nastave oni Hercegovci, što su sve dotad šutili i mirovali, sa vicevima o Bosancimai, a odvale i one svoje gange sve do mora. Tad započnu dalmatinske, sve do akšama, kad dođemo do Makarske. Rasporedimo se po kućama, a nas vazda zapadne zadnja kuća ispod Biokova. Popnemo se mi gore, dočeka nas barba Ivo, a mi djeca, kao kad ne znamo, pozdravljamo ga:
- Selamalejk, barba - a barba ni mukajet, a mi kontamo što nam ne odgovara.
I kad odatle jednom dođeš na plažu, nema vraćanja, tek u akšam. A na plaži svi zajedno: Kuha se lonac na koherima, pristavlja se kahva, slikamo se svi skupa sa magarcom. Mi djeca učimo plivati i roniti:
- Ronjaj, Safete!
- Ma ljepota i rahatluk, moj Uzeire. I kad bismo se vrati u Saraj'vo, foliramo se i govorimo dalmatinski sve dok ne pođemo u školu.
I tako svakog ljeta dolazio Zike i pričao mi isponove sve do '94.
Pošao Zike na liniju, pod punom ratnom opremom, bilesi u čizmama.
Rekoh:
- Zike moj dragi, ku'ćeš tak'i? Sad će rat i zvršit', a ti se ne pripremaš za mora.
- Ma pusti, Uzeire, neće ovo nikad završit'!
Kako mi to reče, bogme, i ja se popišmanih i tad pomislih da, more bit', i neće.
A imao je moj Zike pravo.
Za njega se sve završilo kad ga je snajper pogodio sa Špicaste stijene, u ljeto '95.
Umjesto na more, Zike nam ode na šehidsko greblje na Kovačima, a ja kad god tuda prođem proučim mu Fatihu i sjetim se ove priče.

KAD ČUČNEŠ DA OHANEŠ

Počesto mi hanume znaju reći:
- Volim ove tvoje starinske priče, moj Hadžibeže!
- Nisu ovo starinske priče, moje hanume. Jok one. Nego ja samo spomenem kako je bilo birvaktile da bi nam se svima bolje razvidilo kako nam je sad.

Pa me onda pitaju:
- Kad je tebi bilo najbolje, moj Uzeire, biva u koji vakat?

Rekoh da mi je sad najbolje, nikad nije bilo boljeg vremena za imati sve, a neimati ništa. Ovaj dunjaluk vam je deverli i nikad neće i ne može ni biti svima potaman, bezbeli.

Nekad mi zafali ono vrijeme kad je drugi brinuo za me, kao što mi zafali onaj vakat kad sam samo za sebe brinuo, ili onaj kad sam ja brinuo o drugima. Sve u svoj vakat, moje hanume, i sve bude i prođe zajedno sa nama kao što je bivalo i prolazilo od vajkada i kao što će bivati i prolaziti vazda, sve do Sudnjeg dana, kad će te pitati kako si utrošio ovu svoju kap u denjizu vremena koja ti je data na dar.

Jah.

Kad god provirim sa čardačića vidim konu Safu, pojede bananu i frkne onu koru preko taraba koni Nafi u avliju, a ova joj je vrati i veli:
- 'Bem ti običaj, dosta mi je mog smeća još mi ti svoje prebacuješ.

A ova će ti njojzi:
- Bonićko, ovo ja tebi đubrim cvijeće, neće li ti k'o u mene procvjetati.

- Đubriš, vala, jezikom povazdan čitavu mahalu...

I tako ti se one nastave dobar vakat, a ja odem za svojim poslom jer znadem da će poslije ove svađe opet do akšama piti kahvu jedna u druge, piti i prepričavati kako su se svadile oko kore banane, smijući se grohotom.

Neima ih više nijedne, a iz njihovih avlija ubi tišina i hladnoća nekih novih ljudi sa novim adetima iz novog vremena.

Tako je to nekad bilo, moje hanume, i haman je svako bio potaman i sa sobom i s okolinom, jer se svako trudio da dotjera sve u suru i da se rahat u mahali živi.

A kad kreneš niz sokak i naiđeš na ahbaba kako je čučnuo da ispuši cigar, čučneš i ti sa njim i čučite tako taj vakat dok ne naiđe još ko horan da ohane i promuhabeti koju sa vama onako čučeći, a svijet prolazi i niko se ne ibreti na vas.

Eto, to mi najviše fali iz onog vakta, taj mir u ljudima kad je svako bio zabavljen samo svojim poslom taman i da je samo čučnuo da ispuši cigar, čučnuo je, pušio i nije mislio ni o čemu drugom.

A danas, moj brate, kad te neko slučajno pogleda vidiš mu u očima brige i strahove čitavog dunjaluka, a samo njega, od te silne brige i straha, niđe ne vidiš.

Jah! Šta ćeš?

Kemal Čopra

KADAIF

Asli je u nekog pukla cijev u pikliću pa svunoć voda curi-
la niz sokak. Sabahile sve poledilo, Bog dao cakli se kao špiglo.
Nemaš više ni luga ni pepela da pospeš otkako je narod prestao
ložiti.

Odoh ja u halvat, ako bude ostalo one soli što su dijelili jedne
godine po kućama, pa da pospem makar ispred svoje kapije.

Eto ti Fate, nosi one podrezane priglavke još od nane Hate
rahmetli i veli:

- Dedera, Uzeire, navuci na kaloše, moreš ne d'o Bog, padnut
pa kuk slomit', a kad star insan slomi' kuk gotov je, more samo
na Bare.

- Ih, da je na Bare, moja ti ženo, me'š'čini ponovo bih se ro-
dio među svojima kad bih umro.

Nešto kontam: Dedo Atif na Grlića brdu, nana Subhija i otac
rahmetli na Barama, a meni ne gine Vlakovo, a more biti još
dalje me odvuku iz Sarajeva. Ho'š ti, Uzeire, tol'ko dugo živiti,
eto ti ga sada lezi tamo negdje među nepoznat svijet gdje nigdje
nikog tvog nema.

Dumam ja tako i posipam onu so kad eto ti Muteta niz sokak
razdrljene košulje, vidi mu se kadaif na prsima i onaj žuti lanac
kao prst debeo. Sve se puši iz njega.

- Pokri se, moj Mujo, smrznut će ti taj kadaif pa će ti sav
otpast. Kud si to ti krenuo brez avta?

- Moram u opštinu, imam sa Muberom sastanak, a ne smi-
jem s autom, kad bi me ponijelo zaustavio bih se u Vlakovu.

- Allah selamet, k'o da mi misli čitaš.

- O čem' se još može u tvojim godinama misliti osim kad će penzija da uplatiš pokopno da ti ko mjesto ne zauzme.

- Haj' ti za svojim poslom kud si kren'o, kad te i sretoh na ovom kijametu i pokri taj kadaif, sve će ti to otpasti na ovom mrazu.

Otkliza Mute niz sokak, sa rukama u džepovima kao da je na Olimpijadi. Nisam ni pomislio šta bi bilo da mu se oklizne kad neko jeknu, ne vidim ko je, ali čujem laje ko pašče, asli se dobro ubio. Nije valjda onaj moj nalet?

Rekoh li ja njemu: Vadi te ruke iz džepova ako hekneš sav će ti taj kadaif spasti sa tebe, a neće te sastaviti ni deset hećima, a on ni mukajet. A more biti mu i ne rekoh, ko zna.

I da sam mu rekao kao da bi me poslušo.

MUTE TAKSISTA

- Uzeire, ti mene narezili tamo po onom fejzbuku, ispadoh ja najveći šaner i gelipter u Saraj'vu - veli mi Mute taksista.

- Ja šta si nego šaner i gelipter, ugursuze li nijedan!

A moram vam i ovo ispričati:

U mene komšija Sejfo ima familije u Norveškoj. Jednom ti je on bio u njih i upoznao tamo dedu i nanu iz Prusca. Pitali ga oni zna li Mustafu iz Sarajeva i navedoše ga po prezimenu. „Kako neću znati, to mi je komšija." „Poselamit ćeš nam Mustafu, Bog mu dao sve što poželi, on ti je nas iz Hrvatske dovuk'o ovdje u Norvešku bez banke dinara, smjestio nas i još nam ostavio para dok se ne snađemo."

- Vjeruješ li ti, moj Uzeire, da je to naš Mute uradio?

- Vjerujem, što neću vjerovat', taj ti ima tol'ko grijeha, mora neđe i sevape skupljat'.

ŠAH MAT

Ja što me se onaj Omer od Amsterdama svezao, haman me svaku noć uzbizuhuri iza jacije namaza. Valjda mu je usitnilo do Bosne, pa ga počelo nešto svrbiti iznutra, šta li? Tako i sinoć, zove, a javi se u mene Fata:

- Je l' prizn'o dijete? - pita je Omer.

Fata se malo zbuni, pa mu odgovori:

- Nije još, jerbo mu ona nije rekla da je njegovo, a bi ga on prizn'o, samo još ni ne zna. Evo ti Uzeira!

- E moj Omere, nisi mor'o tako daleko ić' da bi gled'o turske seriji, mog'o si hin i u Rogatici gledat'.

- Ma to u mene žena gleda, pa i ja malo provirim, moj Uzeir-beže. Ima l' u vas vrućine, ovdje upeklo ne možeš dihat', evo ja, da izviniš, u gaćama i sve prozore otvorio, al' džaba.

- Moj Omere, ubit će te propuh.

- Neima ti ovdje propuha, moj Uzeire, to samo u Bosni ima. Kad sam tek doš'o, na poslu samo prozore zatvar'o. Pitaju me oni: „Što ih to zatvaraš, Omere?" Velim: „Ubit će nas propuh", a oni mi se smiju, k'o vele: „Šta ti je to, opet neka trauma iz Bosne." Sabahile, prije nego krenu na pos'o, a djeca u školu, svi zajedno idu pod tuš, čitava familija, da uštede, moj Uzeire. 'Nako mokre kose na bicikl, bilesi i zimi, moj Uzeire.

- More biti, moj Omere, da u njih tamo i neima toga, al' nemoj ti plaho pristajat' za njima, oni su ti od druge japije pravljeni, jerbo, ako bidneš staj'o na propuhu, jal iziš'o mokre glave, ne d'o Bog, ti se lahko mogu usta okrenut'. Tak'i smo ti mi, Bosanci, i tako je u nas, a bogme i u njih, samo što oni ne znaju. More biti zato mahniti hodaju.

Kemal Čopra

I tako bi on dobar vakat pilavio o svemu i svačemu, a ja ne-mam kad, te ga prekinem. Nekad ga, vala, ne mogu ni slušati, šta mi sve napriča, pa ne mogu zadugo zaspat'.

- Odoh - rekoh - leći!

A Fata veli:

- Sad ću i ja... samo da vidim, more bit' u ovoj epizodi prizna dijete.

Legnem i naumpade mi šta mi je ono Hazim rekao kad smo igrali šaha:

„Blentav čo'jek, kad je gladan, misli da se nikad neće najest', a kad se najede, misli da nikad neće ogladnit'. Šah! Mat!"

Nemojte u životu nikad puno mrziti, a ni voliti previše, jer poslije će vas biti stid kad zavolite onog što ste mrzili, a zamrzite onog što ste plaho begenisali.

BEGOVA ČORBA

Otišli Fata i ja jučer na begovu čorbu. Napravili veliki kazan i dijele je besplatno. Aferim! Ufatio se red, sve one guzonje, ne mere sirotinja ni primirisati.

Rekoh:

- Haj'mo mi kod Hadžibajrića na čorbu, tamo namah dojdeš na red.

Nisam to ni izgovorio, kad me neko zove:

- Uzeire, vamoder!

Ko će ti bit', onaj Šefko što je u nas, u menzi, bio kuhar. Nasu mi one čorbe u n'akvu kanticu, bilo je i tri litra, i ja onako s onom kanticom kroz Čaršiju, kao da sam, ne dao Bog, humanitarnu podigao, a svako me pita:

- Uzeire, šta ti je to u kantici?

Došlo mi je da je zafrljacim, ali neka nisam. Plaha him bila čorba. Eno je još ima, nikad je pojesti.

Pred akšam, rekoh Fati:

- Odo' ja zalit' cvijeće.

Plaho ti ja volim cvijeće, te ga počnem sa merakom zalijevati: katmere, pejgamberčiće, minđe, akšamfate, latifice, šemboj, hadžibeg. Taman dođoh do sabahčića, kad me Fata zove:

- Uzeire, telefon! K'o da je vanjska.

Ko će ti biti, moj Omer od Amsterdama, kao biva Omer od Rogatice:

- Ja jes' mi dokundisalo, moj Uzeire, ne umijem ti kazat'. Ti znaš da ja imam tri buraza u Rogatici. Dvojica rade na zemlji i fino žive, more bit' bolje nego ja, a onaj treći, najmlađi mi Safet, neće kile. Ja ga navadio slat' mu pare, moj Uzeire, k'o da hin u bunar bacam bez dna. Nikad ga napuniti. A svake godine po jedno dijete. Rekoh: „Safete, bolan ne bio, šta će ti tol'ka djeca, a niđe ne radiš?" Kaže on: „Neka djece, svako dijete ima svoju nafaku. Rek'o naš hodža da smo mi, muslimani, dužni imat što više djece." „Hoće li ti onda taj hodža hranit' djecu?" On se nalju-ti, nije hotio sa mnom više ni pričat', a ja neimadoh srca, 'nolika djeca, pa mu opet pošaljem. Kako mu ja pošaljem tako i on priča sa mnom. Kad pođem dole, napunim puno uto da hin namirim, a oni na me, te šta će ovo, što nisi donio ono. Allah selamet. Kad pođem, nakupujem him fasunke za tri mjeseca, ne prođe ni tri dana, zove, kaže, mali mu se razbolio, treba ga u Saraj'vo vozit', a nema para...

Da ti ne duljim, moj Uzeire, primaklo se, rodna gruda zove, a meni se ne ide. Najrađe bi otiš'o u Tursku il' Španiju, odmorio se kao čo'jek i vratio rahat na pos'o, ali ne mogu. Šta da radim, Uzeire?

Rekoh:

- Što i dosad, šalji pare i šuti, sam si kriv što si od njeg' na-pravio nehljebovića.

IZ PAMETI

Neki dan mi dođe maksum na vrata i veli:

- Dedo Uzeire, poslala me nana da ti kažem da pišeš o gibet-hanumama. Evo ovdje sve piše na ovoj cedulji...

I dade mi list papira istrgnut iz teke i presavijen u trokut kao da je, gluho bilo, zapis.

- Drago dijete, ne znam ti ja nanu, nit' šta znam o tim hanumama, neg' ti ovo njojzi vrati.

Reče on meni ko mu je nana, bogme je znam, ona Jusufovica iz Donje mahale, fina žena, i ja uzeh onu cedulju.

Poš'o mali kući, kad Fata za njim i nosi na tanjiru dvije staklene bobe i veli:

- Neimam ti ništa drugo, de, uzmi, kad si tako hairli i slušaš svoju nanu.

Gleda on onaj tanjir i one bobe i ne zna šta bi sa njima, a Fata navalila na njega:

- Na, uzmider, ako ne'š sad ponesi kući, pa nek' imaš kad ti naumpadne.

Uze onaj maksum i tanjir i bobe, i ode.

- Odnese mi tanjir, valjda će vratit'. Ono mi je iz onog servisa što sam dobila kad sam se udala.

Neise.

Otvorim ja ono ćage od Jusufovice i čitam:

„Haj' molim te, Uzeire, napiši neku priču o gibet-hanumama, ne bilo ti zapovijeđeno. Ne bi l' se koja pronašla pa zastidila. Sav im se život sveo na to da pričaju o drugom narodu, šta ko, kako ko, kako bi ko trebao, šta je čija greška. A kako ništa ne rade, osim toga, strašno se debljaju pa jedva sokacima miljaju s onim kilama..."

Ne mogodoh dalje čitati, rekoh šta je ovom narodu, sve pomahnitalo.

Nešto kontam:

Ne dao mi dragi Allah da neimam ovo penzijice pa da moram pisati šta ko hoće da bih djeci stavio somun na hastal kao što moraju neki novinari i pisci lajati da bi preživili. Eto ti gibet hanuma, ne mogu biti gore, i sve ih je više.

U Titin vakat se znalo šta smiješ, a šta ne smiješ i od koga, a u ovaj vakat, me'š'čini, ne smiješ ništa ako ti neko ne naišareti na nekog ili na nešto. Nema veze ni šta ni ko samo ako si dobio išaret i hediju za to, slobodno laj.

Ne d'o ti dragi Allah da udariš na nekog bez ičijeg išareta, samo zato što svako vidi njegove marifetluke. Ne gine ti degenek, a more te i mrak progutati, a da ne znaš ni od koga ni zašto.

Što bi rekao moj Hazim: „Ne mogu ih uhapsiti kol'ko ih mogu pustit." Da je to kako treba ne bi oni onako išli u prdekanu uzdignute glave i vesele ćehre kao da idu na teferič. Cirkuzaju s ovim narodom kako ko hoće, i iz pameti ga istjeraše, a narod kao narod, leti, da izviniš, kao muha na govno.

K'o kad ovaj Bošnjo nikad nije mario za politiku.

Samo mu je vjera bila važna. Sad dobio kao n'kakve države pa ne umije sa njom, a šejtani mu se naklatili na kosti, sve od zla oca i od gore matere, i ne pušćaju, jer mogu. A ne umiju.

Istjeraše ga iz pameti, iz vjere, a bogme i iz države.

Nego ću ja kao i do sad, kako mi šta naumpadne i sve po istilahu, malo o insanima, malo o hajvanima, a ko umije čitati umjet će i prepoznati, bezbeli.

IMA LI ŠTA TEŽE NEGO SVOJE PARE TRAŽITI

Prije, kad bi ko dođi da pozajmi pare, insanu bi bidni drago što je taj u njega došao tražiti, kao da ti je neku čast načinio.

O vraćanju nisi ni mislio, to je bila njegova briga. Dadneš mu sa halalom i zaboraviš na njih. Sigurnije su ti u njega bile nego da si hin u banku ostavio. Sad je to drugačije.

Ima li mi šta mrže nego svoje pare nazad tražiti. Ne mereš da ne daš kad ti ko zaišće da mu pozajmiš, a imaš. Dadneš mu rukama, a vraćaš hin i rukama i nogama, što bi rekli u nas. Me'š'čini, prije bi u zemlju propao nego zaiskao svoje. A nekad neimaš, penzijica ne more dobaciti nidokle.

Kaže meni Fata:

- Uzeire, mogli bismo danas u Ševke, na kahvu, nismo joj odavno ulazili.

- Mogli bi - rekoh - i sutra, jal prekosutra, jal sljedeće hefte.

- Ne moremo sljedeće hefte, neimam š'čime ni pite pomastit'.

Odemo mi, bogme, a bolje da nismo.

U nas ima raznijeh kahva:

Prva je dočekuša i ona se pravi, haman, sa vrata. Nisi ni sjeo, a domaćica leti u kuhinju, stavlja vodu i viče: „Eto me, samo da je pristavim!"

Kad se popije prva, koja vazda bidne pojaka i kajmakli, dođi bi i druga, razgovoruša. Kad se šta pojede ili zasladi, domaćica bi reci: „Hoćemo li još po jednu?"

Treća je najpoznatija od svih i nju zovemo: sikteruša!

Beli ti mi kod Ševke preskočismo i prvu i drugu i udarismo na onu najgoru - sikterušu.

Najprije se prenemagala s onim mlinom, prebacivala ga sa kuka na kuk i sve govori:

- Vala ćemo je sad popit', jes' da smo je mi pili neima ni sahat, a je l' de i vi ste je popili. Rekoh:

- Nismo.

- Plaho, sad ću ja nju pristaviti, neće li još ko izbit'.

Samljela je haman tri mlina čekajući neće li ko izbiti, a Fata i ja čekamo kao na iglama, neće li spomenuti one pare što smo joj uzajmili.

Ni mukajet.

Donese na koncu kahvu. Brez đozluka, ja vidim u onom findžanu i polumjesec i zvijezdu dole na dnu.

Rekoh:

- Neću ti ja ove kahve, haj'mo ženo!

- Stan'te, sad ću ja drugu pristavit'!

Kao biva razgovorušu.

Rekoh:

- Kako si krenula naopako, od sikteruše, more bit' bi u akšam popili i dočekušu.

Nosi te đavo i tebe i tvoju kahvu i one pare kad ti hin dadoh, bolje da sam ti hin namah halalio, manje bi štete imao.

NEKA SE SVAKO STIDI ZA SEBE

Sabahile, pri kahvi u nas na čardačiću, veli meni Fata:

- Moj Uzeire, što sam ti se nasekirala, zove me iza akšama ona tvoja rodica Sabaheta, iz Visokog, i veli: „Moja Fatima, što nas ona naša rodica Buba bruka, lijepi slike po fejzbuku, haman gologuza. Recider Uzeiru. Obruka i nas i sebe i familiju nam svu."

- Ne bruka ona ni nas, ni familiju, neg' sama sebe. Ne mereš se ti stidit' za drugog, ako imate isto prezime niste svi isti, vazda je i u najboljim familijama bilo izroda.

Sjetih se kad smo ono bili u Holandiji, veli meni Omer od Amsterdama: „Uzeire, ovde su ti se Bosanci pokazali kao najbolji od svih stranaca, a Holandija ti je puna stranaca. Djeca dobro uče, sve fakultete završavaju i dobivaju fine poslove. Ko god gdje radi od naših najbolji je u svom poslu. Najmanje Bosanaca je na socijali, biva na trošku države."

- Aferim - rekoh i bi mi plaho drago što smo mi Bosanci takvi.

„Al' ima ih što neće da rade, nisu završili školu, kradu i brukaju nas sviju."

- Bo'me, ne brukaju vas nego sami sebe i svoje roditelje - rekoh ja tad njemu baš kao Fati, sabahile, pri kahvi u nas na čardačiću.

Dođe meni jednom Hike i veli:

„Joj, dedo, šta ovi muslimani rade, nekad me je stid što sam musliman."

- Sine Hike, rodio te dedo, neima te šta biti stid. Nisu svi muslimani isti, k'o što nisu ni svi vlasi isti, i neimaš se ti rašta za drugog stidit'. Kakav smo mi u ratu teror predeverali, pa nikom nije palo na pamet da ode neđe među nedužan svijet i da se raznese i pobije nevin narod.

Nešto kontam, što bi dobro bilo da neima ni familije ni prezimena, ni države ni velikih vjera, onda bi svako za se bio jal insan, jal hajvan i ne bi se stidio za druge samo zato što imaju isto prezime ili istu vjeru ili su iz iste države.

Ali ne mere.

Kako bi ovi vladali da nas ne mogu nikako razdijeliti i zavaditi.

Ko zna dokle bih ja tako dumao da me Fata ne prekide:

- Bo'me je mene stid zbog one naše Bube. Bruka nam familiju, a familija je na prvom mjestu, bezbeli.

- Deder ti izmrvi hljeba pa turi malo na pendžer vrapcima. Hem su se smrzli, hem će pokrepat' od gladi. Sevap je.

Tek kad postane baš nemoguće skontaš da je bilo baš moguće.

LABUĐE JEZERO

Ovdje insan može svašta čuti i vidjeti, ali ako ne odeš na pijacu nećeš ništa ni znati. Spremim se i polajnak, sve nogu za nogom. Nisam ni do Peštinog granapa kad onaj moj hrsuz preda me:

- Sjedaj, Uzeire, ako ti se ne žuri!
- Ne mere insan ni noge protegnut' od tebe.
- Ko noge često proteže brže oteže, moj Uzeire.

Naglabamo mi tako kao i vazda kad limuzina stade pored nas, odškrinu se pendžer i nekakav glavonja izviri.

Ko će ti biti?

Komšija Salem, iz stranke, pruža Mutetu n'akve karte i veli:

- Evo ti ove karte za Labuđe jezero, ja ga vala ne gled'o, dosta mi je više i baleta i opere.
- Šta'š ga gledati, moj komšo, kad si ti napravio sebi jezero u Nišićima, još samo labudove doćeraj i ne moraš ić' u pozorište. Možeš svaki dan gledati Labuđe jezero ispred kuće. Uzdig'o se materijalno, uzdižeš se u VIP-safovima duhovno, uzdigni se ba i kulturno, sve o istom trošku.
- Mogu ti reći da uopšte nije loša ideja, vidim ja nešto mi fali u jezeru.
- Jesi naš'o kome ćeš donijeti karte za baleta, komšija, a kad sam ti tražio za Belgiju ušutio si se k'o miš.
- Hoćeš li ti uzet' ove karte il' da nosim nekom drugom.

Uze Mute karte, a ja u kola i na pijacu, pravac kod Namke. Fina jedna, čista žena, u nje kupujem mladi sir za pite godinama, a još nikad nisam našao više od jedne dlake u njemu.

Neise, veli mi Namka, a sve šapatom ovako:

- Uzeire, znadeš li ti što naše žene stavljaju djevojačko prezime na fejzbuku?

- Ne znam, ot'kle ću znati!

- Da ih lakše nađu bivši momci, moj Uzeire!

- More bit', ko će ga znati.

- To ti je, Uzeire, neima šta drugo bit'. Eto ja tebi rekoh, a ti nemoj dalje.

- Ne boj se, neće dalje od fejzbuka, k'o kad i nema dalje, moja ti.

ZVOCANJE

Veli mi komšija Hazim:

- E baš nemaš na ovoj televiziji ništa pogledat', tačno ću je odjaviti.

- Kako neimaš, moj Hazime, eno ti turskih serija povazdan, nikad muško nije bilo rahatnije od zvocanja k'o sad, ha počne serija ne čuje se muha u kući, a vazda počinje, čim jedna projde druga se nastavi...

- U mene ti se ni 'vako ni 'nako ne čuje muha u kući, moj Uzeire.

Kud mu spomenuh muhu, haman sam i zaboravio da je odavno sam i da je, more biti, željan zvocanja.

- Eno ti Al Džazire, plaho su ozbiljni i svašta na njoj vidit'.

- Ma gled'o sam i pratio, moj Uzeire, al' mi nešto plaho tukne na Jutel pa sve kontam sa' će se zaratit'. Batalio.

- I jest je onda najbolje odjavit', moj Hazime, neće nas moć' zavađat' i strašit' sa ratovima. Lakše je sa ženama deverat', bezbeli.

Jah, što su ovi dani učestali, a godine da ti i ne govorim, sve jedna drugu goni!

RAMAZAN

Sa'će nam, ako Bog da, i ramazan. Ne mogu dočekati da se insan malo pročisti od ovog poganog dunjaluka, a najviše od poganluka u sebi, u svom tijelu i mislima.

Da je, Bog dao, svaki mjesec ramazan, insan bi, more biti, bio puno bolji i sebi i drugima pa bi i ovaj dunjaluk bio ljepše mjesto za živjeti. A more biti i ne bi, jerbo brez poganluka neima ni čistote, kao što brez tame neima ni svjetla.

Jah!

- Sjećaš se ti, moj Uzeire, kad ono nas Hamo odvede na iftar u oni hotel. Ja ljepote i ićrama, mili Allahu. Nisam ni znala da 'nakvo nešto ima u nas. Bog zna kol'ko je platio, ne htjede nam rijeti - veli u mene Fata.

- Sjećam, kako se neću sjećat'.

Odveo nas Hamo u Bristol, na iftar. Ja mileta tamo, dragi Allahu, čitave porodice zajedno došle da iftare, nema šta nema. Oni konobari igraju oko tebe kao da si sultan i samo donose jedno za drugim. Meni, vala, bilo dosta i onu hurmu pojesti, malo tope zatrati somunom i zaliti himberom, a oni donose li donose. Gledam onaj svijet, to sve obučeno, ima se pa došli da pokažu svima kako imaju i kako mogu i da se zahvale Allahu što je od drugih uzeo, a njima dao.

Allah selamet.

Ne bi mi nimalo lijepo, među njima, ali ne rekoh ništa da ne bih Hami hator iskvario.

Sjetih se ramazana birvaktile i namah me obli n'akva toplina i dragost. Mogao bih vam o tom knjigu napisati, ali nemam kad. More biti, neki drugi put vam ispričam, ako me zdravlje posluži.

Samo još da vam reknem kad sam prvi put zapostio.

Nije mi bio vakat za postiti, ali ja hotio i nije druge. Veli mati:

- Haj' ti zaposti do podne pa se omrsi, a ja ću ti našit'.

Jok ja. Hoću da postim kao i svi i nije druge.

Bila zima, sjećam se kao danas.

Snijeg, haman do pendžera. Kad god bi moji ustani na sehur, ustanem i ja, a oni me vrate. „Još si ti mali, imat ćeš kad postit'." Kad sam him dodijao, puste me da zapostim. Niko sretniji od mene.

Krenuo ja da se liguram sa djecom, a mati me obukla sve uduplo na meni. Dvoje čarape, jedne tanke i na njih vunene, dva džempera, bilesi dva šala i dvije kape mi natukla. Spustim se ja dva-tri puta niz sokak, brdu strmu i vidim nije mi dobro. Počnem se znojiti, jedva sam do kuće doteturao. Sa streha vise ledenice. Bilo je u nekima i po metar. Otrgnem onu ledenicu, sjednem na prag i udri, sisaj i glođi da me prođe ona stuga. Izađe moja mati i kad me ugleda veli:

- Uzeire, sine pa ti postiš?

- Postim, mati, postim. Mogu ja.

- Moreš k'o cuko brez kosti - veli ona. - Ne smije se, sine Uzeire, pit' voda kad se posti.

- I ne pijem vodu, nisam mahnit.

- Znadeš li ti da je ta ledenica od vode?

- Ne znam - rekoh - ot'klen ću znat'.

- Neima veze, sad će tebi mati našit'.

Ufati me naka muka, pomislih sad ću ravno u džehenem.

I niko me nije mogao ubijediti da nisam zgriješio i da me Allah neće kazniti.

More biti sam kasnije i većih grijeha počinio i zaboravio, ali ovaj nisam do dana današnjeg.

Kemal Čopra

EL FATIHA

Đe god makneš u nas ne mereš mašiti kakvo greblje, a kad prođeš kraj greblja proučiš Fatihu, bezbeli, velim mom Hiketu, kad će ti on meni:

- Dedo, ja ne kontam što se mora svaki put proučiti Fatiha? Zar nije dovoljno samo jednom?

- Ne mora se ništa, dijete moje, ali je plaho fino zastat' i proučit'. Ako ćeš je smandrljati k'o ni sebi ni svom, bolje ti je da je ne učiš. Ne mereš ti nikoga prevarit' osim samog sebe.

- Uvijek sam kont'o, dedo, kako neki mogu onako brzo proučiti. Ja ne dođem ni do „ve ijake nestein", a neki već proučili. Nisu, vala, mogli ni kompjuterski.

- Bezbeli da nisu. Nego da ti ovo reknem, a ti probaj upamti- ti, sine Hike, rodio te dedo. Ti plaho voliš slušat' muziku, jelde?

- Volim, dedo.

- Volio je i dedo dok je bio mlađi, sve u svoj vakat. Neise! Kako mi svoje duše obradujemo lijepom pričom, jal slikom, pje- smom i muzikom tako nečija Fatiha razgaljuje duše mrtvih, jer do njih ništa drugo ne mere doprijeti sa dunjaluka.

- Nisam to znao, pa što mi prije nisi rek'o, dedo? Sad ću ja Doni Ares vazda učit', kad je ona nas razveseljavala pjesmom možemo i mi njenu dušu Fatihama.

- Jah - rekoh samo, i jedva suzu zaustavih.

Što su ti djeca!?

PRIKAZE

U današnji vakat svako nešto piše. Ne znam je li se ikad više pisalo i slikalo kao sada. Ko je volio puno čitati sad može lijepo pisati, baš kao što moraš znati slušati da bi umio mudrovati i pričati.

Me'š'čini da narod više begeniše kad kona Rajfa uslika tek prostrt veš pa doturi još jednu sliku kad ga digne sohom nebu pod oblake nego kad neko nešto lijepo napiše.

Sad, haman svi znamo šta je kad Meša jal Ivo napisao, a nekad ne znamo je li nešto Rumi, Bašeskija, jal Hadžibeg zapisao, ili je Mirso, Šuhra, Marko, jal Boban od njih svojim riječima prepisao. Sve se može saznati samo ne znamo jesmo li od toga pametniji ili još gluplji postali.

Prije je bilo na jedno uho uđe, a na drugo izađe, a sad u oči te bode, ali u glavu ne ulazi šale.

Neka sam, vala, i ovo dočekao da mogu jasno vidjeti na šta će ovaj dunjaluk izići i kud ode ovaj insan, a kud hajvan. Prije je hajvan išao u zijan, a sad kao da je naopako pa hajvan sluša i miruje, a insan rajzuje i golemi zijan čini. Neise!

Nema vam više života, narode, kao što je nekad bio. Sad ćemo živjeti ovako, biva, kao onako, i kako ko sebi umije smisliti i oživiti pred drugima. Kako se ko prikaže. Odsad ćemo samo sanjati život i misliti da volimo, jal mrzimo, suosjećamo, jal nekom pomažemo ili odmažemo, a sve to skupa traje dok se ne zaboravi, a zaboravi se sad pa sad. Kao da sam sve usnio.

More biti je i bolje tako, jer ovako ni ljubav ni mržnja, ni bijes ni ljutnja ne traju kao što mogu izoprave trajati i ljudima život zagorčavati.

Od sad ćemo samo ovako jedni drugima se ukazivati, a čovjek će čovjeku vuk ostati samo što će mu još kao prikaza postati.

Kemal Čopra

Sve se više mahalom glasine pronose najteže je
sa rodbinom ostvariti dobrosusjedske odnose!

ĆORSOKAK

Uz sokak, niz sokak povazdan i najednom insan zapadne u ćorsokak. Ne mere ni tamo ni ovamo nego udariti na šejtana, biva onog mog hrsuza Muteta.

- Tebi se plaho osladila ta Holandija - veli mi. - Malo, malo pa na put. Je l' ljepša od naše Bosne?

- Jok ona, haman je ista k'o Bosna.

- Kako, bolan Uzeire, ista, u šta si ti gled'o?

- Gled'o, moj Mujo, i vidio Bosnu, k'o da je neko popegl'o i poravn'o ona naša brda i planine i raspušćo one naše lijepe rijeke da sve poplave, podašiš'o one naše šume, pa baš k'o ćelav insan kad navlači ono malo kose što mu je ostalo i pravi cirkus od sebe. Jedino je, more bit', Holandija bogatija i uređenija nego naša Bosna. Tamo ti je haman sve k'o pod konac poređano.

- Kak'i bogatija, moj Uzeire. U nas ti ima bogatstva kol'ko hoćeš, samo što je nepravilno raspoređeno. A Bosna ti je najsređenija zemlja na svijetu, tu se sve zna i sve je zapečaćeno i ovjereno. Sredili su je za sva vremena.

- Šta se to zna u nas, moj Mujo?

- Sve Uzeire, ko šta može, a ko ni blizu. U nas ne možeš bit' ni predsjednik kućnog savjeta ako nisi dobar sa nekim Bimom, jer je ta funkcija rezervisana sve do Sudnjeg dana, a da ti ne govorim o većim funkcijama i poslovima gdje se lova uzima. Sve se u nas zna, moj Uzeire, i sve će ti ovako biti do novog rata.

- More bit', moj Mujo, a more i ne biti, ko će ga znati. Jedino što još znadem je da je dunjaluk onakav sa kak'og ga pendžera gledaš. Kad se malo odmakneš pa se vratiš ukaže ti se drugačiji i tvoj sokak, k'o da ga prvi put vidiš. Kud god makneš eto ti jeseni i zime, a bo'me i guzice za tobom, pa ti vidi.

Kemal Čopra

SLUŠAJTE SVOJU DJECU

U mene nana Subhija vazda je govorila nama djeci:

„Insan se razlikuje od hajvana po tom što umije mislit' i govorit', a kad umiješ mislit' onda umiješ birati šta ćeš radit' i šta ćeš govorit."

Zato nemojte nikad ružno misliti, jer ćete tad ružno i govoriti, a kad počnete jednom ružno govoriti navadit ćete se i eto vam belaja. Bit ćete gori od paščadi što laju na sve, bilesi na mjesec i zvijezde kad nemaju ni našta drugo.

More biti su zato, birvaktile, ljudi malo govorili i plaho odmjeravali svaku riječ, jer kad puno govoriš onda se i prolaješ, a kad se prolaješ ne mereš se zaustaviti nego samo laješ, gore nego ikakav ker.

More biti je zato među ljudima zavladao ovakav pasjaluk i krmaluk pa samo laju i hrokću jedni na druge, a kad kome uputiš kakvu lijepu riječ kao da si mu prst gurnuo u oko.

Allah selamet.

Nego sam vam ovo htio reći:

Sa mnom išli u školu Hajro i Haso. Hajro ponavljao pa među nama djecom bio kao čo'jek, nisi ga smio pogledati, a on bi nas postroji i svima opali po čvoku, onako, da se zna ko je hrsuzbaša među hrsuzčićima. Nama svima mehku, a Hasi vruću, jedva bi jadnik na nogama ostani. Haso bio najsitniji, ali nemiran, nije se dao Hajri pokoriti i vazda bi ga zadirkuj, a ovaj bi smišljaj kako da mu dođe ukraj. Jednom nas Hajro postrojio, a Haso se pripremio za vruće čvoke, umjesto čvoke Hajro ga pomilova po glavi. Niko nije vidio da je imao u ruci jaje sve dok Hasi ne poče ćimbur curiti niz lice. Ovo mu je bilo gore nego da ga je sa čvokom sravnio sa zemljom. Skoči Haso na njega i udara dokle je mogao dofatiti, a do glave nikako. Hajro mu stavio onu ručetinu na čelo, a Haso se razmahao i rukama i nogama mlati kroz praznu havu, ne mere ga ni dofatiti. Kad mu je dodijalo, uze ga u naramak, baš kao dijete, i na pendžer. Ufatio ga za noge, a Haso visi sa glavom nadole. Utom ti uđe učitelj i svi sjedoše na svoja mjesta. Svi osim Hase. Niko ne smije ni pomisliti, a kamoli pitati đe je Haso i šta bi sa njim. Mi o Hasi kad Haso na vrata, crn kao odžačar. Srećom pao u ćumur. I dan-danas se pitam je li onaj Hajro znao da je dole ćumur?

Što vam ovo govorim?

Pazite svoju djecu i učite ih da lijepo govore i da poštuju druge. I ne samo to. Kad vi svoju djecu lijepo odgojite i pustite ih među paščad, rastrgat će ih. Pričajte sa svojom djecom i družite se sa njima, jer njima je to najpotrebnije. Ha promijene ćehru morate saznati što su je promijenili, a kako ćete saznati kad nemate vremena za njih, jer morate više raditi da biste djeci pružili sve što im srcu drago i zatrpali bunare želja bez dna, a djeci ne treba Djeda Mraz nego pažnja i roditelj koji će ih zaštititi od svakog zla i belaja. Slušajte svoju djecu, nemojte samo vi govoriti i nastojati da oni vas slušaju, a kad počnete slušati djecu svašta ćete čuti i nemojte prešućivati taman da ste čuli da ga je jal amidža, jal dedo ili daidža pomilovao kako ne treba. Ima tu nekakvog poganluka, bezbeli.

Morate sve istjerati na čistac, taman i da pukne bruka.

I možete svojoj djeci dati ne znam ti šta, ako im niste dali srce i dušu, kao da im ništa niste ni dali.

A godine lete baš kao djeca iz škole, moj mladiću!

SAN

Neima mi mog Kemice, sa Dolac-Malte, rekoh da nije i on otišao iz Sarajeva na fejzbuk kao i mi svi. Nisam ni završio misao kad eto ti ga u svom golfu dvojki i s onim paščetom.

– Dragi Kemale, da nije ko šta nagovorio?

– Jok, ba Uzeire, i da je nagovorio nema mu fajde. Ne mere nas ni Amerika zavadit'.

– I jest tako, moj Kemo. Nego đe si ti dosad u mene.

– Nema se kad, Uzeire, otkako sam počeo spavat' bez tableta nikad se naspavati.

– Mašala, nek si se prospav'o i bio ti je vakat, haman od rata nisi?

– Nisam vala, taman sam tu nekako počeo i sanjati gdje sam davno stao.

– Nisi valjda rat sanj'o, moj Kemale? Dao Bog, na hair i na dobro da okrene.

– Ja šta ću drugo, Uzeire, a počeo mi je san fino. Lijep, sunčan dan, rekoh Muneveri odoh malo u grad, dao mi Mirso malo ulja iz trafostanice, može mi biti do Marindvora i nazad. Oti'ću pjehe do Benetona, tek se otvorio preko puta Vječne vatre, pa ću onda u Ferhadiju, otvorila se neka radnja puna đuveča u vel'kim teglama da nam uzmem, a onda ću do Parkuše, opet se otvorila, donijeli nov namještaj iz Italije kroz tunel.

– Eto, moj Kemo, fin ti je san bio.

– Sad ćeš ti čut', Uzeire, šta bi. Sjedim u Parkuši sa jaranima na novim stolicama i pijemo kafe kad uleti Ćelina, jal Cacina, jal Jukina policija, niti te ko šta pita niti govori, samo nas sa puškama utjeraše u kamione, a oni sjedoše da popiju što smo mi naručili. Ostade mi tegla đuveča i džemper, tek kupio u Benetonu, dao zadnju marku što smo imali u kući. Haj', rekoh, da mi i Munevera vidi malo luksuza, ko zna šta nas čeka. Sjedimo mi na kamionu i čekamo šta će biti kad neko reče da nas vode na Žuč da kopamo rovove dublje jer su četnici skontali neki fazon da sve one granate što su ikad pale tamo roknu sve odjednom. Što ti je san. Krenuše kamioni, vidim ja vrag odnio šalu, rekoh, ljudi, stanite malo moram izać', ja sam iz 101. motorizovane, sad moram na stražu kod Strojorada, mogu nas napast' sa Grbavice, a mogli bi probit' liniju u Milinkladskoj, al' malo sutra, kontam u sebi...

Niko ništa, svi šute, a kamioni voze. Vidim ja kroz rupu na ceradi da nas voze uz Pofalićku, ispod onog podvožnjaka. Kako prođosmo pored Fabrike duhana tako poče rokati, padaju granate, a ja pođoh da iskočim iz kamiona kad me neko zove: Kemale, Kemale!

- Haj', Kemo, dosta si spav'o, kakvo ti je to spavanje, sve si mi slike počup'o sa zida, umal' mi nisi garnižu izvalio kol'ko si store čup'o - veli mi Munevera.

Pogledam na sat, tri sata.

- Što li si se tol'ko prep'o u snu rovova kad si čitav rat u njima proveo?

- Nisam se ja, Uzeire, prep'o rovova nego sam se prep'o u snu da ne poginem bez puške kopajući rovove pa da poslije pričaju i prozivaju me mrtvog.

- E, moj Kemale, vidiš da ne pričaju ništa o borcima niti prozivaju koga pa ni one što su otvarali kafane, prodavali đuveč, taj tvoj Beneton i stolice za kahviće unosili kroz tunel i ko zna šta su sve radili i zarađivali na tuđoj nesreći. Zato nam i jeste sad ovako kako nam je. Haj' nek si ti počeo spavat' i sanjat' bez tableta pa kako god.

MJESEC KAO JABUKA

Gledam onu Ahminu mladu, povazdan uz sokak, niz sokak sa kolicima, a u njima se izvalio njezin paša.

Rekoh:

- Mlada, što ti to vazdan sa tim maksumom gore-dole?

- Neće da spava, moj Uzeire, dok ga malo ne provozam.

Gledam ga ja, haj' što ga voza gore-dole, nego svako malo onaj mali ispljune cucu, ona jadnica zastane da mu je opere i vrati u usta.

Nije lahko ovim roditeljima sa malom djecom, a sa velikom još teže. Ako su polijeni, djeca se upušćaju i razmaze i eto ti belaja.

Sjetih se kad je u mene Hamo bio mali, nije hotio zaspati dok ga ja ne iznesem da gleda mjesec. I gledao bi ga on tako svunoć da meni ne dodije. Valjda ga onaj mjesec, kad je pun, podsjeti na jabuku i onda se nastavi:

„Baba, 'abuka, 'abuka."

I tek kad pojede jabuku zaspe.

Kako ljeti tako i zimi. Jednom bilo plaho hladno, al' sam opet morao iznijeti Hamicu da gleda mjesec. Smrzli se i on i ja, a mjesec bio pun pa dijete poželilo jabuku, a nismo imali. Nije se prije imalo vazda jabuka kao sad.

Šta ću, kud ću, uzmem luk, ogulim ga i dadnem Hami. Zagrizao Hamo, smrkao se kao da mu je neko šamar opalio:

„Neće 'abuka, 'oće pajat."

Od tad više nikad nije pojeo jabuku. Ni dan-danas je ne jede, a u mene mi Fata vazda pita što li to moj Hamo ne jede jabuke, a vazda ih je volio, još kao mali. Rekoh, ne znam, odaklen ću ja znati.

Haj', rekoh, da vam i ovo reknem da ne mislite da samo vi deverate sa djecom. Bogme smo i mi deverali.

Pričam ja ovo onom mom naletu Mutetu i znaš šta mi veli:

- Dobro si ti proš'o Uzeire, šta bi da ti je Hami prahnula lubenica kad ugleda mjesec. Snaš'o bi se ti, bezbeli.

IZMEĐU DVA BELAJA

Uz sokak, niz sokak povazdan i najednom insan zapadne u ćorsokak.

Ne mere ni tamo ni ovamo, a ja ti se spremim pa kod Emina i Eminovice da malo sa Eminom pošutim, a s Eminovicom koju progovorim. Ha vidi da ću ja u njih, u mene mi Fata stane rondati na mene:

- Šta se to riktaš k'o da je Bajram, znam ja đe si ti kren'o, k'o da te je ko željan...

Biva, nije joj drago što ja imam, samo za sebe, još ovu jednu oazu mira u ovoj pustinji nemira gdje belaji iskaču sve jedan za drugim, kao Arapi iz pijeska.

- Haj' - rekoh - i ti sa mnom!

- Jok ja, šta ću him? Ona tvoja Eminov'ca se navije k'o gamofon, nikad prestat', a kad ti šta rekne ne mereš zaspat' kontajući šta ti je hotjela rijet'.

Takve su ti žene, ne miruju dok čovjeka ne doćeraju da mu omrzne sve svoje, a da zavali njezino, ali od srca, sve do one daidžične Sejde, sa Mahmutovca, što joj vazda zavrću svjetlo, jerbo ne plaća na vrijeme. Sve joj preče nego računi. Dođe prvi paradajz ili trešnje kad su najskuplje, Sejda kupi. Dođe zima, Sejda nema ogrjeva i eto ti je u nas. Dok je insan bio mlađi i još mislio svojom glavom pa se bunio i svađao, a onda i ne primijetiš kako se fataš za šlajpek, ha Sejda dođe i pitaš je koliko joj treba, a da ti žena nije ni riječi rekla.

E, tad ti je žena rahat.

Zavolio si joj familiju od srca i obraduješ se od srca kad ko njezin dođe, a svoje obilaziš sve manje i manje. Ne kaže se džabe: „Tiha voda brijege valja", a svaki je čovjek odanle odakle mu je žena, pa ti vidi.

Ha uniđeš u Emina i Eminovice, kao da si u tekiju unišao, obuzme te nekakav mir, jer znaš da će te njih dvoje, baš kao derviši kad se zavrte i zahukću, odvesti na neki bolji dunjaluk na kojem nema ni tvoje ni ženine familije, a bogme ni računa, ni ćorsokaka, ni problema što izlijeću jedan za drugim kao Arapi iz pijeska.

Sami rahatluk.

Prije su ljudi malo govorili, baš ko Emin i morao si im riječi kliještima izvlačiti. Bilo je i onih što nisu zatvarali usta, ali takvi su bili za cirkusa i šprdnje, da ti ubiju vrijeme dok ko pametan šta ne progovori.

Pijemo kahvu, a Emin sjedi na minderu kraj pendžera baš kao Jusuf star, srče kahvu, čibuk pali, gleda šeher grad.

I ni jedne.

Kao da nam išareti da mi započnemo muhabet.

- Jah! - rekoh.

- Jah, šta ćeš - veli Eminovica i tako započe razgovor.

- Znadeš li ti, Uzeire, odaklen ovolika patnja na dunjaluku?

- Jok ja, moja ti Eminov'ce, odaklen ću znat'?

- Neima više sabura, moj Uzeire, insan bi svašta nešto htio namah i ne mere čekat', a čitav mu život projde čekajući da to dojde pa ne mere bit' rahat nit' s ovom kahvom nit' sa bilo čim. Misli, samo da to dobijem pa ću onda bit' rahat. Jok on.

- More bit', moja Eminov'ce, da je i od tog', ko će ga znati?

- Prič'o meni moj dedo, rahmetli, kad je njega jednom natjer'o međed, dok je bio u onoj austrijskoj vojski. Poleti dedo što ga noge nose dok ne upade u n'akvu jamu, srećom ufati se za liticu i ne propade skroz. Dole hendek, gore međed, a on visi između dva belaja, sve gori od goreg, baš k'o mi sad. Ne mereš ni gori ni doli.

- Šta ti bi sa dede, moja ti Eminov'ce?

- Ništa, moj Uzeire, nego se on okrenu oko sebe i ugleda grm se zacrvenio sa malinama pored njega i stade jest' i uživat' u njihovoj slasti taj vakat i zaboravi na strah, sve dok međedu ne dodija i on ode, a moj dedo izajde i vrati se svojoj vojski, a iz vojske svojoj kući đe doživi duga vijeka sa svojim najmilijim.

Pravo veli u mene mi Fata za Eminovicu:

- Kad ti 'vako šta sukne ne mereš zaspat', a ni rasukat' dobar vakat.

Rekoh, more biti neko od vas znadne šta je Eminovica hotjela rijeti.

SEVIBE

Da mi je znati odakle je moj dedo Atif donio mojoj materi ime pa mu se svi čudom čudili i ibretili od Kračula, gdje se rodila, pa sve do nakraj Sarajeva, biva Marindvora. More biti odnekle iz Pešte, jal odnekle gdje je austrougarska, jal kraljevska vojska kročila, a sa njom i naše Bošnje, a odatle donijele nove riječi i imena pa ih počeli i djeci nadijevati, ko će ga znati.

- Je l' Sa-i-ba? Nije nego Se-vi-ba - ispravljala bi u mene mati vazda.

- Kak'o ti je to ime?

- Fino, iznikten, babo mi nadio.

Hajde, ne bi to bilo toliko ni zabremedet da i njena sestra, a moja tetka iz Maglaja, ne dade svojoj najmlađoj i najljepšoj kćerki ime po sestri. Ha je rodila, veli, vidi mi je što je lijepa, ista moja sestra Seviba, neka se tako i zove.

A kad je ko lijep, fin i dobar insan i ime mu postane lijepo da je ne znam ti kakvo. Kad sam nadijevao svojoj djeci imena namah mi naumpadnu ljudi i žene sa takvim imenima i onda odustanem. Jest ime lijepo i ima lijepo značenje, ali će me vazda sjećati i podsjećati na onog belajsuza ili onu, anamo nju.

Sve ovo ne bi bilo toliko ni zabremedet da nemaju još dvije Sevibe. I to sestre, nećeš mi vjerovati.

Imala u mene mati tetku u Novoj Kasabi i dadne svom prvom djetetu njezino ime - Seviba.

Rodila tetka Ševka još jednu curicu, a u onaj vakat i nije bilo za radovati se ženskom djetetu, a kamoli dvjema curicama zaredom, pa ti se tetak Omer, razočaran, dobro nalagumao i takav pjan ode da prijavi dijete. Kad ga je onaj upitao na šalteru koje će djetetu ime dati, nije mu moglo naumpasti nijedno žensko ime osim... Seviba.

Kako? Sa-i-ba?

Nije nego Se-vi-ba. Znadne on rijet još u onakvom stanju.

Iako su je čitav život svi znali kao Hibu, Allah joj rahmetile, osta ona u ćitabima zapisana kao četvrta Seviba u nas, a bogme i na čitavom dunjaluku.

DOK NAS SMRT NE RASTAVI

Veli meni Fata, sabahile, pri kahvi:

- Baš je potaman, Uzeire, sjest' u avijon i sa Bismillom đe god poželiš.

- Ne treba ti avijon, sad ti je, u nas na čardačiću, k'o u avijonu. Sjediš i gledaš, a dole magla, ništa se ne vidi. Nek', vala ni ne vidi, namah insan zaboravi na vas poganluk ispod ove magluštine.

Vidim ja u mene mi se Fata nadigla, samo bi hodala, biva letila. Smanjio joj se ovaj dunjaluk pa mahala i Sarajevo tijesni postali.

Jah! Šta ćeš?

Jednom reče jedan moj ahbab:

„Prije kad bi ova magla padni po' Saraj'va ode jal na planinu jal u Dubrovnik." Rekoh, tako ti je i sad samo što sad ide ona druga polovina koju ti ne znaš.

Neise!

Birvaktile bio jedan dedo pri Bakijama, prodavao Takvime, Zemzem i Preporod i taj dedo je vazdan govorio:

- Do'će ženski vakat kad će se dunjaluk smanjit', patnja uveća' i tad će najteže biti musliman. Manite se, djeco, šejtanluka, dođite tobe i vratite se vjeri dok je lahko biti musliman.

Kao omladina, moj sinko, kome je onda bilo do starinskih priča iz Zemzema i Preporoda. Da je nama šta pročitat' o Hasetu, Mujiću ili Šekularcu, a to si mogao nać' samo u Oslobođenju. Zato smo ga i čitali naopako, biva od sporta pa sve do Sarajevske hronike, a onda bi ga zafrljaci il' nekom podaj.

Bogme, dođe vakat o kojem je dedo govorio, a svi se šprdali sa njim.

Dunjaluk se smanji da ne mere biti manji.

Patnje je vazda bilo i bit će, a kako se dunjaluk smanjio tako patnja, nesreća i jad ljudski izbiše sa svih strane. Ne mereš više ni kahve sa mirom popiti a da ne čuješ za kakav belaj od vlastitog sokaka pa do nakraj dunjaluka. Nije mu se još ni smrtovnica zazelenila na banderi, niti mu sva familija obaviještena, a ti već znadeš da je komšija preselio i od čega. Od mahale i sokaka pa do nakraj dunjaluka sve habere namah saznaš, a najprije one naopake, od kojih ti kahva prisjedne a dan kaharli postane.

Imaš ti još svijeta, fala Bogu, što voli lijepu riječ čuti, a najviše je onih što vole šta ružno čuti nego se hljeba najesti. Kad takvima lijepu riječ uputiš kao da si mu gurnuo prst u oko. Takvi se slomiše da sve što je lijepo preokrenu na ružno i da ti svaku riječ izvrnu i izopače.

Allah selamet!

I hajde ti misli dvadeset i četiri sahata, nemaš šta manje, na sav dunjalučki jad, bijedu i nepravdu, pa ću te viditi dokle ćeš dogurati. A ovaj naš život kratak, moj brate, nećeš se imati kad ni nasmijati ni proveseliti, ni svoje tuge i nesreće odtugovati misleći na dunjalučke patnje.

Jer ovaj ti insan, na današnji vakat, ovako fercera:

Nećeš se obveseliti dok neko ne zakuka!

A more biti je vazda tako bilo, samo što je dunjaluk plaho okraćao pa se bolje vidi.

I tako bih ja dumao cio vakat da me u mene mi Fata ne prekide:

- Gledam ovu maglu, Uzeire, i kontam, k'o da smo preselili nas dvoje na ahiret pa sad pijemo kahvu i gledamo dole.

Kako mi ona to reče namah se sjetih onog vica:

„Dok nas smrt ne rastavi...", ali ne rekoh joj ništa, jer ne bi ni meni bilo mrsko da ovako i na ovom i na onom dunjaluku ostane.

PITA OD 80 EURA

Što ono jednom reče naš Meša: „Svaki bi insan mor'o neđe otić', pođahkad." A bogme se i vratiti, jer izbliza vidiš, a kad se odmakneš moreš i prosuditi. Najlakše se vratiti u Sarajevo. Ha dođeš namah te svega obuzme k'o da nikad nigdje nisi ni mak'o iz njega. Još kad upadneš u ovu maglu ne vidiš insane a kamoli hajvane što rajzuju po njemu.

Neise!

Izađoh neki dan da iznesem smeće i na koga ću udariti nego na mog Muteta.

- Jesi vala i poletio, Uzeire, da se vratiš, eto ti sad tvog Saraj'va.

- Neka ga, bo'me, kako je god naše je, najljepše na dunjaluku.

Taman se spremio da mi baci još koju kad n'akav auto, kao tenk, izbi pred nas, a sav crn, bilesi i oni pendžeri na njemu. Iziđe nekakav čovjek, gospodin, velika mu glava, i pravo na nas.

Ko će ti biti?

Onaj Salem, Halidovicin, iz stranke. Sjećam ga se još dok je bio mali, vazdan mu slina visila sa gubice, a njemu bilo mrsko izvaditi ruke iz džepova da je otare makar sa rukavom, nego je dofaćao sa jezikom i nikad je dokučiti. Ne kaže se džabe da ni Mudamed alejhisselam jedino u svom selu ne mere bit prorok kao što ni Salem jedino u svojoj mahali ne mere biti gospodin, a kako će i biti kad ga svako znade dok je dofaćao slinu jezikom. Ako vam se ne gadi.

Vidi ga sad! Od čega him samo ovolika glava naraste da mi je znati?

- I ti, Uzeire, poš'o hodat pod stare dane, neka, tako i treba.

- Odaklen ti znaš da ja hodam, moj Saleme?
- Pratimo mi tebe, Uzeire, da vidimo za koga si.
- I za koga sam, moj Saleme?
- Ne znamo još za koga si, al' za nas nisi.
- Bezbeli da nisam, ni za vas, a ni za druge. Neima te u mahalu, kako ti je mati?
- Hvala, dobro je. Nemam ti ja kad mahalat', dođem na po' sata da obiđem mater. Ne znam kud udaram od posla.
- Nije ti lahko, moj Saleme, a đe bidneš?
- Imamo stan, čitav sprat u gradu, ali budem ispod Treskavice, tamo smo uzeli imanje, nekoliko stotina dunuma, nek' se nađe, zlu ne trebalo. Dođi jednom sa Fatma hanumom da vidiš ljepote gore. Da nam nije toga puk'o bih k'o balon.
- Do'ćemo, dođite i vi - velim ja njemu neće li otići i osloboditi sokak.

Ufatila se čitava kolona, ne mere niko proći od njegovog auta, a on ni mukajet. Niko ne pibiče, čekaju kad će on završiti i skloniti se da prođu. A on se nastavio, nikad stati.

- Frka, trka, moj Uzeire. Pos'o, sjednice, putovanja. Da je dan 48 sati malo bi mi bilo da sve pozavršavam.
- Blago tebi, Saleme, pa imaš pos'o.
- Mi ti sa posla i pravo na Treskavicu. Ne pamtim kad sam zanoćio u Sarajevu. Ujutro poranim, i nagarim ovu moju aždahu do Zenice i nazad što bi rek'o keks. Navijem Mozarta i Betovena i k'o da sam u Beču na dvoru, u vrijeme Ferdinanda, tako me baci. Tek tad sam spreman za ljude i poslove.
- Koga nav1ješ...? - ibreti se Mute na njega.
- Mozarta, Betovena, nekad i Baha. Misliš da sam puk'o, ha Mute?
- Kak'i puk'o, imaš ti još fore. Ja znam frajera što sluša Ivu Robića u autu. Kad dođeš do toga, nema dalje neg' u Jagomir.

Ne znam šta mi bi pa ga upitah:

- Prave li one žene pite po Bjelašnici.
- Naravno da prave, to ti je veliki biznis, Uzeire. Jednom mi odveli visoku delegaciju iz Finske gore i pravo u Lukomir. Izađe

n'akva nana, fina žena, starinska, u onim pelengaćama, zastrla se ćebetom; „Haj'te bujrum, k'o u svoju kuću, jeste li gladni, djeco? Sa'ću ja pitu vama začas." Provozali se mi po Bjelašnici, vratimo se, pita gotova, vrela. Puče tepsija, oni Finci ne dišu, a sve gospoda.

- Ogladni se na zraku, a bezbeli, nije joj ni skupa pita?
- Sad ćeš čut', Uzeire. Pitam ja nanu koliko smo dužni, a ona će ti mrtva-hladna: „Osamdeset evra!" Čega? „Ku'ćeš jeftinije, sinko, da ste otišli u Rakitnicu ona bi vam Đulsa uzela sto evra i to za malu tepsiju?"
- Haj' ti - rekoh - narod čeka da prođe, a sa' će i onaj kamion od smeća nanić', more bit' se vrati pa će mi smeće čitavu heftu kandisat' pred vratima.

Ode Salem, a oni auti za njim, kao da su svatovi, a ne pibiču, a ja ostah sa mojim Mutetom gledati za njim i dumati:

Što li stalno govori mi?

ZNANJE

U najboljoj školi na dunjaluku sjedili su samo najbolji učenici koje su učili svakojakom znanju, mudrosti života i vjere najbolji učitelji.

U toj školi učitelji su imali šćapove, ali ne da bi degenečili nemirne i nestašne učenike, jer su ovi učenici bili mirni kao bubice, željni znanja upijali su svaku učiteljevu riječ. Svako malo jedan od učenika bi fasovao šćap preko leđa iz čista mira. Niko nije smio upitati učitelja što ih udara kad nisu ništa zgriješili, jer su znali da će im sam reći. Tako i bi. Kad su završili školovanje učitelj im reče ovako:

Čim bi neki od vas brže od ostalih počeo shvatati i znati počinjao bi mi bivati srcu drag, i taj bi to znao i osjetio pa bi, bezbeli, uzeo fursata, a za znanje i nauku nema ništa gore od sujete i bahatosti. Ima u našim glavama jedno mjesto gdje mi hranimo znanjem i zvanjem sami sebe i kako mi tu rastemo tako se svi i sve oko nas smanjuje. Nema ništa opasnije na dunjaluku od pametna insana punog sebe. Mi to ne znamo i ne vidimo jer je to mjesto u tami i nedostupno. Jedino ga može osvijetliti iznenadni i neočekivani udarac ovom batinom i ispuhati vaše ja, a vama će ostati samo čisto znanje koje će koristiti čitavom dunjaluku dok ste živi života svog.

Tako je nekako i nastala izreka da je batina iz raja izašla. Šta je sve kasnije bilo sa batinom nije za priče.

RODITELJSKA

U mene ti sa djecom ovako hoda:
Ha su počeli svoje živote živjeti prestao sam se brinuti.
Što sam imao dao sam im, što sam znao rekao sam i što sam umio pokazao sam im. Sad je do njih. Neka i oni deveraju kao što smo mi deverali, jer svako ima pravo na svoj devar, kao što ima pravo i na svoju sreću. Kako je kome suđeno i kako se ko potrudi, bezbeli..
Matere su drugačije, njih briga ne popušća, meni se čini, dok god dišu.

SNIJEG

U Sarajevu je znao zavaljati snijeg sve do pod pendžere, a znalo ga je i ne biti dobar vakat. Kao maksumi, moj brate, samo da nam je igara, a bez snijega u po' zime k'o bez vode u po' ljeta, ubismo se od dosade.

Ni nana Subhija nas nije mogla smiriti svojim pričama pa bismo ti mi otiđi kod dede Atifa, jer dedo Atif i njegova leđa su nam bili najtačnija vremenska prognoza.

- Dedo, dedo... Zebu li ti krsta?
- Jok ona. Neima vam još snijega.

I tako svaki dan dok dedo jednom ne rekne:

Djeco, zebu mi leđa, a nosnice mi kad i kad zapahne dašak tek proprćenog snijega.

- Je l' plaho, dedo, hoće l' zapasti?
- Jašta radi, dok vi spavate sve će padat' ov'like pahulje, da izvinete k'o klepe. Ha ustanete morete sa pendžera skočit' u snijeg.

U mene buraz plaho vjerovao dedi pa jednom otvorio pendžer i skočio, a da nije ni pogledao. Dobro se ubio.

- Neg' vi podmazujte lodre i ligure i potkivajte šlićure, eto vam snijega najdalje do utornika - veli dedo ne bi li nas smirio.

- A kad je to, dedo?
- Namah iza ponedjeljnika.
- Je l' uoči petka?
- Jok on. Sjedite ovdje i ponavljajte: Ponedjeljnik, utornik, srijeda...

I tako bismo mi jedan vakat ponavljaj za njim, a sve bi pogledavaj na pendžer neće li koja klepa proletiti.

- Haj' šta ga prizivaš, k'o da ga je neko željan - veli mi Fata. - Ako su ti prahnule klepe, napravit ću. Neki dan smo ih jeli. Kako ti ne dodiju?

- Neima ti snijega, bonićko, a meni leđa plaho zebu, asli puše odnekle.

ZA RAZGOVORUŠE

- Haj, Uzeire, šmrknider tu kahvu i idi nešto napiši, haj' da narod ne čeka.
- Šta ti je, ženo, neću na pos'o, ne mereš više ni kahve sa mirom popit'. Ti, baš k'o babo od onog pjesnika, kad ga je budio sabahile i vik'o: „Haj, diži se, na pos'o, idi piši pjesme."
- Haj', Bog ti dao svako dobro, zamolila me Mehagin'ca, ustane na rani sabah, voli uz kahvu pročitat', a kad ne pročita, kaže, k'o da je nisam ni popila. Magbula hanuma veli, nimal' mi ne legne ona kahva bez Uzeirovih priča.
- Mog'o sam hin i 'nako kazati, eto hin tu, prekobašče, stoput su sve ovo čule.

Moj mi Šefko veli:
- Uzeire, ja na poslu, iziš'o na pauzu i haj' rekoh da vidim sa telefona šta Uzer piše. Pročitah onu priču, k'o da i nisam, niti ja znam šta sam pročitao, niti šta si ti htio reći. Tek kad dođoh kući, pristavih kahvu, pročitah je opet i sjede mi, moj Uzeire, k'o budali šamar.

Da su ovi iz Vispaka pametniji, mogli bi prodavati ove moje priče uz kahvu. Kahva Dedo i dedine priče. Išla bi hin kahva kao halva.

Neise.

Nešto kontam, svakom od nas Bog je dao neki dar i ko ga prepozna i drži ga se, taj će daleko dogurati, a najviše je onijeh koji vide taj dar, ali hoće nešto drugo, nešto što neko radi puno bolje, jer ima dara za to. A mahala, kao mahala, svašta će ti oprostiti i halaliti, samo neće ako imaš kakvog dara, a da to nije gonjanje hlopte ili marisana.

Hamo, naš komšija, tek kad je otišao iz mahale, postao je slikar, pa onaj Admir postade glumac, a naša Hanka iz Sumbuluše, babo joj nije dao pjevati pa bi se ona sakri na čardačić i potaj vakat bi pjevaj. Tek kad je otišla iz mahale postade pjevačica.

Sve nešto kontam, kad bih i ja otišao iz mahale, more biti bi i od mene nešto i bilo po stare dane, ko zna. Haj' ti ostavi mahalu, moj brate. More biti i moreš, ali mahala tebe neće i ne mere nikad.

Mog'o bih ti ovako vaziti i nabrajati do Aliđuna, ali nemam kad, moram pohititi, čeka me Mehaginica, Magbula, a bogme i moje ahbabice i ahbabi iz vascijelog dunjaluka, a ti vidi šta ćeš i kako ćeš s ovim, moj dobri Kemale.

Haj', allahimanet!

Kemal Čopra

VODA

Smislio Hazim sabahile nešto i dođe meni da mi rekne, veli dok nije zaboravio:

Dobra država je, Uzeire, poput rijeke, a vlast je smještena na izvoru. Na izvoru je voda uvijek najčistija i najbistrija, a oni koji su najžedniji, biva pravde, su na ušću, i dok ta voda dođe do njih u njoj se haman ne mogu ni noge oprati koliko se zamuti i opogani.

A kad se rijeka počne poganiti od samog izvora... Ne mere Hazim ni izgovoriti do kraja koliko se zadihao.

... onda u takvoj državi nestane vode skroz, moj Hazime, a kad dođe ne valja ni za pića ni za abdesta, koliko se opoganila u onim austrougarskim cijevima, pa ti vidi ho'š je pit' ili ćeš samo u njoj noge prati.

SVAKO PO SVOM

- I ti se, vala Uzeire, petljaš u svašta - veli mi Fata sabahile pri kahvi, u nas na čardačiću. - Što ne pišeš k'o i dosad, ono što narod voli da čita, a po čemu si poznat i cijenjen.

- Imaš ti pravo, odsle ću ja samo o nama, o kahvi u šišu poprženoj, je l' ostala aćik il' si je prepržila. Pomalo se prisjetit' kako se nekad ašikovalo i pendžeralo i rijet ljudima kako je birvaktile bilo sve bolje, to svako voli čut'. Svakako smo ovu djecu i omladinu uvjerili u to pa sad jadni i ne žive nego samo tuhinjaju i žale što se nisu rodili u drugom vaktu, jal na drugom mjestu.

- Eh to, to ti narod plaho begeniše.

- Odsle ću ja samo o tome pa nek' narod čita šta voli, a i ovi će nimukajeti i svojguzi bit' rahat, neće imati ko pisati o njihovim marifetlucima neg' će him nastaviti lizat' guzice kako oni najviše vole.

- Tako nekako, moj Uzeire, ti najbolje znaš.

- Eh, kad najbolje znam onda ću ja po svom, k'o i do sad, i neće meni niko govorit' šta da pišem, kako da pišem, kome i za koga.

- Nisam ti nikad ni govorila, neg' ja 'nako, za tvoje dobro - veli Fata, proturi mi misao i povuče se kao vazda, a ja ostah dumati dobar vakat.

Kad nešto izađe iz tebe što ljudi plaho zabegenišu, baš kao kad se nešto sazna i izađe iz kuće, nešto što ste samo ti i tvoja porodica znali i čuvali od svijeta kao najveće blago ili najveću sramotu, to više nije samo tvoje i od tvojih najbližih nego haman svačije, i svako te može ili razumjeti ili osuditi pa i popljuvati

Kemal Čopra

kako hoće i umije. I najednom tvoje vrijednosti postaju bezvrijedne, a tvoja sramota biva shvaćena i kod ljudi primljena kao nešto najvrijednije.

Svašta more biti, jal ne biti, ali haman nikad ništa ne bude kako je insan nanijetio, pa ti vidi.

DRŽAVA

Kad bi insan, ne dao Bog, mogao birati da se rodi u nekom drugom vaktu, vala Mula Mustafa onaj tvoj vakat ne bih nikad izabrao, kao što ni ti ne bi ovaj moj. Što bi latini rekli: Ljubav prema svojoj sudbini ma kakva ona bila. Biva, insan najvoli sebe i svoj život pa ondar sve ostalo. Kako voli sebe i svoju sudbinu tako voli i sve svoje pa i svoju zemlju, bezbeli, ma kakva ona bila. E tu je belaj, moj Mujo. More biti bi i ti proživio bolji život, izučio veće nauke nego što jesi da si onomad otišao za Carigrad, ali nisi, kao što nisam ni ja u Njemačku kad sam mogo. Ne da nam ova ljubav za svojom sudbinom i za svojom zemljom pa makar se napatili oba, kao što i jesmo. Baš kao da su je latini izmislili samo da bi nama bilo teže.

Da si živ, a bolje ti je što nisi, nagledao bi se ovog jada i poganluka što se nakotilo u nas.

Niti si ti, niti sam ja birao kad ćemo se roditi, a rodismo se oba u nevakat. A kad je ovdje u nas bio vakat za bilo šta osim za umrijeti, moj brate Bašeskija?

Mogu ti rijeti da se sve promijenilo, a da se ništa promijenilo nije. Ljudi se i dalje rađaju i umiru kao nikad prije. Da si živ, trebao bi ti dan duži od godine da zapišeš ko je sve umro, ko došao, a ko otišao iz šehera. Nema više kuge da mori narod ni turskog zemana i zuluma kao u tvoj vakat. Turci su ti sad kao i svi ostali, a turskog katila je zamijenio nekakav jal stoput bolji, jal stoput gori. Ne umijem ti reći.

Nećeš mi vjerovati da i mi Bosanci i Hercegovci imamo svoju državu i svog sultana. I to trojicu, u isti čas, nije ti šala. Jah!

Sad ti je Sarajevo kao što je bio Carigrad u tvoj vakat. Odavle se sad šalju fermani kako će biti i šta će biti, i ko će šta biti u Bosni, a bogme i u Hercegovini.

Ali ne bidne haman nikad tako, a sa'š čuti i zašto. Ne rekoh li ti da u nas imaju tri sultana, dva vlaha i jedan naš. Kad naš pošalje kakav ferman ova dva ga sačekaju, kao hajduci u zasjedi i posijeku. Haman ništa od njih ne mere proći dalje, pa ti vidi.

Šta bi te još moglo zanimati iz ovog vakta, bezbeli nešto o Bosni. Bosna kao Bosna. Svašta je nešto tare, a ništa je satralo nije. Uvijek se pridigne, iz pepele iznikne, ljepša nego što je bila. Tako je valjda zapisano. Nisu džabe tvoji derviši hukali, a hodže učile Ajetul kursije da joj ni jedan dušmanin ne mere ništa. Ali što dušman ne mere moremo mi sami, moj dobri Mustafa. Ha se odbranimo i trsimo dušmana stanemo se glođati između sebe i eto ti belaja. Mi smo ti sebi najveći dušmani, kao što i sam znaš. Asli protiv toga ne pomaže ni dova ni hukanje.

Samo još da ti reknem da je od tvog vakta bilo hejbet bitaka i ratova, a da su poslije ovog zadnjeg, kad smo se mi Bošnje po prvi put borili za se, nastale velike seobe, pa ti sad nas ima po vascijelom dunjaluku razasutih. Neima đe nas neima dok država stoji i čeka, a svako se kao pita čija je ovo Bosna?

Čija je god i kakva je god, naša je to zemlja, čija će biti, jer sve naše je na njoj i pod njom. Jest da je podijeljena na tri djela, i svako bi ono svoje hise prenio neđe drugo i radio sa njim nešto drugo, ali ne mere, jer država stoji li stoji, i to država jedan kroz jedan upisana u sve dunjalučke ćitabe... i kapak! Neima dalje.

Nije lahko imati svoju državu, moj Mujo. Kažu da je prvih sto godina najteže, neka nam je hairli pa kako god.

BONI NE BILI

Otkako sam se ovo raspisao, more biti sam unio plamičak ljudske topline u kuće, govore mi, mrven rahatluka i bogdu mira u napaćene i nemirne duše naroda kojem ne daju da ohane ni dekike nego stišću i zavrću poturajući mu mržnju pod ljubav, glupost pod pamet, a zlo i naopako pod dobro i pravo na sve strane.

Mogu oni povaditi sve mine iz zemlje zaostale od proteklog rata, ali džabe kad ih opet zakopavaju u naše umove odakle se šale ne vade nego se prenose dalje na vijekove i pokoljenja. Oni nas hoće da naprave ljudima koji mrze, neljudima koji reže na sve što je drugačije, a samo zarad svoje koristi i ničega više.

I taman kontam sad ćemo opet sve po istilahu, kahvendisati i sa ovo malo insana što je ostalo promuhabetiti koju ljudsku, počnu se i komšije primicati... kad eto ti karanđoloza i prikaza iz prošlosti koji ne daju mrtvima da umru, a živima ne daju da žive. Isto kao da ih neko zatvara i pušća kad je njemu ćeif i kad mu treba, a jadni narod svaki put nasjedne taman kao da mu je prvi. Kao da nikad nije bio ovako nahuškan, nasamaren pa onda ostavljen... on opet i opet... i opet će kad god njima zatreba. Allah selamet!

A ljudski su ti životi baš kao konci kad se zamrse, haj ti to raspetljaj, bolan ne bio!

NEIMA SE KAD

U mene Fata i dan-danile poprži kahvu u šišu da joj budne aćik, samelje u mlinu i pristavi je iza ranog sabaha u onu veliku džezvu, i mi ti podugo kahvendišemo, uzdišemo i čekamo kad će svanuti da nam se ukaže Sarajevo.

A kad nam se ukaže Sarajevo kao da nam se čitav dunjaluk ukazao. Još da hoće izbiti kakav merhametli insan horan za muhabet, gdje bi nam bio kraj.

Ali neće! Kao kad niko neima kad.

Vala neka neima, kad je mahnit.

Ne mogu, a da ne pomislim... u šta nam prođoše ovi životi,... umjesto da grijemo i vedrimo... mi mračimo i ledimo jedni drugima, režimo, glođemo se, krvimo i postajemo ono što nismo i zbog čega nismo na ovom dunjaluku. Ne mogu a da ne pomislim, a kad pomislim i ove mrvice radosti mi se pretvore u tuge.

ZA UMORNE OČI

Otkako pišem knjige neki ljudi misle da sam travar, svako malo me pitaju te za ovu te za onu biljku. Rekoh, šta vam je, ljudi, nisam vam ja Sadik Sadiković. Opet, drugi me pitaju za cvijeće i nadijevaju knjigama imena po cvijeću. Gdje god vidim svoju knjigu u knjižari, pored nje ture direktorovu Čuvarkuću, još kad kona Zejna napiše svoju minđu, eto ti je pored Hadži-bega. Haj', nema veze, ne smetaju mi, za svaku knjigu se nađe čitalaca ili mjesta na rafama za skupljanje prašine. Kakva knjiga, takvo joj i mjesto. Neise!

Odnio Eminu i Eminovici moju treću, rekoh da je ne traže po mahali.

Gleda Eminovica onog hadžibega na knjizi i veli:

- Hadžibeg! Ja lijepa cvijeta i imena mu, mili Allahu! Znadeš li ti, Uzeire, za rutvicu?

- Kako neću znat' za rutu, eno mi je u đulistanu, vazda se žuti.

- A znadeš li ti, Uzeire, da je kroz rutu plaho lijepo proći.

- Nisam to znao.

- Jašta je, ona ti je dobra za sve, a najviše za umorne oči. Prije su govorili kad čo'jek ne primjećuje ženu, biva tu je, a on ni mukajet za nju k'o da je i neima, da je dobro sabahile, kad se uzima abdest, prije se ljeti uzimao abdest vani iz ibrika, a zimi u onim banjicama, bio samo odvod mali, tu se i kupalo i svašta. Neise. Da ta žena skine mahramu, namazbezu ili šta već nosi na glavi, razastre je preko rute i ha uzme abdest ponovo se pokrije.

- I šta bide, moja ti Eminov'ce, primijeti li je čo'jek?

- Jok on, moj Uzeire, ne mere ništa namah nego mora čete- rest i jedan dan tako. Pričali su, ako him je vjerovati, da je tako jednu ženu sa Ploče čo'jek primijetio tek četerest i drugi dan, jal treći, slagat ću ti, i pit'o je đe si ti bila ženo dosad, a ona mu rekla đe i dosad, bezbeli, kad će ti on njojzi;

- Bo'me, te ja nisam vidio sve dosad.

- Aaaa, mahnita čo'jeka, da mu nije ko šta zapis'o, moja ti Eminov'ce!?

- More biti, moj Uzeire, i da jest. Ne umijem ti rijet je l' ovo istina, narod svašta priča, a što narod govori il' je bilo il' će biti.

- More bit', moja ti Eminov'ce - velim, a Emin se okrenu na mene sa mindera i kao da mi išaretom veli: Jašta je nego istina, Uzeire, zar sumnjaš?

- Jok ja, ne sumnjam - velim, a niko me nije ništa ni pitao.

BRKO

U našem narodu postoje svakakva strašila sa kojima su nas prepadali i kojih su se svi bojali, a za koje se niko nije smio zakleti da baš i postoje.

Od svih prikaza i strašila najgora noćna mora svih muškaraca u nas bio je i ostao Brko. Ženama je strah i trepet bila Điđija. Niko ne zna ko su, niti ko voli o njima misliti i spominjati ih, ali svi znaju da su tu i da vrebaju.

Još kao maksum čuo sam žene koje pitaju same sebe kad ih čovjek naljuti:

Kome se ja ovo kućim i za koga ovo sve radim? Odgovaraju same sebi:

- Kurvi Điđiji. Sve će ovo njoj ostati.

Nikad mi niko nije htio reći ko je ta Điđija, ali neki dan čuh ko je Brko, strah i trepet svih muškaraca u nas, a i šire.

U zadnji vakat mi nešto onaj moj hrsuz stalno spominje tog brku. Ha mu reknem da nešto uradi u kući, oko kuće, jal kupi nešto...

- O'što mi je to pa da brko uživa - veli mi.

- Ko ti je taj brko, dina ti? Znadem li ga ja?

- Njega svi znaju, Uzeire, i najhrabriji muškarci se njega boje. Jedino tebi ne može ništa, a nisi ni ti skroz siguran od njega.

- Pa ko je to, da nije karanđoloz, šejtan, nalet ga bilo, govori više ako Boga znadeš?

- To ti je, Uzeire, odavde neko, raja, komšija, kućni prijatelj... Ko će ga znati ko je.

- Vala te ja ništa ne kontam šta ti pričaš, k'o da si jakom sa Petog siš'o.

- Brko je onaj koji dolazi poslije tebe, Uzeire, ti se mučiš radiš, stvaraš i kad mandrkneš eto ti Brke na tvoje mjesto, sve na gotovo, legne u tvoj krevet, obuče tvoje papuče i kaže: „Vidi jade, nije sebi ni papuče znao kupit, vidi mu ovog daljinskog."

- A taaj Brko, bio je on i birvaktile, svako ga se boj'o, nisam ni znao da se tako zove. U moj vakat su ga zvali Smajo, po nekom Smaji što su ga plaho begenisale žene.

- Eto, sad znaš što sam ja dig'o ruke od svega. Kome, ba Uzeire? Brki?

- Haj' nek se i ti nekog bojiš, nego ti odsad sve uduplo kupuj, jedne papuče sebi, a druge, malo bolje, Brki. Da ti ne mere sutra ništa prigovoriti!

Što li od insana kad mu je najteže svi počnu okretati glave? Kao da je nesreća zarazna pa se boje da unesrećenog pogledaju, kamoli šta drugo. Jedino im se najgori i najbolji od nas približe, prvi da im pomognu i olakšaju, a drugi da kakvu korist iz njihove nesreće izvuku.

NA ZDRAVLJE I NA DUG VIJEK

Jest mi ovaj narod dodijao sa pitanjima kako sam doživio ovoliku starost kao da su neke godine haman ha, nisam još ni devedesetu uzeo. Neima se tu šta rijeti, kako ko umije i zna.

U mene je bilo najviše sabura, rada, vjere i namaza, a bogme i ćeifa i sevdaha, pa vi vidite.

Kad sam ono bio u Omera od Rogatice, a u Amsterdamu, nije ti šala, i pitao ga što oni ne jedu bijeli luk nikad i ne uzimaju meda ujutru i naveče, on će ti meni ovako:

Uzeire, u nas se narod slomi žderući med i orahe, zimi bijeli luk i tražeći mladu teletinu od šeset i osam dana što je pasla samo vrijesak i kadulju. O propuhu da ti i ne govorim, a ko doživi sedamdesetu svi se ibrete šta ovaj više čeka, što ne mandrkne. U Holandiji niti ko uzima meda ujutru i naveče, niti jede mladu teletinu, niti se čuvaju propuha, a dožive 90 prije nego u nas 50. Haj' ti onda budi pametan.

More bit je to taki narod, kol'ko bi tek živili da svako jutro uzmu po kašikicu meda od kestena iz Krajine i makar čehno bijelog luka pred spavanje... Moj Omere, nemoj ti plaho pristajati za njima, asli mi nismo od iste japije.

SVOJGUZ

Ostah vam dužan još jednu priču iz one magle, biva od prošle godine:

Nećeš mi vjerovati, bili mi u Salema, gore na planini. Otkako je ono navraćao u sokak nisam prestao dumati o njemu, a kad plaho misliš na šejtana, eto ti šejtana na vrata. Veli ti on meni:

- Znaš li ti, Uzeire, što tebe narod voli?

- Jok ja, moj Saleme, odaklen ću znati?

- U nas ti je, u Bosni, u svim mahalama i selima vazda bio neki mudri dedo koji je pripovijedao o našim adetima i prenosio ih omladini. Sad više nema tih deda il' ih još negdje ima, ali ih niko više ne sluša. Sad su ti starci više zinuli za dunjalukom, kako ono ti kažeš, nego omladina. I ko će ti, moj Uzeire, cijenit' i uvažavati nekog našeg akademika kad on gleda samo sebi, da zamuti i profitira. Džaba mu i francuzica i fes da natakari kad ga je narod provalio k'o svojguza. Ne pije to kod naroda vode.

- Što to ti meni govoriš, moj Saleme, k'o da ja neimam i svojih problema.

- Tebi narod vjeruje, Uzeire, i zato te čitaju. Ima boljih pisaca od tebe, al' im narod ne vjeruje, jer znaju kakvi su. Nego se ti privij uz nas pa da imaš kakvog hajra i nafake, a i mi sa tobom...

Nije ti šala, dođe onaj Salem opet s onim svojim crnim autom, pravo meni na vrata i veli:

- Vodim vas u nas da vidite kako smo se smjestili i kako se diše gore na planini.

Rekoh:

- Nemamo mi kad, more bit' nam Hamo dođe sa djecom.

- Neka dođe, Uzeire, zovnut ćemo i njih ako dođu.

- Haj' - rekoh - kad je tako.

U Sarajevu je vazda bilo magle i bit će. Kad počeše praviti fabrike ona se magla zapogani i nisi mogao bez šala preko usta izići iz kuće. Na onom šalu neima šta neima. Ufati se nekakvog poganluka ne mereš ga u tri vode isprati.

A narod kao narod, kakva god nevolja udari po njemu on se brani šegom. Ha se ona pogana magla spusti kad nekog pitaš za zdravlje odgovori ti: „Prde Mahmut ne mere se dahnut."

Jednom ja tako odgovorih onoj Zejni, iz Donje mahale, kad će ti ona meni:

- Kako bi tebi bilo, Uzeire, da tvoja Fata prdi?

Nisam ni znao da joj se čovjek zove Mahmut.

Neise.

Vozimo se mi kroz šeher u onoj Salemovoj limuzini, baš kao Tito i Jovanka birvaktile, a u mene mi Fati drago, samo što nije odškrinula onaj pendžer da maše narodu. I da ga je odškrinula ne bi imala rašta mahati. Ne vidiš prst pred okom, a kamoli insana.

Rekoh:

- Šta je ovo, moj Saleme, niđe fabrike, a opet ovaj poganluk?

- Sve se to može riješit', moj Uzeire, sad ćemo mi na prvom sastanku iznijeti tu problematiku.

- A, moj Saleme, niste je još ni iznijeli, a djeca nam se pogušiše.

- Moja se, Boga mi, ne guše. Dok je ovog smoga ja njih gore na planinu, ne idu ni u školu, neg' im dolazi učiteljica gore u nas da ih uči. Sad ćemo za praznike u Dubaji, neka se malo isunčaju.

Slušam ga ja i kontam:

A šta će naša djeca, pogušit' se, bezbeli. Ne rekoh mu ništa, a on kao da je čuo šta mislim, veli:

- Sad ti je tako, moj Uzeire, ko je sposoban i ko se snaš'o njemu ni smog ništa ne može.

- Može dragi Allah - veli u mene mi Fata, a on se napravio kao da ne čuje.

Ukaza se ona ploča i na njoj piše Trnovo. Nisam bio na ovoj strani me'š'čini od še'set sedme, kad su me zadnji put dizali u rezervu u Lukavicu. Kad se ispesmo gore, kao da smo se u avionu digli iznad oblaka.

Haman jarabi ljepote.

Sunce sija kao tepsija, a dole ne vidiš šehera, sav se zavio u crno. Dejčići, Dujmovići, a između Salemov dženetski vrt, bilesi potok protiče kroz njega. Nisam mogao ni sanjati da ovakvo nešto ima na dunjaluku, a kamoli u nas. Jazuk da insan ne mere uživati u ovoj ljepoti jer meni sve pred očima onaj Salem od birvaktile, sa rukama u džepovima, dofaća sa jezikom skorenu slinu sa gubice.

- Znaš li ti, Uzeire, što tebe narod voli?

- Jok ja, moj Saleme, odaklen ću znati?

- U nas ti je u Bosni u svim mahalama i selima vazda bio neki mudri dedo koji je pripovijedao o našim adetima i prenosio ih omladini. Sad više nema tih deda il' ih još negdje ima, ali ih niko više ne sluša. Sad su ti starci, što ti kažeš, više zinuli za dunjalukom nego omladina. I ko će ti, moj Uzeire, cijeniti i uvažavati nekog našeg akademika kad on gleda samo sebi, da zamuti i profitira. Džaba mu i francuzica i fes kad ga je narod provalio kao svojguza.

Ne pije to vode.

- Što to ti meni govoriš, moj Saleme, k'o da ja neimam i svojih problema.

- Tebi narod vjeruje, Uzeire, i zato te čitaju. Ima boljih pisaca od tebe, al' im narod ne vjeruje, jer znaju kakvi su. Nego se ti privij uz nas pa da imaš kakvog hajra i nafake, a i mi sa tobom.

- Znaš šta, Saleme, nos'te đavo, i tebe i vas kad ste tak'i naopaki, nego ti mene vozi odakle si me i dovez'o, znao sam ja da ne mere biti dženneta na dunjaluku, a kamoli u nas, sve dok neko ne zakuka. Radije ću se dole sa narodom gušit' u onom poganluku nego sa vama tikve sadit' pod stare dane. Sad je meni jasno što ti vazdan govoriš mi.

- Kako hoćeš Uzeire, sve je do tebe, pametnom ne treba dva put govoriti.

- Hajdemo - rekoh - ženo, doći će nam Hamo sa djecom.
- Bo'me ja neću. Šta si se nadig'o, nismo ni sjeli - veli Fata. - Vidi ovog rahatluka, pravi dženet na dunjaluku.
- Neka tebe u ovom njihovom dženetu, a ja odo', draži mi je onaj naš džehenem.

Ljut kao lepir i pravo preko vrata, a onaj Salem ni mukajet, kao veli:

Nadoći ćeš ti, Uzeire, kad-tad, kao što su svi nadošli.

Ne može se medo najesti muha, veli mi Salem
kad je ono prelazio iz jedne stranke u drugu.

IZUVANJE

- Valahi, Uzeire, što je ovo nešto zamodalo, a i ovaj narod prima sve tuđe, draže mu neg' svoje - veli mi Fata, sabahile, pri kahvi u nas na čardačiću.

- O čem' ti to, bonićko?

- Ma stalno me zvala ona Alma Zlatanov'ca da dojdem u nje na kahvu, kontam, šta ja imam sa njom pričat', ona je puno mlađa.

- I, ode li?

- Bila sam, da Bog dao nisam. Hoću da se izujem pred vratima, veli ona: „Nemoj se izuvat', Fatma hanuma." Vala hoću da ti ne nanosim ovaj poganluk sa teste. Kad bi meni neko uniš'o u obući u kuću, nešto bi mi bilo. Izujem se ja, bo'me, a ne mogu nju gledat' u obući kako hoda. Ništa je nisam čula šta mi je govorila, sve mi oči lete na one njezine cipeletine, kontam šta je sve nanijela na njima pa sad po kući raznosi.

Allah selamet.

Lijepi naši običaji. Prije se narod svuđe izuvao, bilesi pred poštom i sudom dok jalija nije skontala pa bi zađi i svu obuću pokupi.

- U mene nana Subhija imala dvije sestre bliznice, Šefku i Šefiku, obadvije se udale u Banju Luku. K'o kad se u onaj vakat nije plaho hodalo, prošlo je i deset godina kad su joj prvi put došle.

- Nisi mi to nikad prič'o.

- More bit' i da jesam, pa ti zaboravila. Neise.

Urede ti se njih dvije za puta, uzmu sve isto, lijepe katove, sašiju dimije, bilesi nove cipele kupe da vide u Sarajevu da i u Banjoj Luci ima svašta kupiti, i na voz.

Izuju ti se one ispred voza, moreš mislit, ostave nove cipele na izvanu i uniđu.

- A - a, odnesoše li him cipele, moj Uzeire?

- Sa'š čut. Dojdu ti one u Saraj'vo, izajdu iz voza. Niđe him cipela neima, a ostavile ih pred vratima. Kad su došle u nas, u čarapama, nana Subhija se rasplakala, mislila da neimaju ni cipela, kad će ti one njojzi: „Ah, draga sestro Subhija, ja što se ovaj narod prolopovio, prije nije bilo 'vako, ne mereš više ni obuće pred vratima ostavit, namah ti je dignu."

Kemal Čopra

BEHKA

Pošao neki dan da se podašišam i sve kontam, Bože, koji li je danas dan i kad se ono ne valja šišati, jal utornikom, jal petkom. U mene bi mati reci:

„Sve su vam to babine gatke, jedino što ne valja ništa radit' petkom prije džume, a ha ljudi sklanjaju, radi šta ti je volja."

Nikad nam nije dala ništa lijevom rukom držati, ni kašiku, ni olovku, veli, na lijevom ramenu vam šejtan, naletosum, sjedi i naređuje da sve naopako radite. Kad bismo mi pođi navući prvo lijevu cipelu ili, ne dao Bog, lijevu nogavicu, ona bi zgromi na nas:

„Ne slušajte šejtana, nalet ga bilo, on vas navraća da sve naopako radite."

Najmrže joj je bilo kad bi joj ko dođi tražiti da uzajmi šibicu ili soli. Znala je govoriti:

„Ona će me Šerifa iz vjere istjerat', znade da ne valja to uzajmljivat' a jope traži, maksuz. Ne mogu da joj ne dam jer zna da imam."

Kad bi god ugledaj meso znala je rijeti:

„Ja lijepog mesa, ne d'o Bog ga usnit."

I dan-danas ne znam jesam li ljevoruk ili sam dešnjak. Kad sam ono počeo učiti pisati sama mi olovka leti u lijevu ruku, a mati na me:

„Ne slušaj naleta, turi tu olovku u desnu šaku, neće ti otpast."

Kako mati tako i učitelj. Ja olovku u lijevu, a on štapom po njojzi. Toliko me je izudarao, haman mi je prste prebio, da je nisam više mogao ni držati u lijevoj ruci. More biti mi je zato rukopis kao u djeteta, kao da lijevom pišem.

U onaj vakat nije lahko bilo biti dijete, pogotovo ako si ljevak ili, ne dao Bog, moraš nositi đozluke. Nisi mogo ostati od druge djece. U Gornjoj mahali bio Avdo, u Donjoj Budo, a u našoj bila Behka. Avdo i Budo nisu bili svoji, biva, nisu bili od ovog svijeta, a Behka ostala malehna, pa i nju napraviše blentavom, a nije jadnica bila. Još bi turi n'akve velike đozluke, pa đe god bi makni sva djeca iz mahale za njom dovikuju:

„Babuška, Babuška, udala se za muška!"

Svi osim nas. Mi nismo smjeli od matere:

„Allahu je najmrže kad se insani šprdaju sa drugim insanima, jer nisu k'o i oni. Sve nas je dragi Allah stvorio, pa i Avdu i Budu i Behku, da bi nas iskuš'o."

Kad bi se pomariši raja protiv raje, ovi iz Gornje mahale bi povedi Avdu, oni iz Donje Budu, a mi koga ćemo, nego Behku, biva da ih pripadnemo.

Bezbeli da nismo imali nikak'e šanse osim pobjeći. Jer ako te ufati Avdo, jal Budo, gotov si. Jednom Avdo ufatio mog jarana Ziju i počeo ga daviti. Čitava ga mahala kutarisavala iz Avdinih šaka. Valjda mu dragi Allah oduzeo pamet, a dao mu snagu.

Nisu dugo živili. Preseliše mladi, i Avdo i Budo, jer na ovom našem dunjaluku sve što je drugačije ne mere dugo izdržati, jer mu ga drugi ljudi pretvore u džehenem.

Behka se povukla, izlazila je iz kuće samo da nahrani golubove, jedine prijatelje na ovom dunjaluku, dok nije i ona preselila na bolji svijet. Rodila se, jer joj je ovaj bio džehenem, a one velike đozluke je nosala jer nije mogla podnijeti da joj se vidi lice kad su je natjerali da se otkrije.

Neka znate.

DETEKTOR

Dok je insan bio mlađi pa bi se mi po taj vakat prepiri ko je šta imao i nikad se složiti. Jedino u čemu smo se vazda slagali je da se birvaktile nije imalo Bog zna šta i što se manje imalo više se znalo cijeniti i u svemu uživati.

Velim jednom Fati kako smo mi imali gramofon sa trubom na navijanje, kad će ti ona meni:

- Naš je babo rahmetli sluš'o nešto na nečem', Ramiz Brković mu to dao. 'Vako k'o ova kutijica, nake žice i žabica, tude metne kamen i slušalice i babo sluša vijesti, šta li. Kad ga mi pitamo šta je to, da i nama dadne malo da čujemo, samo veli, ma n'akve cinde. Detektor se to zvalo.

- Imali ste vi bogme svašta, čuj n'akve cinde. Asli ti je babo nekog prisluškiv'o.

OD JAZUKA

Ja u mene mi one žene! Je l' izišla iz kuće, ha se vrati, pristavi u onu veliku i počne mi pričati:

Najprvo ako je ko umro, razbolio se jal zaglavio bolnice, a potom i sve ostalo, bilesi kad u nekog procvjeta hadžibeg sa pendžera.

Neki dan se vratila od one Zlatanovice, pristavila u onu veliku i poče pričati, najprije kako se u nje ulazi u obući, a onda kad se vraćala i srela onu Safirinu mlađu, plaho fino čeljade vazda nazove selam i upita za zdravlje. Rekoh, dobro sam šćeri, kako si mi ti? Nije ni izgovorila do kraja da je dobro kad se zanese i povrati sve po Mehaginoj ogradi. Prijdem, stavim joj ruku na čelo, rekoh:

- Šćeri draga, asli ti nisi dobro? Bome si plaho mršava, eto te k'o grana.

- To je meni od jazuka, moja ti Fatma hanuma.

- Čuj od jazuka, valjda se od jazuka deblja.

- Jok, moja ti, u mene je obratno. Čitav život me prepadali, u mene mati, tetke i strine, sve bile mašala podebele i sve govorile to nam je od jazuka. Jazuk bacit' kad ostane šta hrane pa mi pojedemo. I evo me, moja ti Fatma hanuma, na šta sam izišla čuvajć' se jazuka.

Svašta ćeš na današnji vakat čuti, ali da je neko mršav od jazuka, to prvi put čujem. Eto ima i tog.

- Da si ti meni živ i zdrav, znaš ko je umro, moj Uzeire?

- Jok ja, odaklen ću znat'?

- Onaj Zulfo, iz Gornje mahale.

- Allah rahmetile, i bio je vala bolestan.

- Jašta je. Neki dan ga ja vidila, zove me iz avlije, unijdem da ga upitam za zdravlje, a on će ti meni: „Nisam vala dobro, moja ti Fatma hanuma, bome ću ti umrijet."

- Ma ne'š, moj Zulfo.

- Hoću, moja ti kono.

- Ho'š da ti poselamim babu?

Rekoh:

- Poselami. K'o da je znao, moj Uzeire, a ja mu 'nako reko', nisam ni pomislila da će tu noć preseliti. Sad mi nešto plaho milo što će mi babu poselamit'.

- Mogla si mu rijet' da i moje rahmetlije poselami.

- Da sam znala rekla bih, dala bih mu ono ćage što nosimo Halimov'ci da nam prouči hatme, pa nek' nikog ne preskoči.

- Haj' neka si barem babu poselamila, rijet' će on njemu dok te je pit'o.

RAZLIKA IZMEĐU INSANA I HAJVANA

Dojdoše nam Mute i Vesna na sijelo, biva da nas isprate. Svašta nam donijeli kao što je u nas i običaj kad se ide na daleki put.

- Mog'o sam vas ja trznut', Uzeire, ako vam se ne žuri.

- Svoj ti pos'o, ima lijepi avion i sad pa sad. Nisi ni kren'o, a eto te već stig'o.

- Dosadno u avionu, Uzeire, nemaš sa kim ni progovorit', a kamoli zapjevat'.

- Nisam ni mislio pjevat', moj Mujo, a ti bi volio sa mnom šegu tjerati k'o onda kad si me vozio u Ljubljanu na pretrage. Hem me napravi budalom, hem lopovom.

- Ma jok, ba Uzeire, platio sam ja ono sve što si ti ukr'o.

- Eto vidiš, kakav si hairsuz bio bi u stanju čitav dan nas vozat' oko Saraj'va i na kraju nas istrest' pred domom na Vratniku i rijet': Eto vam Holandije, ovdi je ta priredba.

- Bih, Uzeire, da si ti sam, ali ne bih zbog Fatma hanume, ona mi je k'o druga mati.

- Kako si se šegačio sa pravom materom tamam ću ti povjerovat' da ne bi i sa drugom.

- Ne bih, ba Uzeire, oca mi mrtvog.

- Eno ga, na živog babu se kune ocem mrtvim, gelipteru jedan da bi li gelipteru...

- Moraš se malo zafrkavat', Uzeire, kakav je ovaj život mrtav ozbiljan.

- Dobar si ti isp'o, moj Mujo, kakav si bio, a nije ni čudo, od n'akvih roditelja.

- Moj ti je babo, Uzeire, bio levat nad levatima, čitav život na građevini teglio nizašta. Još kad mi kaže: „Vidiš one zgrade, ono sam ja pravio!" Puca od ponosa, kao da je investir'o u nju pa prod'o stanove i uz'o gutu, a on miješ'o malter i visak nos'o.

- Bio radiša i pošten čo'jek, moj Mustafa.

- Ma bio budala, moj Uzeire. Znaš ti da je on prvi vratio stan kad je bila ona akcija „Imaš kuću vrati stan".

- Eto vidiš, da smo, Bogdom, svi takvi bili, ne bi nas vliki belaj snaš'o nego bismo živili k'o sav normalan svijet. Pametan je bio tvoj babo, moj Mujo, znao je on šta se radi, al' je izabr'o poštenje. Po tom ti se insan i razlikuje od hajvana. Što more birat'. Kako ko izabere tako će mu i biti. Njegovo poštenje i majčina ti dova su tebe spasili da ne završiš neđe u jarku il' u prdekani nego da ispadneš insan i dobar čo'jek.

- Lahko je biti dobar čovjek kad se namiriš, moj Uzeire, a dok se ne namiriš gaziš sve pred sobom. Ja bih sad platio da mi hoće ko reć' koga sam sve izradio pa da im se odužim.

- De ne budali, tačno će me glava od tebe zabolit'.

- Šta ti misliš, Uzeire, boli li glava više kad je veća?

- Glava te boli od onog što je u njoj, ugursuze li jedan, da bi li ugursuze. Baš k'o kad si mahmuran, pa se češeš oko glave, misliš v'lika ti je.

- Šta ću ja bez tebe kad odeš, moj Uzeire? Kako ćeš ba bez Saraj'va?

- Ne'š se imat' sa kim šprdat', bezbeli, a evo nisam ni kren'o, a već kontam ka' ću se vratiti, pa ti vidi kako ću bez Saraj'va.

MLIJEKO I OSLOBOĐENJE PRED VRATIMA

U mene Fata pije kahvu sa mlijekom, a voli je malo i zakajmačiti.

- Ne valja him ovo mlijeko ništa, neima na njem ni trun kajmaka. E, kad se sjetim kad nam je Kova nosila mlijeko, pa kad ga svariš a po njem' se ufati kajmak, moglo mi je bit' i za kahve, a i djeci da namažem po krišku za doručak.

- Otkud ti Kova naumpade, haman sam je i zaboravio?

Nosila nama Koviljka sa Barica, a more bit' čak iz Mrkovića, jal Gornjeg Bioskog, mlijeko svaki dan i nijedan dan nije mašila. Natovari bi kavonoze pune mlijeka na konja i od mahale do mahale, od kuće do kuće. Ko nije bio u kući ostavi bi šerpu pred vratima sa poklopcem, Kova bi mu uspi mlijeko i zaklopi dok ne dođe po njega.

I tako godinama. Vazda u crnini, nije plaho govorila, kao kad nije imala kad, samo bi se smijala dok presipa iz kavonoza u šerpu sa lončićem od po' litra. Pričala neka žena iz Faletića da joj je čovjek umro mlad, pritisk'o ga balvan dok je sjek'o šumu đe se ne smije sjeći. Ostavio je sa troje djece, sve od uha do uha i tri krave muzare da ih podiže i izdržava.

Sjećam se, jedne nedjelje zavalja snijeg preko noći do pod pendžere.

Velim ja Fati:

- E, beli danas ostadosmo bez mlijeka i bez Oslobođenja, ko bi ov'liki snijeg proprtio.

- Za Oslobođenje ne znam, al' za Kovu znam, eto ti nije danas sa mlijekom.

Kako Fata reče tako ja provirih kroz pendžer pun vrabaca, kljucaju hljeb što him je Fata izmrvila, i ugledah Kovu prti snijeg uz sokak sva bijela i vodi konja natovarenog sa kavonozima mlijeka. Za njom Zike iz one velike torbe vadi Oslobođenje i baca u avlije. Ibret za ibretom. Haman jarabi naše radosti, Fatine zbog mlijeka, a moje zbog Oslobođenja. Fata namah turi mlijeko na špore', a ja se namjestih na seću i raširih novine. Veli meni Fata:

- Odo' ja presvuć' djecu, a ti pripazi na mlijeko da ne pokipi.

Ono Oslobođenje pogolemo i ja ne viđoh kad je mlijeko nadošlo, ali čuh kad stade cvrkati po vreloj plati i zasmrdi, čitava se kuća zadimi.

- E, jopet si ga pustio da ti pokipi, preče ti novine neg' mlijeko.

Ronda ona na mene i s onom žicom struže platu da joj ne bi zagorila, a krivo joj što neće moći kahvu zakajmačiti, a bogme ni djeci namazati po krišku.

I tako godinama nosila nama Koviljka sa Barica, jal iz Mrkovića, a najprije će ti biti sa Gornjeg Bioskog, mlijeko i nikad nije ni dana mašila. Što prestade, ne umijem ti reći, more biti da ga je počela tanjiti sa vodom, nestade kajmaka i ljudi je počeše odbijati i prelaziti kod onog Sulejmana sa Paja. Najprije će ti biti, što je kazivala ona žena iz Faletića, da je imala sina hairsuza, volio popiti i kockati pa joj jednu po jednu sve krave prodao. Kako je koju prodavao tako je ona dolijevala vode da ne bi izgubila mušterije. Kad joj prodade zadnju kravu Koviljka zaleže u postelju i više i ne ustade. Drugi su govorili da joj je sve mlijeko otkupljivao UPI.

Ko će ga znati kako je to bilo?

Jal 'vako, jal 'nako, na koncu, svako uzme istinu kak'a mu paše, bezbeli. Jedina je istina da ništa više nije kao što je bilo i da neće ni biti.

Veli u mene Fata:

- Ma svašta narod izmišlja, moj Uzeire. Jedino znam da od ovog danas mlijeka ne'š kahve zakajmačit', a kamoli djeci krIške namazat'.

HAVERI IZ TITINOG VAKTA

U ovo sam ti doba prije samo dumao u koju ću kacu pokiseliti kupus i hoće li mi biti malo jedna vreća ili ću opet uzeti dvije pa sa nekim podijeliti onu jednu. Prošle godine sam sa Hazimom podijelio i taman nam bilo obojici.

Neise!

Sad ti ja, Allah selamet, dumam nešto drugo, za kupus ni mukajet, taman ga i ne okusio ove zime. Ionako više niko ne šalje dijecu sa šerpom da mu uspem babi rasola. Beli su nešto drugo izmislili protiv mahmurluka.

Nećeš mi vjerovati, podobar vakat se pitam šta je s ovim našim narodom? Pitam se i odgovaram sam sebi. Čuj, šta mu je, stislo sa svih strana, ne da dihati. Nikad ljudima nije više trebalo kao u ovaj vakat, a nikad više nisu ni imali, koliko ja pamtim. Kao kad ovih novotarija izlazi, haman svaki dan, valja to djeci sve namiriti, a bogme i sebi, ako ko stigne. A djeca išću li išću, a mahniti roditelj kupuje li kupuje i kad ima i kad nema. Ne može to na dobro, jok.

Sjetim se moje dvojice havera iz Titinog vakta, obadva su bila na visokim funkcijama. Šemsudin bio poslovođa, u Zmajevoj mesari, a Zlatko na stovarištu nad Kovačima. Samo se vi smijte, u onaj vakat ti je bilo bolje biti poslovođa u mesari nego sad direktor BH Telecoma, a poslovođa na stovarištu kao ne znam ti šta.

Neise.

Šemso je znao reći, kad bi ga žena upitaj gdje se skitao do ovih doba, ovako:

„Pusti me, ženo, vidiš da sam pomahnit'o od para."

Tako ti je i bilo, haj' što nije znao koliko hin ima, nego više nije znao đe hin trošiti.

Zlatko je bio drugačiji. Jednom njega Šemso priupita, dok smo akšamlučili u mene pod lozom:

„Beli se u tebe u firmi more dobra lova klepit'?"

„Može, moj Šemso, ne može se od plate živjet."

„Znači i ti uzimaš, k'o ne bi kad mu je naruku", veli Šemso.

„Uzimam, kad neko kupi cimente ili japije ja mu pomognem da je utovari i čo'jek mi plati, može se dobro zaradit."

Šemso taman nageo onaj čokanjčić da pihne, ja kad se zagrcnu kad ono Zlatko reče kako uzima pare, sve nas zali s onom mehkom iz usta i svu nam mezu opogani. Zakocen'o se, rekoh nešto će mu biti. Ne može se prestati smijati. Zavrno onu glavu i sve se udara po čelu, ne bi li prestao, ali jok on.

Što vam ovo govorim?

Nešto kontam, kako je ovaj naš narod kratke pameti kad misli da je od države uzimati ispravno i da tako nikome štete ne pravi, samo sebi dobro čini i koristi priliku u kojoj se našao. A bogme nije tako, to vam je isto kao da od svoga, jal od mog djeteta, jal unučeta uzme.

Šemso ti zaglavi u prdekanu i odleža, haman pet-šest godina Zenice. Žena ga ostavi, a djeca i dan-danile okreću glavu od njega.

Pitam se da li bi tako bilo da ga nisu ufatili, more biti i da ne bi, ko će ga znati.

Za Zlatka sam čuo da je negdje u Danskoj, u penziji, okružen djecom i unučadima. I rahat. More biti i da ima više nego je naučio, a i da nema, opet bi bio rahat, jerbo njemu puno ni ne treba. Takav insan, hairli, pa eto ti. I tako bih ja dumao i pitao se vazdan, što ovo, a što ono, da mi nije u mene mi Fate:

- Uzeire, niđe mi knjige neima, e, bidneš li je nekom dao beli ćemo se posvadit'!

Jok ja, šta ti je ženska glavo!

RAZGOVORUŠA

Imaš ti ljudi, a bogme i žena što umiju plaho zapjevati, milina ih slušati. Tako se to rodi, šta li? To vam je, haman, isto kao kad neko umije ispričati priču, ali je ne umije napisati, dok je drugi napiše koliko dlanom o dlan.

Neise.

Imaju tri žene koje slušam, bezbeli, u mene mi Fatu, druga je Eminovica, a treća Vezira hanuma. Vezira hanuma se plaho pazi sa u mene mi Fatom iako je puno mlađa od nje. Nije mi mrsko kad ona dojde, a dojde počesto i bez čovjeka, na onu žensku razgovorušu koju nijedan muškarac ne voli. I umjesto da odem za svojim poslom, ja se ušuškam na minderu i, kao fol, nešto svoje dumam, a slušam Vezira hanumu:

- Moja ti, Fatma hanuma, prođe nam život ugađajuć' djeci i čo'jeku, više smo im i dojadili, samo kuhaj, spremaj i iznosi pred njih sve gotovo, a oni bi l' ne bi li. Veli meni onaj stariji, kakav vam je to život, samo se brinete da sve bude u redu i na vrijeme, nit' gdje idete, nit' se provodite, ja Boga mi neću tako.

- Hoće, hoće, k'o i svak', kad bidne imao svoju čeljad - veli u mene Fata.

- Vidim ja, počela i onom mom čo'jeku ići na živce kol'ko mu ugađam. E, reko', ne'š više, sad će nam i godišnjica, a otkako sam došla za njega nigdje nismo otišli sami.

- Nismo vala ni mi, osim ono kad nam je Hidajeta sredila da odemo u Fojnicu - veli u mene Fata.

- Uplatim ti ja, nisam čo'jeka ni pitala, heftu u Turskoj. Kad mu rekoh, ne bude mu mrsko, a ni krivo što ga nisam pitala.

Kemal Čopra

Spremamo se mi, a djeca nas gledaju, k'o biva ne vjeruju da ćemo sami otić', a njih ostaviti. Još im spremim jela za svaki dan i na svakom sahanu napišem: ponedjeljak, utorak..., sve do nedjelje. Došli mi, tamam se smjestili u hotel, kontam, ja rahatluka, majko moja mila, što nisam prije 'vako, kad telefon. Ko će ti biti, onaj moj mlađi pita: „Mama, moramo li mi ovo jesti po redu, ja bih ono od srijede, a danas ponedjeljak?" Jedite, reko', kako hoćete samo pustite mamu više na miru. Vala smo i oćeifili, jes' da sam samo kontala na njih, al' eto. Vratili se mi, pogledam u frižider, a njih dva klipana čitavu heftu samo grah jeli, moja ti Fatma hanuma. Baš sam se nasekirala.

KAO DA OVA PRIČA MALO TUKNE

Da bi bolje razuvidili ovu priču moram vam rijeti đe je nastala:

- Ama, Uzeire, izlazi više iz te hale! - ronda u mene mi Fata svo jutro na mene. - Šta si zasjeo tamo, nisi ništa napis'o ima hefta, a ljudi čekaju i zovu da ti reknu šta su čuli.

Haman jarabi, šta me je svijeta bihuzurilo i zvalo da mi rekne kako je onaj naš Senad bajo baš kao ja na njegovoj haber kutiji. Taman kao da su prvi put čuli ovakav govor. Me'š'čini da se u nas sve zna, ko šta more i kome je dopušteno, taman i da ne umije. Ama prođite me se ljudi, ako Boga znate!

Veli u mene mi Fata:

- Vidiš, moj Uzeire, kad naš Senad, Bog mu dao zdravlja, 'vako govori svi ga fale, a tebe neima na haber kutijama ni za lijeka. Tamam k'o da mi te na recept propisuju. Da te makar stave u kak'e novine pa hajde.

- Neimaju kad, bonićko, moraju zavađat' narod i pisat' šta je ko rek'o, a šta mu je ovaj odgovorio.

Meni se čini da se insan mora dobro natabanati ne bi li do Sarajeva došao, biva, okolo kole pa na mala vrata, i ne bi li neko odobrio što narod išće i traži. Ova ti je naša demokratija gora nego birvaktile kad je nije ni bilo. Ne mere ti svako biti pisac u nas, niti glumac, niti pjevač, nego samo onaj kome odobre pa makar i ne umio. Da ne napisah ovu knjigu umro bih u neznanju šta se oko mene dešava.

Veli meni jednom u mene mi Kemal:

- Uzeire, zvali su nas novinari i hoće da pišu o nama, ako im odobri konzilij.

- Šta him je to, moj Kemale, nisam ja Tito, a fala Bogu, nisam ni bolestan da mi oni određuju hoće li objavit' da sam bolestan, jal da sam umro. Neka oni odobravaju ona svoja bajanja što zavađaju narod, jer od toga, me'š'čini, i žive.

- Tebe, Uzeire, pisci natjeraše da budeš pisac, glumci će te natjerat' da budeš glumac, a novinari da postaneš novinar. Morat ćeš i svoju haber kutiju otvorit' da bi doš'o na kak'u televiziju.

- Ošto mi je to, moj Kemale, po'stare dane se zahmetit' i bihuzurit'. More biti nekom dojde iz guzice u glavu i eto ti nas u svim haberima.

- Da Bog da, moj Uzeire, u nas ti se novinarima, k'o što no ti reče jednom, guzica popela za vrat pa kad se nemaju više po kom istovarat' onda po sebi, jer taj poganluk iz njih mora izić'. Od toga ti oni i njihove platiše žive.

Sklepam ti nekako ovu priču, nije ni čudo kakva je gdje je nastala, kad će ti Fata na mene:

- Vratit ćeš ti meni čučavac u ćenifu, ne zvala se ja Fatima. Ne'š ti meni više sijelit' u tom smradu.

NEKAKVA KULTURA

Pijemo mi kahvu u nas na čardačiću, šutimo i čekamo kad će se ova izmaglica slegnuti, neće li nam se i Sarajevo ukazati. A Sarajevo još jedino možeš viditi sa čardačića, između krovova i balkona što rastu kao korov i prijete da nam ugase i ovo malo ljepote pred očima. Beli, kad nam zatvore i ovu malu šubu, što nam je ostala i kroz koju virimo na naš Šeher, kao kakve zagondžije kad vire u avliju, u đulistanu kakvu gonđu dok zalijeva hadžibega i pjeva nekakvu sevdalinku koju nikad prije nisu čuli. Kako je krenulo, nećeš više ni znati da si u Sarajevu. Kad i to bidne, a bit će, možeš komotno sklopiti oči, jer neimaš više šta ni viditi. Jazuk.

U tom ti se i Sarajevo ukaza. Kako se ukaza, tako mi se i u glavi poče vedriti i rasvanjivati. Baš kao kratkovidan insan kad čita kakvu lijepu knjigu, po ko zna koji put, ali bez đozluka pa samo nagađa i zamišlja tu ljepotu u njojzi dok bulji u zamagljena slova, a kad turi đozluke kao da mu se dunjaluk otvori i razuvidi pred očima. Kad imaš ženu pored sebe, ne možeš se ni razvedriti ni rastužiti kad ti hoćeš nego kad ona odredi. Tako ti u mene mi Fata prekide ovu moju vedrinu i zadade me u brigu.

- Čude li ti, Uzeire, noćas, asli je nekom hitna dolazila?

- Jok ja!

- Jes', bo'me. K'o da onu Salihov'cu iz čikme pronesoše sinovi na štokrli niz sokak.

- Haj' se ti spremi i kod Salihov'ce provjeri ima li je il' su je odnijeli na štokrli.

- Nisam mahnita, more neko pomislit' da sam providur, biva nekulturna i da hoću sve da znam.

- Pa kako ćeš onda saznat'?

- Ima providura u mahali kol'ko ho'š, neko će mi rijet'.

Nešto kontam, prije kad bi ko bio bolestan, pa ga pronesu na štokrli do Višegradske kapije, đe ga čeka auto da ga odveze u bolnicu, iskupi se čitava mahala da pomogne i ostane tako taj vakat čekajući da se vrati ili da čuje hoće li se vratiti ili će ostati ležati. Ostao, ne ostao, već se sprema ručak, a nekoliko žena ode da poradi kuću i da sve budee spremno kad se bolesnik vrati, a ako ostane ležati mahala se brine za tu kuću sve dok bolesnika ne otpuste iz bolnice.

A danas, u ovaj vakat..., sve k'o n'akva kultura... i govna pasja.

NEKAKO NAM SE I OVI BAJRAMI PRETVORIŠE U TUGU

Jednom meni reče Eminovica:

- A - a, bo'me ti ta žena svašta znade...

-Uzeire, jedino te mater i insani koji te od srca vole zovu pravim imenom, ostali ti nadijevaju n'akva imena.

- Mene niko nije zvao drukčije neg' Uzeir, more biti što za ovo ime nikad nije bilo kak'og nadimka, a more biti i da su me svi voljeli k'o moja mater, a to ne mere bit', moja ti Eminov'ce.

Neise!

Kad god čujem da je neko umro, biva preselio na bolji dunjaluk, malo zastanem i dobro se zapitam:

- Rašta je i živio?

Kad čuh za Admirala, bome ne zastadoh nego uzeh telefon i okrenem ti njegovog amidžu, a mog starog ahbaba Adilagu Ljubušaka, čak na Dobrinju.

- Jah, moj Uzeire, šta ćeš, ode i moj Admir, a nije vala ovaj dunjaluk ni bio za njeg'. Kad god bi on u nas dođi, znao je da vazda more pojest', ako ništa, tanjir graha, a bo'me je bio više gladan neg' sit. U mene Tidža dobro kuhala pa bilo za svakoga. Nisi mog'o sa njim čestito ni progovorit', ništa ti njemu dunjalučko nije bilo zabremedet, da je ikako mog'o ne bi ni jeo, neg' samo pio. Djeca ga plaho volila, kad god bi dobi', urijetko bo'me, kak'ih para za te svoje knjige svašta bi him donesi. Pravo da ti velim, nisam ga plaho ni razumio dok him je prič'o. Sve nešto razvija pa suče i zavrće u zvrkove, pa haj ti to razmrsi. A djeca ga razumiju, čiče oko njega baš k'o tići i traže još.

- Djeca ti prepoznaju insana, moj Adilaga, a me'š'ćini da je tvoj Admiral bio od onih dobrih što podupiru ovaj naš dunjaluk da ne svrata zajedno sa nama.

- Znam i ja da je on bio dobar k'o duša, al' za sebe nije valj'o, moj Uzeire. Kad mu je ona moja mlađa jednom izbrisala sve s onog što je on snim'o, nije mu bilo pravo, al' ništa ne reče, a more biti da mu je to bilo i za knjige, ko će ga znati.

- Bo'me ti je on bio pravi Admiral, moj Adilaga, al' na onom čamcu za spasavanje insanskih duša od pohlepe i šejtanskih marifetluka.

- Čuo sam ja, Uzeire, da i ti pišeš n'akve knjige pod stare dane, more bit' zato sučeš i motaš u zvrkove baš k'o moj Admir.

I tako ti mi dobar vakat o Admiralu, zaboravih ja i da telefon nije džabe.

Halalosum.

Sutra će nam i Bajram, ako Bog da, a ja, pravo da ti velim, i neimam neki osjećaj, more biti zato što mi u mene Fata ništa ne devera nego otišla u granap i donijela baklava, ružica i hurmašica u n'akvoj plastiki i sve mi se kao nešto pravda:

- Ko će razvijat' na ovom vaktu kad sve imaš kupit' i dođe te jeftinije neg' da praviš. A iste k'o moje, ako nisu i bolje.

Ništa joj ne rekoh, a sve kontam:

Bogme, nisu iste i ne mogu ni biti, jerbo od ovih kuća ne zamiriše, a ni Bajram ne bidne kao što je vazda bio. Sav mi se nekako pretvorio u tugu za rahmetlijama, a valja se malo i proveseliti.

Jedino ovaca i Kurbana ne mere nestati, pa ti vidi.

ČIČA MIČA GOTOVA JE PRIČA

Veli meni Fata, sabahile, pri kahvi:

- Da mi je neko rek'o, birvaktile, da se more nešto volit' više od svoje djece, rekla bih mu, de ne budali, a more, moj Uzeire.

- Nemoj mi samo rijet' da voliš više turske serije neg' svoju djecu!?

- Jok ja, gluho i daleko bilo, neg' unučad, moj Uzeire. Tačno se vole više nego svoja djeca.

- Što jest jest, imaš pravo. A bo'me ćemo ih željni ostat'.

Ne znam što hin ne dovedu češće, šta bi him falilo, neka samo dođu, nema veze što za nas ni mukajet, neka oni gledaju u one svoje telefone koliko hoće, ali neka ih sa nama.

Kako Fata spomenu unučad tako se ja sjetih moje nane Subhije i njezinih priča. Nisam mogao ni zamisliti život bez nje. Mislio sam da ne može drugačije i da je porodica otac, majka, braća, sestre i... dedo i nana, bezbeli. Onda dođe moda, asli su to žene izmislile, da se ne može više živjeti sa svekrom i svekrvom nego se moraju odvojiti da bi brak zaživio. Odvoje ti se oni i kako se odvoje tako se i rastave.

Neise!

A prije je bilo drugačije. Djeca su volila slušati priče, a dedo i nana su znali svakak'ije priča i imali primjer za sve, jer roditelji nisu imali kad pričati. Samo bi nam reci:

„Morate prat' zube jer ćete ostat' bez zuba, a novi vam neće niknut' i nosat ćete proteze 'vako k'o mi." Na jedno uho ušlo, na drugo izašlo. Kao djeca.

A nana Subhija bi nam ovako reci:

„Jednom ja pošla leć' i zaboravila oprat' zube, a kad odeš leć' i ne opereš zube ostane hrane između njih i dođe miš da se najede. Čujem ja da mi nešto grebe po ustima i stisnem..."

Mi je gledamo otvorenih usta i čekamo da nam rekne da je pregrizla miša, kad će ti ona:

„Zato djeco, držite vazdan usta zatvorena i nemojte nikad leć' da ne bi oprali zube."

Od tad ti ja nikad nisam legao, a da nisam oprao zube. I dan-danile ih perem i sve zviždim.

DOK SAM TRAŽIO ĐOZLUKE

Jedva unesošmo hadžibega u kuću. Poteška ona kanta od biljnog mrsa, a on se, Bog dao, raširio kao da hoće da iskoči iz one kante, malehna mu i tijesna, baš kao kakav napredan i pametan insan što živi među blentavim i zaostalim svijetom pa izđiklja i prekipi na sve strane. Badava prosipa raskoš i ljepotu svog cvijeta, a nema kome ni rašta u neuglednom cvijetnjaku zapušćane bašče.

Jah, šta ćeš!

A ovo vrijeme, Allah selamet, kao da se kakav maksum igra sa kalendarom, pa se mjeseci izmiješali i izmijenjali mjesta i umjesto kiše sunce sija kao tepsija, a hadžibeg cvjeta haman u novembru.

- Bo'me je Hasna hanuma rano pokiselila zimnicu, sve će joj istruhnut' - veli u mene mi Fata.

- Nije Hasna kriva, vidiš ti ovog vremena, k'o da je pred Kijametski dan.

Sjetih se mog dede Atifa, krojača, kad bi reci, svaki put dok tabiri golemu teku s imenima dužnika:

„Allah selamet, što se narod iskvario, k'o da je pred kakav kijamet."

Ha bi mu neko plati, jal u parama, jal u siru, kajmaku ili kožama, on bi reci:

„Još Dobri hoda po dunjaliku, bit će nafake i selameta za nas insane."

Nešto kontam, more biti je taj Sudnji dan otpočeo sa našim rođenjem, a da i ne znamo. Nema nam ko reći i mi živimo u neznanju i nadamo se kakvom dobru, a samo nam gore od goreg nadolazi. Najprije će ti biti, kao što je birvaktile govorio onaj jehudija Mošo iz Ulomljenice:

„Dunjaluk ti je 'nakav sa kak'og pendžera ga gledaš."

A u mene pendžer, sabahile, zamaglio do pola Sarajeva pa ne vidim ništa, jer nisam đozluke turio i posvuda ih tražim ne bi li mi se rasvanulo pred očima. Srećom, imam Fatu da me priupita:

- Šta ti to svujtro tražiš, moj Uzeire?

- Ama, neima mi đozluka!

- Eto ti hin na nosu, bolan ne bio!

Kako mi ona to reče tako se i magla, namah, raziđe i meni se ukaza i Sarajevo i vas dunjaluk u svoj svojoj ljepoti.

SELO FALI, U ČARŠIJU SE SVALI

- Vala, Uzeire, nek' se više i ne dolazi k'o prije i kako je kome ćeif - veli meni Fata, sabahile, pri kahvi.

- Ma ne valja ni to, gluha kuća, hem bez djece, hem bez musafira.

Jah, valjalo bi kad bi insan mogao birati ko će mu dolaziti.

- Namah se sjetim one Vasve, skratila mi je pola života, a nisi joj mog'o od sramote ni rijet' da ne dolazi. Pukla bi bruka po mahali.

- Šta ti je Vasva smetala i kol'ko bi onda živila da ti nije bilo Vasve, k'o i sad, bezbeli.

- Moreš ti, Uzeire, živit' kol'ko hoćeš, kak'a ti korist ako nije u rahatluku. Ne znam ni otkud mi ona naumpade, nek' je vala o'šla u Ameriku, što dalje od nas.

- Amerika je mere podnijet', golema je, a mahala ne mere.

U mene ti Fata pamti haman svaku Vasvinu riječ, kad je izgovorena i za šta je ujela, da li za srce, da l' za slezenu ili joj je samo pala na želudac kao kupusni kamen, pa čitav dan ne bi zalogaj u usta stavila. Ne kaže se džabe: „Naj'o se jezika pa ne mere ništa okusit."

A ja se sjetih kad je ono jednom u nas sjedila, prije nego će otići za Ameriku, a dođe joj rođak Ćamil. Ha je sjela, veli: „Rođak mi doš'o, može li i on navrnut' da ne idem nazad, ko će mu sad kahvu pravit' i hizmetit' oko njega?"

- Nek' dojde - rekoh - da se ti ne bi zahmetila, nek' bidne sve o jednom trošku.

Ha Ćamil sjede, ona na njega:

Kemal Čopra

- A moj Ćamile, o'klen ti ono bi sa sela? Eto, Boga mi, čujem da se na tijem selima opet dunjaluk iskvario, brat na brata, komšija na komšiju, opet će nas Allah dragi kazniti, opet ćemo biti dunjalučki muhadžiri.

- Ne znam, hadžinice, šta ti čuješ, u mom selu svak' sa svakim fino.

- A - a, iz kojeg ti ono sela bi, Ćamile?

Reče joj Ćamil iz kojeg je sela, kao fol ona ne zna.

- Joooj, pa to je baš selendra! Uh, ne bih dala svog šehera za dunjaluk.

U tom će ti u mene Fata:

- Iz kojeg si ono ti sela, moja Vasvija hanuma?

Ona je samo ošinu pogledom i Fata ušuti, ali se Ćamil okuraži:

- A - a, je l' hadžinice, odakle si ono ti?

Kad je vidila da nema kud, otpoče ovako:

- Ma valahi sam četerest i nešto godina živila u šeheru, više se ničeg drugog ne sjećam, k'o da sam se u njemu i rodila.

- E, pa nemoj tako, hadžinice, i ja sam u Čikagu evo 17 godina, a kad god me neko upita odakle si, Ćamile, ja reknem sa ponosom. De, reci nam, Boga ti, gdje ono bi tvoje selo, ja zaboravio?

- Ima izvan Saraj'va diiivan grad na diiivnoj rijeci. Od tog grada na dvajest kilometara ima jedno prelijepo mjesto, tu je moja sestra Šuhreta, rahmetli, uzgojila najveću tikvu, bila i na „Znanju – imanju". E, poviš' tog mjesta je drugo selo pa se ide tako diiivnom prirodom i dođe do drugog sela. Diiivno selo u prirodi, čista hava, voćke, povrćke, sve su to sami bogataši, moj ti Ćamile. E, a malo poviš' tog mjesta, ma k'o u džennetu da si. E, tu sam ti se ja, moj Ćamile, rodila.

- Selo fali, u čaršiju se uvali - veli u mene mi Fata.

Ona je samo ošinu pogledom, ali ne reče ništa, kao veli, i ova progovorila. Do sad joj je samo šutila.

Pričamo mi tako o Vasvi, pijemo kahvu, kad zahlupa halka u nas na kapiji.

Kad nam ne ispadoše fildžani iz ruku.

Dok god imaš kome i sa kim, imaš i rašta, bezbeli.

CARSKE ŽELJE

Otkako je otišla za Kemicu na Bistrik, moja šćer jedinica, rodio je babo, svaki dan nazove i pita treba li nam šta, a kad dođe svašta nam donese i ne pitajući. Ženska djeca su ti nabas, pogotovo za očeve, tvrde kočeve kako su govorile materešine birvaktile za nas. Neise.

Hotio sam vam reći kako smo se plaho slagali i razumijevali, ona moje išarete, a ja išarete njene duše. Počesto sam joj znao rijeti da je volim, što u onaj vakat i nije bio običaj, a kad bi pojdi zagrliti sina Hamu i nešto mu lijepo rijeti Fata bi se istresi na nas obojicu:

- Ne valja se mušku ljubit' i grlit' izmeđuse, ne d'o Bog k'o anam oni.

Nikad nam nije hotjela rijeti ko su joj anam oni, ali se mi zato prestasmo i grliti i ljubiti i častiti umiljatim riječima. Valjalo je muško odgojiti i odvojiti od ženska, bezbeli.

Kad god bi nas djeca upitaj koga više volimo, Fata je vazda ponavljala ono majčinsko:

- Kako ću, boni ne bili, nekog više voliti kad ste mi oboje pod srcem ležali.

Nikad nisu bili zadovoljni njenim odgovorom, a pogotovo mojim:

- Najviše volim Merimu od ženske djece, a Hamu od muške, pa vi vidite.

Nije im bilo pravo čuti, ali se barem nisu svađali i tukli kad bismo im ovako reci.

Svašta nešto ispričah, a hotio sam vam samo rijeti šta me je Merima neki dan upitala kad je dolazila sama sa djecom:

- Babo, ne reče ti meni nikad što si bio onako strog kad sam trebala izlaziti sa drugaricama i nisi mi nikad dao dalje od 9.00 ostati, a šta ćeš do 9.00 u gradu? Zar mi nisi vjerovao kad te nikad nisam ni slagala ni prevarila?

- Bezbeli da sam ti vjerov'o, više nego ikom, al' nisam vjerov'o Šekjuru i Šekjurovici, a ni Halilagi sa dna sokaka, šta će oni pomislit', rijet i po mahali pronijet' kad te vide u neka doba da se vraćaš kući.

I tako, sve bude i prođe, a roditeljsku brigu samo zemlja može zatrpati i smiriti zauvjek.

Haman svaki roditelj nastoji od svoje djece napraviti ljude i sve im reći što ne valja u lice i na vrijeme, a od drugih sakriti i prikazati ih kako je najbolje.

Ne treba vam ni govoriti šta su carske želje i želje svih roditelja, bezbeli.

Kemal Čopra

ĆEIF

Pitam jednog duduka:

- Znadeš li ti šta je ćeif?

- Đe'š me to pitat', Uzeire, to svako zna u Bosni!

- Haj' vala baš da te čujem!

- Ma to ti je ono, znaš ba, kad nešto uradiš za sebe, jal na svoju štetu pa kažeš bio mi ćeif k'o što je Bebek pjev'o. Il' kad oćeifiš sa rajom, popiješ, poedeš, malo se opustiš.

Zamucao on, ne umije mi ni reći, a bogme, vidim ja da i ne zna šta je ćeif.

- Ćeif ti je, bolan ne bio, kad uživaš u svakom dahu, zalogaju, srku, jal riječi koju izgovoriš i misli koju misliš, pjesmi koju slušaš, jal sa samim sobom, jal sa jaranima, jal sa hanumom, al' ne kao vi omladina, nažderete se, naločete, pa meljete bezveze, pa se i posvadite, a na sabahu vam puče glava.

Prije su ti naši stari znali sjesti pored kakve vode ili ispod kakvog drveta i sahatima bi oćeifi. Isprazni bi glavu od misli, zagledaj bi se neđe u daljine, ili bi sjedi sa hanumom, ili sa jaranom sahatima, uz kahvu i cigaru, a da ne progovore ni riječi. Samo šute i ćeife u tom trenutku miline i meraka.

- Pa to ti je, Uzeire, k'o meditacija. To je sad moderno.

- Ne znam ja kako se to sad zove, al' to su naši radili od pamtivijeka, a sad i ne znaju šta je to nego lupaju, baš k'o ti.

- Znam, ba Uzeire, nego nemam ti ja vremena za to, ne znam gdje udaram od posla - veli ti on meni i ode, bezbeli, u kladionicu, k'o i svi ovi što nemaju kad.

PENZIONERSKI

- Ama šta si mi se uzvrtio tuda, ne volim muško ni vidit' po kuhinji - veli meni Fata.

- Da ti malo pomognem, bonićko, makar da poređam ovo suđe.

- Šta'š mi ga rеđat', kad nisi dosad nemoj vala ni odsad, samo mi zijane praviš. Šta sam samo finđana pobacala što si hin nakrnjio. I sve mi mećeš sud u sud, a to ne valja.

- Što ne bi valjalo, kad neimaš mjesta?

- U meni bi mati znala rijet': „Šćeri Fatima, nikad ne mеći sud u sud, oženit će ti se čo'jek na te."

- Evo sve hitim da dovedem kak'u na te'. Što sam dovodio, dovodio, slobodno ti njih mеći sve jedan u drugi do nebesa.

Kad ono odoh u penziju, rekoh, sad ćeš ti, Uzeire, po svom. Dosta si ti radio kako drugi kaže. Kad insan čitav život radi i najednom prestane, eto ti belaja. Misliš, lahko ću ja, sad sam slobodan i sad ću raditi što je meni ćeif. I radiš, nekoliko mjeseci, nekoliko godina, uradiš sve ono za što prije nisi imao kad, a potom izmišljaš šta bi još mogao uraditi. Prođoše godine, sve si uradio što muškarac radi oko kuće i u kući, ufatiš sebe kako se otimaš sa ženom oko njezinih poslova. A žena ne da svoje, mora se i ona sa nečim zanimati.

Ustanemo, popijemo kahvu, fruštukujemo i počnemo se oblačiti.

- Ku' ćeš to ti, Uzeire?

- Odo' malo na pijacu.

- Ama sjedi, Božiji čo'ječe, vidiš da se ja spremam za pijace.

Počnem hodati po mahali, vidim dodijao svakom. Svako se zabavio svojim poslom, me'š'čini, jedini ja neimam šta raditi. Kad se sjetim koliko sam iščekivao da odem u penziju i maštao šta ću sve kad odem, a vidi me sad. Ne znam šta ću od sebe. I tako prođoše godine, sve dok ne priznah sebi da nisam više nikom zabremedet i nikom ni od kakve pomoći i koristi. Kad se insan pomiri sa sobom i dobro razuvidi gdje je, šta je i kako je namah mu bidne lakše. Taman kao da tek progleda i širom mu se otvori i ukaže dunjaluk onakav kakav jest, a ne kako ga je vazda zamišljao. Nađem ti nekakvu teku, uzmem plajvaz i počnem pisati i zapisivati.

I evo me, drugi insan, Uzeir Hadžibeg, ovakav kakav sam i kakvog me sad svi znate, bezbeli!

AFERIMI I AJKUNE

- Znaš koga sam srela, Uzeire? - veli mi Fata ha se vratila iz mahale.

- Jok ja.

- Onu Šefikinu mlađu, Ajkunu, što je vazda dolazila sa njom u nas kad bi pojdi na pijacu. Ispričale se, haman zaman, i znaš šta mi veli: Svaka vam čast za sve što ste uradili, ti i tvoj Uzeir ste veliki umjetnici. Ja vas pratim, samo tako nastavite.

- Je l' ti baš tako rekla?

- Jest, ne pomakla se smjesta.

- Pa što drugima ne rekne nego nas krije k'o štedne knjižice, beli još nije dobila išaret odozgo?

Otkako je sišla u šeher, ili je šeher doš'o njojzi, ne umijem ti rijeti, niti se javlja niti dolazi, a prije bi stalno sa materom svrati, donosile nam mlijeko i sir pa bi odatle na pijacu. Neise.

Da vidiš sad te Ajkune! Neima đe je neima i sa kim se nije uvezala, od političara preko akademika pa sve do onog jednog iz reda umjetnika, onih što ih niti ko čita niti sluša, niti gleda, ali ih je plaho fajn pofaliti, biva kad takve pofališ onda se razumiješ u umjetnost i govna pasja. Sviju ti ona zna koga treba znati u ovom gradu osim mene, a čim te ona ne zna, biva pravi se da te nikad nije u putu srela, taman da si joj rod rođeni... kao da te i neima. Ne bi ti ona turila meni aferim ispod priče taman da joj kožu gule, a neima đe ih ne tura i šta ne dijeli.

- Ne umijem ti rijet', Uzeire, vazda je bila svoja, a da je vidiš sad, prava dama.

- Dobro je onaj moj nalet rek'o, prije nisi smio dame pitat' za godine, a sad ih ne smiješ upitati iz kojeg su sela.

Nešto kontam: Ovi što što su zaimali pa se nadigli i sad paze na ukus, a ukusa nemaju pa ga od drugih pozajmljuju neka malo pripaze s aferimima kad im se svidi neka moja priča, more biti ne znaju da ih komisija još nije odobrila pa mogu, ne dao Bog, ispasti papci i seljaci, a ne insani koji misle svojom glavom.

Rekoh da vam i to reknem, more biti nekom valjadne.

MALO HALVE DA KUĆA ZAMIRIŠE

Taman mi jeli kad telefon. Ko će ti biti? Omer od Amsterdama, biva Omer od Rogatice. Nije me bihuzurio ima... ako neima i više.

Veli mi Omer:

- Uzeire, da ti čestitam novu Hidžretsku godinu. Mogu mislit' šta je Fata svašta naspremala?

- Jok ona, moj Omere, k'o i vazda, malo halve da kuća zamiriše, k'o što smo i naučili. U nas ti je vazda bila mjera i u slavlju i u tugovanju, a ne k'o ovo sad, pregone, brate u svemu. I sve jedno kroz drugo promiješaju, i tugu i slavlje, Allah selamet.

- Nego, spremate li se, Uzeire, čujem da ćete 'vamo?

- Ako Bog da zdravlja, eto ti nas da malo promuhabetimo sa tim našim svijetom.

- Bogme vas ovdje plaho begenišu i jedva čekaju da dođete da se zabavimo.

- Reci ti njima da se oni plaho ne napinju zbog nas. Nisam ti ja ni Horo, a ni Đuro da k'o na traci izbacujem šegu.

- Znaju oni, moj Uzeire, da ti sve po istilahu i 'nako zbrda-zdola, a narod željan finog starinskog muhabeta. Dokundisali mu oni drekavci.

Ne znam šta mi bi, a da sam znao šta će mi rijet ne bih ga upitao:

- Radiš li, Omere?

- Ne radim, Uzeire, na bolovanju sam ti.

- Šta je rijet, moj Omere?

- Ne znam, Uzeire, kako bih ti objasnio ovu moju dijagnozu, more biti u Bosni to i ne daju. To ti je ono kad čo'jek pregori iznutra, baš k'o osigurač, pa nestane struje u njemu i ne može više ništa.

- More li se tamo u vas zamijenit' ta žica il' novi osigurač turit', moj Omere?

- Jok Uzeire, nisu to još izmislili. Neg' moraš mirovat' dok ta žica sama ne zaraste.

- Dobro je da u nas neima te bolesti. U nas ti je, haman, svak pregorio iznutra i opet mu sve lampe sijaju, k'o biva, živi i radi bez te žice. Asli su vas tamo plaho razmazili, moj Omere.

IMENA

Bila u nas u mahali jedna Beba, ostarila je, a ostala beba, moreš misliti. Ta Beba je imala čovjeka Sidika, a svi ga zvali Sido. Kad je ono zamodalo da se prikrivaju prava imena pa nam izdijevali svakojake nadimke, Mahmut je bio Mašo, Sabahudin Saša, Muhamed Muha, Sabahete Seke, a haman sve Mirsade i Munire postadoše Mire, a Mire Cice i Mace i da ti ne nabrajam više. U tom ti dođoše na red imena, u narodu poznata kao međunarodna, Amar, Zlatan, Damir, Mak... Neise.

Da se nije pojavila ona bolest sida niko ne bi ni znao u mahali da se Bebin čovjek zove Sidik, a ne Sido, što je ona svima pokušavala utuviti u glavu, ali džaba, primilo mu se, a narod kao narod, uzinad još više i češće. I umro je, jadnik, a da ga niko ne zovnu pravim imenom.

Što vam ovo govorim?

Sabahile ugledah, ozelenila bandera i saznadoh da je Beba bila Berina, biva gornja, najbolja, najviša po značenju, a ostala donja, biva najmanja, jer joj, haman, niko nije znao pravo ime i zovno je njime.

Kemal Čopra

ĆEFINI

- Nećeš mi vjerovati, Uzeire, počeli krojit ćefine po narudžbi - veli mi onaj moj nalet Mute!

- Bezbeli da ti neću vjerovat', ćefini su ćefini, neima tu modanja. Samo je razlika u veličini.

- Ima, Uzeire, sad ih kroje sa džepovima da mogu ovi šta ponijeti što vjeruju samo u pare.

- De nosi te dobrina, sa svačim se šprdaš, al' nisi daleko ni od istine.

Svako svoju vjeru ponese sa sobom taman da je vjerovao samo u pare i čuva je sve do Sudnjeg dana, pa ti vidi u šta ćeš i kome vjerovati!

DJECA I MATERE

Gledam sabahile one mlade matere sa jedno ili dvoje djece, lete niz kaldrmu, drže ih za ručice i odvedoše u školu ili u obdaniše i sve nešto kontam, koji je teret na njima da podignu djecu u današnji vakat, da im namire i dadnu sve što i druga djeca imaju, a što ne mere uvijek, a ni svako, bezbeli.

Ima li većeg čemera kao kad jadni roditelj ne mere pružiti djetetu barem bogdu od onog što svako dijete treba da ima i što traži, a ne dobiva, jer neima.

Odakle im, ne pada nikom sa neba?!

Haj' jedno, dvoje i nekako, a haj' ti deveraj sa petero, kao ona kona Lamija, mlada se udala pa haman svake godine, ili druge, po jedno se rodi. Eno ih sad sve jedno drugom do uha, a Lamija nema pet ruku nego ih sakuplja po mahali dok ih ne razvede po školama i obdaništima pa tek onda ode raditi, a vazda sređena, nabakamljena, čista i uredna.

- Kako, bonićko, stigneš sve?

- Ah, kako moj Uzeire, to samo ja znam. Dobro je rekla ona tvoja nana što je čuvala unučad, kad svima smrkne, meni svane. Tako ti je i kod mene. Kad djeca pospu meni onda žao spavat'.

- Haj', Boga ti, mlada si ti, da je Bog hotio da star insan devera oko djece dao bi im da i oni mogu rodit' sebi.

- Da imam gdje, tačno bi ih prijavila za nasilje nad roditeljima, ispameti me istjeraše, moj Uzeire.

- I da imaš, šta'š ih prijavljivati, moja ti Lamija, tvoja su djeca, svak' devera i oko tebe je neko dever'o.

Ode Lamija niz kaldrmu i savija onu dječurliju oko sebe, a ja gledam za njima i kontam:

Kemal Čopra

Djeca su ti velika briga, a i radost najveća na dunjaluku. Ona nas uče da ne bidemo svojguzi i nimukajeti, da dajemo od srca i iz duše, a bez ikakve koristi. Da dajemo sve, a ne tražimo ništa. Djeca nas prave insanima i uče nas da razumimo život i sebe u njemu.

Odškrinuo malo pendžer da uniđe friške have i čujem dvije kone razgovaraju:

Morala sam se jednom udat, vala više ne bih nipošto, veli ova jedna.

U tom ti Fata uniđe sa kahvom i ne čuh šta joj je odgovorila.

Neka vala ni nisam, nekad je bolje i ne čuti sve.

NEUROZA

Ha promolim nos na sokak neko bahne. Baš kao da me če-
kaju, a ima ih, bogme, podosta što kete i čekaju hoće li ko nanići
da koju progovore. Otvorim kapiju kad nasred sokačića stoji Bi-
nasa sa n'akvom kesom i, kad me ugleda, namah mi pođe pričati:
- Nek' si vala, Uzeire, otvorio kapiju da insan sa kim progo-
vori na sabahu, da se uvjeri da je živ.
- A, moja ti Bino, što mora govorit' da bi bio živ?
- Mora Uzeire, jer da ne govori omutavio bi.
- Haj' nek' ti bidne.
Srećom, naniđe onaj moj hrsuz Mute, kontam sad će i Bina
otići za svojim poslom, kad jok ona:
- Znate li vas dvojica od čega sam ja 'vako neurozna?
- Jok ja, ot'klen ću znat', moja ti Bino. More bit' od ovog sni-
jega?
- Od mesa, moj Uzeire. Ja plaho begenišem meso, a u današ-
nji vakat ne znaju hajvan ni zaklat', neimaju kad, neg' hi ubijaju,
moj Uzeire, sa n'akvim pištoljima.
- Kako ćeš, jadna, od mesa bit' neurozna. Evo ga i ja jedem,
doduše samo podahkad, kad jako bidne pemzija, pa nisam ne-
urozan.
- I hajvan ti ima dušu, Uzeire, osjeti kad ga hoće ubit' i uzne-
miri se, postane plaho neurozan i kad ječeš takvo meso pređe ti
ta neuroza pa ne'maš živa mira, baš 'vako k'o i ja.
Ne rekoh ništa, neće l' otić', kad se onaj moj nalet nastavi:
- Imaš ti, Bino, pravo, kad sam ja to ikad znao, zato ja imam
svog mesara, on ti zna sa hajvanom, fino mu nešto prouči, ima

jedno sure i za to da ga smiri. Sakrije se iza kakvog ćošeta i ti-šu-mišu, taj vakat. Kad se hajvan najmanje nada iskoči iza ćošeta i povali ga k'o bekana, zakolje i pusti mu krv da oteče. Nema se kad tele ni prepast, mlado, šesetosmi dan, tek sa sise skinuto. Hem jedeš halal, hem zdravo, nema stresa, nema neuroze.

- Koji je to mesar, ho'š mi dat' adresu da i ja u njeg' uzimam neće li me proć' ova neuroza?

Gledam onog mog hrsuza Muteta i pitam se zar on umije ovoliko govoriti, bezbeli samo kad laže i petlja.

Svoj vi posao, valja ovu zimu izdurati, a nije još ni počela, sa mesom, jal bez mesa, samo neka nema neuroze.

Maloj djeci treba mlijeka, a velikoj povjerenja.

PUŠENJE

Kad insan promijeni krevet kao da je promijenio kožu, ne budi primijenjeno, pa ne može zadugo zaspati. Okreni, obrni svunoć, kao jejna, ovolike oči, a valja danas prid narod izići.

Bogme mi noćismo u Omera od Rogatica, a u Amsterdamu, nije ti šala, pa ćemo danas dalje, kod našijeh hanuma.

Onaj ti moj Omer svako malo nestane, otiđe pa se vrati, a sav se uščuo k'o da je kroz sulunar prošao.

Ne mogodoh, a da ga ne priupitam, a on će ti meni ovako:

- Uzeire, ako mi išta dohaka ovdje u Holandiji dohakat će mi propuh i pušenje po balkonima zimi.

- A što pušiš na balkonu, moj Omere, k'o da neimaš kuće?

Ne čuh ga šta mi reče, zakocenio se od kašlja, a ogrnuo kaput i ode opet da zapali.

U ovoj ti zemlji, me'š'čini, svako nešto mota, savija i dudli, a ja kontao da se samo u nas pregoni u svemu. Sve ti je to u pet deka, samo što ovi, osim ćeifa i meraka, stignu svašta nešto i uraditi, ašćare se vidi.

Na ovom dunjaluku samo su ti dvije stvari sigurne, da ćeš umrijeti i da će ti doći računi, pa ti vidi šta ćeš, kako ćeš i sa kim ćeš.

HIZMET

Doveo nam Hamo majstora za vodu da ukopa dublje cijevi da opet ne zalede kao prošle zime i veli Fati:

- Nemoj da bi mu pravila kahve i davala da jede, sve mu je plaćeno.

- Mogu li mu makar sok razmutit', sevap je?

- Radi šta hoćeš! - kao ljutnu se Hamo i ode. Zna da je njojzi džaba govoriti.

Ovako je on jednom doveo ženu kad je Fata bila bolesna da joj pomogne po kući, a ona sve išla za njom i brisala prašinu, prala ponovo suđe i vraćala na mjesto kad bi ova đe pogrešno šta stavi. Kad je Hamo čuo da mati njojzi pravi kahve i donosi da jede rekao joj da više ne dolazi, neima rašta.

Štaćeš kad ko navikne oko drugih igrati čitav život, velim ja njemu, a Fata će ti na to:

- Ne d'o mi Bog dočekat' da mi drugi hizmeti.

VLAST

Evo sad će godina kako ne mogu proći kraj Salemove kapije, a da njega ne trefim. Ili stoji samo onako i kao fol nekog izviruje, ili jako izlazi s ispruženom rukom i selamom na usnama odu-ha-douha raskrivljenim. Velim, sabahile Hazimu.

- Sve ti je to politika, moj Uzeire, prep'o se da još šta ne napišeš o njemu, a ne mere te ni'š'čim drugim kupit' pa hoće na finjaka.

- Šta me ima kupovat', komšije smo.

- Ima, ima itekako. Vlast je to, hoće sve pod kontrolu i kad sve smiri, a sebe i svoje dobro namiri, onda bi da i savjest pere, a na kome će nego na nama sirotinji, moj Uzeire, nama su najviše jada zadali i zadaju, a nas je najlakše i kupit'.

- Mene, bogme, nije! Neće zadugo, moj Hazime, izdržali smo mi i gore zulume pa evo nas, kakvi smo takvi smo.

Ode Hazim, naručio se, veli kod hećima, a mene ostavio da dumam o vlasti.

Ima li išta hladnije od vlasti? Bezbeli da nema. Svaka uzima svoje ne gledajući ni kome ni kako. Dobra vlast ponešto i daje, a loša vlast je gora od bilo kakve morije, ne gleda ni gdje ni koga, sve živo pomori i potra bez milosti, samo da je njoj potaman. Jedino što je gore od loše vlasti je bezvlašće. I kao što je birvaktile Ilhamija išao Dželaluddin Ali-paši u Travnik da ga udave, sad mene Salem davi po Vratniku; ne mogu proći, a da njega ne trefim. Ilhamiju udaviše objedne, a nas dave godinama, pa ti vidi ko je bolje prošao u nas.

Je li Dželaluddin iz Travnika, Franjo iz Beča ili Salem sa Vratnika, sve ti je to u pet deka dok vlada, i sve hladno, hladnije od sablje što siječe i ne gleda gdje i koga samo neka je vlasti, neka je nama dobro i neka traje.

NADA

Nešto mi Fata svojutro tuhinja, jedva riječ izađe iz nje, pa zašuti i zamisli se.

- Šta je, bonićko, šta je rijet'?

- Ma ništa, moj Uzeire, nešto mi se zgurdumilo, žao mi one Nade. Jedino što sam nju volila vidit' na ovom televizoru. N'akva bila obična, prava ona naša žena, starinska.

- Jah, šta ćeš, svi ćemo tamo, neima nikom ostat' da je ne znam ti kakav.

- Vala ne d'o Bog i ostat' na 'vakvom dunjaluku, al' nešto mi je plaho žao, k'o da mi je rod rođeni.

Srknem iz onog fildžana i nešto kontam, kad sam ono dumao ko bi mene mogao glumiti, a ko Fatu u kakvom filmu ili pozorištu, uvijek mi je ona prva bila na pameti. Taman joj pođoh u mislima tražiti zamjenu kad me Fata prekide kao da sam naglas mislio:

- Valahi me je jedino ona mogla glumit', neima njojzi zamjene, jok.

Nek je njoj lahka ova naša teška zemlja bosanska, a nas neka glumi ko god hoće.

BAKŠIŠ BEG

Slabo ti ja gdje hodam, siđem jednom mjesečno da uplatim svjetlo i ostale račune i svratim ili u Ismeta, u Kazandžiluk, ili u Abdulaha, u njegovu ručnu fabriku, biva Manufakturu. Abdulah neima kad, vazdan mu ulaze, izlaze i kupuju, veli, najviše džezve i po dva findžana, a niko više ne uzima onaj findžan viška, ako ko naiđe.

- Jah, šta ćeš, moj Uzeire, takav vakat doš'o, ako ko naniđe jb ga, da izvineš.

Ispod Avdine Manufakture ima jedna starinska kahva, baš kao birvaktile i tu moreš popit bosančicu, biva pravu bosansku kahvu. Donesu ti i findžan viška, ako ko naiđe, a vazda neko naiđe. Nisam ni srknuo onu kahvu kad nekakav čovjek izbi preda me, pruža mi ruku, izdrijeljio oči na me, kao veli: Zar me ne prepoznaješ?

- Jok ja, ot'kle ću te znati? - velim mu, a nije me čovjek ništa ni pitao nego onako, išaretom, očima.

- Redžo, Uzeire, od Asima efendije najstariji.

Kako mi on to reče tako se i meni razbistri ono njegovo lice i ugledah ga kao prije četer'st i kusur godina, kakog sam ga i upamtio.

Ispitašmo se za zdravlje i familiju, ko je đe, kad i kako preselio, a ko je ostao, a onda mi on otpoče svoju besjedu:

- Ja sam ti, moj Uzeire, otiš'o u Švicu da napravim kuću i da se vratim. Ovi što su za rata otišli, otišli su da se ne vrate, a vratit će se, k'o što sam se i ja vratio da ovdje umrem. Radio sam u najboljem hotelu u Cirihu, kod Fife. Blater mi je bio stalna

mušterija, a šta sam poznatog svijeta usluživ'o mog'o bih ti na-
brajati do Aliđuna. Sa mnom radili Portugalci, Španci, Nijemci,
Švicarci, naši Jugosloveni i jedan Suljo, iz Kotorskog kod Dobo-
ja. Tu ti je dolazio da jede i jedan naš Bošnjo. Mi ga zvali Bakšiš
Beg, jer je ostavljao najveći bakšiš, a volio da ga zovemo Begom.
Pričao nam da se obogatio u Švici prodajući nakit od kuće do
kuće. Poslije mi čuli da je u ratu, u partizanima bio logističar
pa kad su našli bunker sa zlatom od NDH, on ti je natovario
pun avion zlata i za Švicu. Kažu da je taj avion mog'o letit samo
trijest metara iznad zemlje kol'ko je bio težak. Ne znam je l' ovo
istina, svašta narod izmišlja, al' znam da se nije mogao obogati-
ti prodavajući u Švici od kuće do kuće. Neise.

Jednom mi konobari otišli na večeru, firma nam plaća, i
malo se i popilo. Veli meni Pedro, Portugalac:

- Onaj vaš Beg prava ljudina, uvijek ostavi po pedeset frana-
ka bakšiša!

- Kol'ko?! - rekoh.

- Znaš i sam - veli - svima ostavlja po pedeset.

Ostali klimaju glavom, kao biva i njima toliko ostavi.

Suljo iz Kotorskog i ja se samo pogledasmo.

- Ne'š mi vjerovat', Uzeire, meni i Sulji je ostavlj'o po deset.
Dok sam živ života neće mi biti jasno što je to radio.

- A, moj Redžo, znaš što, jedino je vama dvojici bio Beg, a
ovim ostalima nije mog'o bit'.

ĆAMIL

- Znaš li ti, Mute, ijednog pisca?
- Znam tebe, Uzeire.
- K'o da sam ti ja neki pisac. Znaš li ijednog drugog?
- Ne znam ni jednog, šta ih imam znat', ne znaju ni oni mene, ali zna moj jaran Ćamila Sijarića, stalno ga spominje, ne može mu izać' iz glave.
- Eto vidiš, da si i ti nešto pročit'o tako bi i tebi ostalo nešto u glavi.
- Nije ni on ništa čit'o, moj Uzeire, nego naletio na pisca, s autom u Hrasnu, gdje je sad Robot. Na mjestu mrtav. Ne d'o Bog nikome pisca nosit' na duši.
- Ih, jesi pametan ko dvije budale. Jesi im'o išta pametnije rijet'?
- K'o kad ste vi pisci vazda zamišljeni, tako bi i tebe, ne d'o Bog, Uzeire, mog'o pokupiti kombi iz Faletića, kad kreneš u granap. Ne bi znao jesi l' u granapu il' na ahiretu.
- Nek' kupi, ako mi je suđeno. Vakat ti je da i ti počneš čitat', moj Mujo, najbolje ti je krenut' baš od rahmetli Ćamila, plaho je fino pis'o.
- Jašta ću, nemam pametnija posla, meni dosta jedan pisac. Sad bih vas treb'o sviju uzet na doradu.
- Nosi te dobrina, nije ni čudo što si počeo ćelavit', i kosa pametna bježi sa mahnite glave.

FAJERCAG

Koliko god sam bio zauzet sa svojim poslovima uvijek sam nalazio vremena da obiđem stare insane i da sa njima oturim i promuhabetim koju. I dan-danile obilazim Emina i Eminovicu, a plaho sam volio, dok su bili živi, unići kod Hadže i hanume mu.

Oni su ti imali pet šćeri, sve ljepša od ljepše, skromno su živjeli u malom kućerku punom radosti i smijeha. Ima li išta ljepše nego u neuglednim kućicama vidjeti kako sve sija, blista od čistoće i ori se od smijeha i pjesme. Neima bezbeli. Kad god na njih pomislim pomislim na toplinu doma i bogatstvo duše. Ulazio sam i u bogate kuće, da ti oči stanu od ljepote, ali topline u njima osjetio nisam.

Neise!

Počeše se udavati Hadžine šćeri po redu i po godinama sve dok sa njima, đuturumima, ne ostade samo najmlađa i najljepša Hajrija.

Čitavo je Sarajevo znalo za Hadžine lijepe i vrijedne šćeri, a čulo se i do Visokog, jer su imućniji Visočani vazda ženili Sarajke. Haj' što se čulo do Visokog nego se pročulo, nije ti šala, i do Njemačke odakle su naši neoženjeni momci počeli dolaziti da vode najljepše cure. Dojdi bi sa kolima kakvih u nas nije bilo i u nekakvim kaputima na kusove i istim takvim šeširićima. More biti bi nekoga i obanđijali sa svojim bogatstvom, ali Hadži nisu mogli pera odbiti da bi se smilovao i dao svoju najmlađu i najljepšu šćer nekakvom gulanferu što više liči na kanarinca nego na insana i još da je vodi kod naših, ondašnjih najvećih dušmana. Jok!

Jednom jedan dođe, skockao se, fin, majka ga ubila, i traži Hajriju za sebe. Sjeli oni oko mangale i turili kahvu. Nasu se kahva u fildžane, svi srknuše, a Hadžo izvadi duhankesu da smota cigar duhana, kad će ti onaj prosac za džep i tutnu Hadži pod nos nekakve stranjske cigare koje Hadžo, bezbeli, odbi. Hajde što je to uradio inekako, ali kad Hadžo smota cigaru i stavi je u usta, a ovaj ti brže-bolje isuka fajercag, njemački, nije ti šala, krehnu ga isprve da pripali Hadži cigaru, a Hadžo ni mukajet, ko da neima ni njega ni fajercaga ni vatre, nego on uze malo žara mašicama sa mangale i pripali.

Krenuo momak sav sretan, konta, evo meni fine žene, kad će ti njemu Hadžo:

- Haj' ti sad dijete kući pa kad dojdeš turi ciglu i crijepa u vodu pa kad se to rastopi ti se vrati i vodi Hajriju.

- Ne mere se cigla i crijep otopit' u vodi.

- Ne mere se ni cigar pripaljivat' fajercagom pored mangale, sinko.

I tako je Hadžo vraćao prosce, nije što im je nalazio mahana nego što mu se nije davala šćer i ne bi li što duže ostala sa njima. Haj' ti to sačuvaj, moj brate, pogotovo u onaj vakat kad se ljepota plaho cijenila i kad su momci bili spremni sve učinit' da dođu do one što mu srcu omili. U nas su znali reći što je dobro i lijepo ostaje u mahali, tako se i Hajra udade u mahali, da li zbog ove izreke, da li zbog oca i matere, ne umijem ti rijeti.

PITA

Kad sam čuo ovu priču o našoj piti sav sam se naježio:

- Uzeire, znadeš li ti kad smo mi došli u Kanadu da ovdje niko nije znao šta je pita - veli mi Hasa.

- Ne znam, ot'klen ću znat'!

- Naš Keno tek poš'o u školu. Jednom dođe, kaže, mama napravi pitu, sutra svako mora donijeti nešto iz svoje zemlje.

U ranu zoru ustanem da napravim pitu i vrelu odnesem u školu. Trudim se ja da jufka bude što tanja, da je savijem da sva bude jednaka, da se što je moguće bolje ispeče. Izvadim je iz rerne, a ona kao na suncu pečena. Ne može biti bolja. Premažem je puterom, izrežem na jednake komade, mjerim centimetrom. Jednu tepsiju na jedan kuk, drugu na drugi i sva sretna u školu. Pokrila je folijom, a foliju izbušila da se ne potpari, da je lijepa, hrskava.

Miriše pita, sva se škola uzmirisala. Predam je učiteljici. Poredaše se stolovi, donese se hrana, neima šta neima... sve osim moje pite. Obiđem oko stolova, jednom, drugi put... pite nema. Dijete pita, mama gdje je naša pita, a ja ne znam šta da mu kažem. Već mi oči pune suza. Mislim se, sigurno im se nije svidjela ili nešto nije u redu pa su je bacili. Šta ja znam njihove običaje? Tuđa zemlja.

Pokupim dijete pa kući. Grlo mi se steglo, ne mogu da govorim. Danima samo mislim o piti. Stid me da čovjeku kažem, a kamoli nekom drugom.

Dođe Keno jednom iz škole i nosi moje tevsije, kaže, mama, sve su ti pojeli učitelji i nastavnici, nisu je ni iznosili, koliko im je bila dobra.

Kemal Čopra

Sutra ujutro napravim ja ponovo pitu pa u školu, pravo u zbornicu. Stavim na sto pitu i preko vrata. Trči učiteljica za mnom: „Thank you!" A mene smijeh spopao, opet mi oči pune suza od dragosti.

Sad u Kanadi možeš kupiti pitu na svakom ćošku, ali i ako je prave naši ljudi nije ni nalik na našu, baščaršijsku ili onu ispod sača.

JEHUDIJE

Birvaktile je u Sarajevu bilo puno jehudija, biva Židova, a gdje njih ima tu ima blagostanja, jer su to vrijedni i radišni ljudi, skloni nauci koji se svugdje uklope i prilagode sad pa sad, a čuvaju i ne daju svoje, što im prigrabi poštovanje i povjerenje.

Kako je koji kijamet nailazio tako su se i oni rasipali i rijedili u Sarajevu, a najviše za Drugog rata, kad plaho stradaše. Ono što je ostalo poče rasprodavati zaostalu imovinu i put obećane im zemlje. To što je ta zemlja bila od drugih i što oni počeše zulum raditi kao što su njima birvaktile je malo viša politika i nije za ove priče. U ovoj priči sam vam samo htio reći koliko su oni dobra donijeli Sarajevu. Pošto su došli iz toplijih krajeva nisu umjeli sa vatrom deverati pa se u mahalama počeše požari događati, a galama iz njihovih kuća se nije mogla durati, jer su pjevali i svirali nešto nepoznato i za uši neugodno Sarajlijama pa im izgradiše naselje u Velikoj avliji i sirotište pri Katedrali.

Helem, da vam ne duljim i da priča ne ode ukrivo, samo još ovo da vam reknem.

Birvaktile, kad bi ko htio započeti kakav posao u Sarajevu prvo bi otiđi u Veliku avliju, kod jehudije Haima, za savjet da priupita šta je najbolje započeti, a on bi mu reci ovako:

- Šta me imaš pitati? Nego ti prohodaj mahalom i kad vidiš najveću i najljepšu kuću pitaj šta taj radi pa počni to isto raditi i, ako imadneš pameti i nafake u tom, imat ćeš i ti takvu kuću.

Taman ovaj krene da gleda kuće, a on ga zaustavi na vratima da bi mu rekao:

- Zapamti sinko, najbolja ti je nafaka kad kaplje pomalo, a zadugo, pa ti vidi.

Tako je to nekad bilo, danas je, haman, skroz drugačije i kad vidiš najveću kuću u mahali bolje ti je da ne radiš to što je taj radio da bi je napravio koliko god ona lijepa bila, a što se tiče kapanja, u današnji vakat ti more povazdan kapati, al' ti ne mere nikad nakapati koliko ti treba, pa ti vidi je li do tebe ili do kapanja.

PREVRTAČI

Naiđu ovako dani kad se ljudi slabo razumiju, slabije nego u nekim sretnijim danima kad mogu više i bolje podnijeti nepravdu, laž i zulum svake vrste. More biti smo mi takvi insani, od takve japije, nalik golubovima prevrtačima kad se vinu nebu pod oblake i ti taman pomisliš da će ti nestati sa vidika kad se on naglo prevrne i stušti prema dole kao đule, bi rekao sad će se zabiti u zemlju ili u dno kakve duboke rijeke. Samo što si ti pomislio da ga više nikad nećeš ni viditi kad se ono zaokrenu, samo se poravna sa svojom sjenkom ili ogleda u onoj vodi, uze kap i nazad u visine. Sve samo zarad izazivanja belaja ili divljenja drugih, ljepote i ugođaja oku. Eh, takvi smo ti mi ljudi, baš kao golubovi prevrtači, taman da dotaknemo najveću visinu ili dno začas prevrnemo, niti smo u visini niti na zemlji nego prevrćemo li prevrćemo, đah gori đah doli. Đah ovako đah onako.

Znamo trpiti kao niko i zadugo, sve dok ne dođu vako neki dani kad se natakarimo jedni na druge i na sve i svašta, pa gorimo i vatrimo na krivog i dužnog isto kao i na pravog i nedužnog. Jah!

Kemal Čopra

MLIN MELJUCKA

Oduvijek su se ljudi volili šaliti i smijati. Smijeh je plaho dobar za zdravlje, a odvajkada smo znali da se šalama može neko ili nešto dobro išprdati, uniziti i napraviti budalom.

Bilo je ljudi, a bogme i žena koji su bili plaho nadareni da ispričaju i nasmiju druge, dok je bilo i onih koji su htjeli, ali nisu umjeli pa ti ne znaš bi li se smijao ili plakao kad ti ono ispriča neku šalu.

Birvaktile nije bilo toliko šala sa drugom namjerom osim nekog nasmijati i zabaviti. Ljudi su prepričavali dogodovštine i nadodavali ne bi li bilo što smješnije. Bilo je onih za sviju, ali i onih koje su se pričale na sijelima ha bi svu djecu oborio san. Da ne spavaju sva djeca kad zatvore oči dokaz je i ova priča pa poslušajte je ako je već niste čuli:

Došli svatovi po mladu i poveli je, kad u putu ona prducnu i svi je čuše. Svatovi se samo zgledaše i onaj jedan veli mladoženji, asli je ona nešto bolesna dok ne mere zadržati vjetrove. Da mi nju vratimo navakat i za vida.

Kad to ču, mlada zapjeva iz sveg glasa:

U mog babe mlin meljucka, sita guza pa prducka.

Biva da se pofali da joj babo ima mlin, da je ne bi taj njezin vratio.

Kad nekom plaho zine guzica za dunjalukom,
a nema Bog zna kakvih znanja i sposobnosti,
takvi su ti insani kao bačen kamen,
teško onom koga strefe.

VJERA

Sretoh jednu hadžinicu što je od svojih para bila na hadžu i ona će ti meni ovako:

Davno sam ja bila, Uzeire, ovo mi je drugi put. Kad sam prvi put išla zamolio me Ibro sa Mejdana, na sirijskoj granici, plaho je onda pušio, da uzmem sebi koju šteku cigara što je ponio, biva neće mu ih dati prenijeti. Samo gledali cigare i američke dolare nisu dali pronijeti. Ibro ponio punu torbu „drine". Uzmem mu onu torbu, otvorim je, proučim Euzu i Bismille i samo je zatvorim. Rekoh, dat će dragi Allah da prođe. On me samo onako gleda i ništa ne reče. Možeš misliti, nisu mu je ni otvarali, moj Uzeire, a Ibro nije više ni zapalio cigare ha je sa Arefata sišao. Evo tebi rekoh, a ovo nisam još nikom pričala.

Nek' nisi, moja ti hadžinice, mogu ti navaliti šverceri i pušači, nećeš ih se kutarisati šale.

ČISTUNICA

U nas se zna za poneku ženu reći da je prava čistunica, i ne treba joj bolje hvale. Opet se za neke kaže, nije Bog zna kako čista, ali je vrijedna. I sve tako. Za svaku se nađe ponešto. Tako neki dan dođe Mutetova Vesna u nas i veli u mene Fati:

- Baš si ti, Fatma, hanuma čistunica! Meni se nekad ništa ne da raditi po kući.

- Dojde to insanu, moja ti, a što je stariji sve češće. Kakva sam ti ja prije bila, sad mi se vala nešto i ne mili.

- Šta bi onda meni rekla?

- Ništa, šćeri, svako zna svoje, neko 'vako neko 'nako. Ne znam ni šta bih ti rekla, valjda tako nas učili pa nam čistoća bila na prvom mjestu. Vazda su nam govorili, neka je i droljavo, samo da je čisto. Više mi je od pola života prošlo u čišćenju, more biti sam trebala manje čistiti, a više nešto drugo raditi. A opet, šta bih drugo?

- Ne znam kako je bilo u onaj vakat vama ženama, ali danas žena ima svašta nešto za sebe.

- Kako koja, moja ti Vesna, uvijek je bilo žena koje su znale za sebe i sebi, a nas učili samo kako ćemo služit čo'jeku i držati kuću. Da ti samo znaš kakva je moja rahmetli sestra bila čistunica, ne valja vala ni onako. Njezin je čo'jek krio košulje pod jastuk da mu ih ne pere stalno.

Ja joj jednom oprala suđe i izašla negdje, a kad sam se vratila ona pere ono suđe.

- Šta to radiš, sestro? Sad sam ga oprala.

Kad će ti ona meni:

- Da si ga oprala kako treba ne bih sad ja prala.

I kao hujnu se na me.

Čovjek joj nikad nije ušao u kuću, a da ona ne iziđe prid njeg dole niz basamake s ibrikom vode da prvo opere noge. Nije se ni bunio, jadnik. Vazda je za njim nosala ibrik, leđen i suhu krpu.

Kad joj ko dođe bolestan ili samo prehlađen sve bi šteke ključalom vodom operi, i gdje je god taj dotakao dobro istari.

Jednom joj noćio njegov rođak, bio jadnik nešto na plućima bolestan, i ona ti je onaj dušek gdje je on spavao izribala i progorila čisteći ga, bilesi solnom kiselinom.

Nastavila se Fata Vesni o svojoj sestri, a ja se sjetih kad sam sa badžom sjedio u avliji i dođe milicija, neko ga naveo za svjedoka za nešto, pa da uzmu izjavu, kad u mene svastika dođe i poče onom milic'oneru skidati dlake s uniforme i tresti prhut.

Kad je nije priveo u stanicu.

Ne kaže se džabe da čista kuća zrači rahatlukom, moja ti Vesna, samo što je moja sestra pregonila pa od tolike čistoće nije imala kad biti rahat.

Nama su znali ovako rijet: Djeco moja, radite, nemojte se štediti, neimate rašta, bit će tijela i crvu i mravu.

DESET ŽENA

Nana Subhija je često znala rećit da je naš dedo Atif imao deset žena. U mene mati joj je u svemu davala za pravo osim kad bi ovo reci.

- Ih, deset, odakle mu deset žena, bona ne bila, mati? Kako hi ja ne znam, pamtim samo dvije. To si ti čula u onoj pjesmi. Jok on.

- Jašta neg' deset, k'o kad je bio naočit, imao one nausnice pa kad bi još nakrivi fes, ne mereš gledati u njeg' od ljepote, a iz fine, stare sarajevske familije Arnautović.

Prvo dovede onu Nafiju, od Šoša, sve su mu bile iz bogatih familija, a ona mu donese sejsenu, biva miraz na sedam ata. Plaho je sevap kad mladoj dogone sejsenu, biva cejzluk. Prije se govorilo, ako neimaš ništa dati makar udjeni konac u iglu pa je zabodi na samar kad miraz gone. Sevap je.

Uredila Nafa kuću sva sija. Na minder stavila kalufne jastuke od čohe i prekrila ih sve srmom izvezenim peškirima i jajgijama. Prostrla sve nove, rukom tkane ćilime.

Birvaktile su žene plaho znale sa ljudima, nikad hi nisu zvale po imenu nego bi him reci: Đela mašala, moj beže, bujrum, paša moj... I sve tako. Nafa je vašeg dedu Atifa zvala Atila.

Kad bi on dojdi sa posla, đe god bi stani ili pojdi da sjedne, ona na njega:

- Ne na to, Atila, pogužvat ćeš, isprljat ćeš, to je meni babo dao u miraz...

Njemu ti dodije i on joj jednom sve ono što je donijela skine i razbaca, veli da ima đe sjesti rahat.

Kad bi pojdi raditi, pita ga Nafa šta će ručku i on joj rekne. Dođe sa posla, a ona spravila nešto drugo. I tako vazda dok se on ne dosjeti pa joj rekne šta će spremiti, bezbeli nešto što ne voli, a ona ti uzinad spremi nešto drugo i ne znajući da on to plaho begeniše.

I tako prođoše i dvije i tri godina u natezanju, a kad sa nekim živiš ne mereš se sa njim natezati i ići mu uz dlaku nego mu moraš ugađati pa da mu se omiliš. On ti Nafu vrati babi, a ona ponese sve što je donijela. Osta kuća prazna, ali se imalo gdje sjesti, a bogme i pojesti što je srcu drago, znao je često reći vaš dedo Atif.

Domalo, dovede Sajmu Mulalićku. Rekoh li vam ja, sve iz finih sarajevskih familija.

- Haj' eto dvije i ti treća, ali nemoj, bona ne bila mati, govorit' da ih je im'o deset kad nije.

- Jašta je, ako nije i više. Samo dok sam ja bila za njim doveo je tri na me, i to sa češme, kad bi se vraćaj iz akšamluka sabahile. Sve mlado bilo, poletilo u finu kuću. Ha on ode spavat' ja se izgalamim na njih i otjeram hi kući. Haj' ti, rekoh, dijete svojoj mami, a ja neću nikom govorit' da si pošla za ženjenim čo'jekom. Ako ko uspita, rijet ću da si mi vode donijela.

- E sad si ga vala zeleno uzbrala! De ne pregoni, bonićko, djeca te slušaju - veli joj moja mati, biva ne da na svog babu.

- Jašta je nego im'o deset žena, više neg' u onoj pjesmi.

I tako bi se ona nastavila pričati sve do desete žene da nas mati ne rastjera samo da nana prestane o tome više pričati.

PONEDJELJAK

Lahko je pomaknuti sahat sa jednog mjesta na drugo. Lahko je vratiti i kazaljke sata, ali hajde ti u starom insanu nešto promijeni i pomakni ga sa mjesta. Ne mereš, bezbeli.

Evo nas u nas na čardačiću, djeca otišla u škole, niđe živog roba neima, a mi još kahvendišemo i uzdišemo.

Ni 'tice se ne čuju!

- Neka vala ne čuju, da insan malo mozak odmori i od njih. Otkako se navadiše u nas pod strehu ne mereš ostat od njihove cike i đivđanja, a usraše... Ne mereš naprat' za njima - veli Fata.

- Prvo si hi navadila mrveći him hljeb, a sad ti smetaju.

- Vala smetaju, da mogu sad bi him rekla: hajte selite, kifelite mi ispod strehe. Ko da oni haju za mene i što meni smeta.

- Znam da ne bi, al' eto, insan je nekad težak sam sebi pa mu svak' smeta, i golub i golubica kad poleti sa Baščaršije i vrapci na grani, a kamoli ispod strehe.

- Jah!

Ne progovorismo više ni jedne i svako ode za svojim poslom. Ako se dan po jutru poznaje, najbolje mi je danas zabiti nos u svoje ćitabe i gledati svoja posla.

Proći će i ovaj ponedjeljak kao što je svaki dosad prošao, bezbeli.

SAMIR I EMIR

Izišao malo na sokak da vidim je li ova kiša šta nanijela, kad eto ti Muteta, kao da je virio.

- Dobro si ti rek'o, Uzeire, ne pada kiša nego se spušta na zemlju i u Vodovod, a u nas sve u kanalizaciju ode.

- Nisam to ja rek'o, ugursuze jedan, a jest se vala ispadalo noćas. Božije davanje, moj Mujo, još da je znaju ufatiti pa sačuvati.

- Oni znaju samo maglu fatati, pos'o čuvati i plate džabe primati.

Nastavili se mi o vodovodu, a bogme i kanalizaciji kad komšija Salem, onaj iz stranke.

- Merhaba momci, bajrambarećola!

- Merhaba ja', Allah raziola i tebi bajrambarećola.

Ha Salem gdje zastane počne se svijet iskupljati oko njega, kao da je on nekom zabremedet, a bogme jest, sve dok je na vlasti. More biti zato nigdje i ne zastaje da ga ne bi ko šta pitao i ispitivao o njegovim marifetlucima.

Dođe i komšija Emir, neki ga tako zovu, a drugi Samir.

- Čekaj, ba, malo - veli Mute - jesi l' ti sad Emir ili Samir, kako ti je ime, ba, šta ti stoji na ličnoj, u dokumentima?

- Samir mi je pravo ime, al' me zovu Emir.

Pojasnim mu kako su birvaktile davali djecu što su slabije napredovala nekome u komšiluk, a ovi im predijevali imena i poslije ih svi tako zvali, a neko i dan-danile.

- Svaka čast, Samire, tebi se isplatilo što su te dali, mašala dobro si napredov'o k'o Emir.

- I mene su davali - veli Salem. - Meni je bilo ime Edhem.

Kemal Čopra

- Eto vidiš, kod Samira ovo upalilo, a tebe treba opet nekom dat', al' da te ne vrate više nikad - veli mu Mute. - Slabo si mi, komšo, skroz napredov'o!

- Moram ići, imam važan sastanak - veli namah Salem i ode.

- Sad je meni jasno što on niđe ne zastaje. Valja pred narod izić' i stat', moj brate.

- Čuj sastanak, a nedjelja, još Bajram...

FILDŽAN SA VIŠKOM

- Ne bih ja mog'o kahve popit' ni iz čega osim iz fildžana - veli mi Hazim iz čista mira.

- K'o da je nisi nikad popio iz kak'e šolje?

- Jok ja, Uzeire... Jednom bili na terenu u Sloveniji i nisam ponio fildžan, rekoh tamo ću kupit'. Sve prodavnice obigr'o niđe fildžana neima i ja ti na kraju kupim šoljicu što je najviše nalik fildžanu.

- Eto vidiš da si pio iz šoljice!

- Jok ja, Uzeire. Uzeo pilu i otfikario onu ručku, smetala mi, kvarila mi ćeif, šta li!?

- Biva, osunetio je!?

- Jah, otfikario višak, moj Uzeir-beže.

BASAMAKE

Nema mi ništa gore nego kad mi se prikaže ko „haman ha" neko, i počnem kontati, evo ga normalan čovjek... kad... Jesam li to pomislio, kao da zna, osjeti, šta li, pa se preobrazi namah u budalu, a i dalje te nastoji uvjeriti kako je onaj isti sa početka priče.

Vazda je u nas bilo takvih, a u ovaj vakat na pasja preskakala.

Sve nešto kontam, što li to rade i ovaj dunjaluk čine još gorim mjestom nego što jest? Meni bide nekako žao i sebe i njega što je takav, i što je i sebi i meni pokvario i merak i ćeif i rahatluk zbog nekog sitnog šićara.

Nama njih bude žao, a oni gledaju samo sebe, a nas vide kao samo još jednu basamaku koju treba preskočiti na putu do vrha... nekog njegovog, tornja, a i ne zna, jadnik, da ljudi nisu basamake koje on lahko preskače, nego su mu hajdamake do dna. Ljudskog.

HEĆIM

Kad god upitam mog Kemicu sa Dolac-Malte što ide kod onih hećima za dušu, biva „spihologa", kad je zdraviji i duševno i umno od mnogih što se pikaju zdravi, nikada neće rijet da je zbog rata, nego ti on meni rastabiri ovako:

- Kad neće bolesni da se liječe moraju se zdravi od njih liječit', moj Uzeire, da nas ne uvuku baš sviju u njihovu stvarnost, onda tek odosmo u helać.

Nisu džabe pacijenti u Jagomiru pisali po zidovima „mi smo ovdje zato što smo u manjini", a ovi brisali da ne bi ko vidio. Da ih ne provale, moj Uzeire.

E ovo zadnje si, beli, zeleno uzbro, biva nadodao, al' da su u nas normalni u manjini to stoji, moj Kemale!

BAKRENO SUĐE

Svako malo eto ti nekog da upita:
- Što to, Uzeire, ne pišeš, šta je reći?
- Rašta ću pisati, prođite me se - velim. - Kad je ovaj narod n'akav baš k'o i ovo vrijeme, heftu vrelina k'o ispod sača, a drugu heftu lije k'o iz kabla. Eno mi onaj hadžibeg viš' kuće vas svehn'o.
Narod se unervozio i nahorozio, samo što ne počnu skakati jedno na drugo. Najbolje šutiti i gledati svoja posla kad svako govori i misli pa makar i tuđom glavom. Birvaktile se znalo ko govori i čija se pika i svako bi mislio ko jedan, a jedan bi sastavljaj šta će svi misliti. U današnji vakat svako ima mišljenje, taman i da nije njegovo, i nije ga ni stid pričati, samo neka je kontra pa kako god.

Bogme se i ostarilo, a star insan kad metne kahvu zaboravi namah je li uključio il' isključio ringlu pa zaspe kahvu hladnom vodom, a sjeti se svega kad je bio ov'lihni, biva maksum.

Mi stanovali u Samardžijama, pri Begovoj kahvi, a igrali se povazdan na česmi iza Begove kafane.

Najdraže nam je bilo kad bi se posvađaj Hilmo i Nizama, kuća više naše, pa bi otvori sve pendžere, uz vrisku i galamu pobacaj bi sve bakreno suđe, a nama bilo plaho zabremedet kad bi oni sahani i demirlije zazvonili po kamenoj avliji.

Nana Subhija bi samo kolutala očima i otpuhivala Allah selamete.

Poslije bi se smirili i podobar vakat bi skupljaj ono suđe odvajajući šta je za kazandžiluka, za popravke, a šta za kuće. Sve šapatom bi gugutali jedno drugom, nisi hi mogao ni čuti šta govore.

Nana Subhija je imala na sve odgovor, a za ove svađe samo bi reci:

- Djeco draga, ne d'o vam dragi Allah da bi šta uzeli što su oni pobacali, svakako će se pomirit', a vi ispadoste lopovi.

Kad bi se mi zagledaj u nju da nam rekne što ovo oni rade, ona bi nam reci:

- Nemojte u životu nikad puno mrzit', a ni volit' previše, jer poslije će vas biti stid kad zavolite onog što ste mrzili, a zamrzite onog koga ste plaho volili.

Da sam tad umio, beli bih je upitao:

- More li to tako u nas?

A ona bi odgovorila, bezbeli da ne mere, ali probajte, more biti u vas mogne.

Ha ustanem da pođem, zaboravim po šta sam pošao, a još mi u ušima odjekuje klepetanje i zveket bakrenog suđa iz Hilmine i Nizamine avlije.

BAŠ KAO HADŽIBEG

U nas ti, u Bosni, odvajkada, haman svaka avlija ima i uzgaja hadžibega.

More biti da je tako i sad, a more i ne biti, ko će ga znati.

Hadžibeg se gajio sa posebnom pažnjom i ljubavlju domaćina, jer je oslikavao toplinu, ljubav i gostoprimstvo koji u toj kući vladaju. Posebno su ga njegovale cure pred udaju i u takvim avlijama je bio ponajljepši. Neki su govorili da su mnoge ostale i neudate, jer su svu svoju ljubav poklonile ovom cvijetu, dok su drugi kazivali da su se cure brže udavale, jer bi procvjetale zajedno sa njim u svoj svojoj ljepoti. Svaki hadžibeg ima svoju boju, i ta boja i bujnost biljke i ljepota cvijeta, određuju količinu i vrstu rahatluka u toj porodici. Uz čuvarkuću, hadžibeg je bio simbol bosanske avlije.

I dok čuvarkuća čuva kuću od svakog zla i belaja, hadžibeg čuva i održava rahatluk u toj kući. Naši su stari govorili:

„Bolje ti je imat' čuvarkuću neg' kera i demire na pendžerima, a hadžibega neg' ne znam ti šta."

Kad pripovijedaš ljudima i svi te slušaju, kao biva pretvorili se u uho, a ti kontaš svi te razumiju, a kasnije ispade da te razumio jal jedan, jal nijedan, onako kako si ti htio da him rekneš, a ostali po svom, kako kome paše.

Sve se kao pitam:

- Što li se ovaj naš narod 'vako iskvario?

I ne iskvario se, moj brate, šta je sve predeverao i preturio preko glave, a bogme i glavom zaplatio. Ovo što ostade, dobro je i u pameti ostalo. I nije više merhametli kao što je vazda bilo.

Neka vala i nije, kad su svi iskoristili taj njegov merhamet i udarili na njega kao bijesna paščad. I kad te jednom zmija ugrize, što bi rekao u mene Hazim, „ne bojiš je se više nego ujedaš prvi i ne gledaš ni ko je ni šta je nego samo grizeš“. Ovaj nam je zadnji rat donio dosta jada i belaja, ali nam je, more biti, i valjao. Pokreno je svu onu pamet što se godinama krila po bosanskim gradovima i selima i odveo ih na mjesta gdje se ta pamet nije više mogla sakriti nego je procvjetala u svoj svojoj ljepoti, baš kao u mene hadžibeg kad rascvjeta.

I kako ćeš se, jadan, uživiti u ovakvu priču kad još vidiš bosanskog insana s ovo malo duše koju otkriva svima kako bi mu svako lahko mogao pljunuti na nju. Ne mereš.

Jer je bosanski insan sad, kao hadžibeg, posijan svuda po svijetu i primio se, i cvjeta u bukadar boja. Kakva mu je zemlja, takva mu je i boja. Još da je kakve države ili kakve pameti presaditi, gdje bi nam bio kraj.

ROĐEN U NEVAKAT

Kad sam rođen, pravo da ti velim, ne znam ni sam. Jedino što znam je da sam rođen u nevakat. Volio bih ga viditi ko je ovdje rođen u vakat i da nije kakvog rata predeverao, more biti samo oni što je zglajzao i zijanio od kakve nesreće, jal bolesti. Samo je takav sretan što je imao tu nesreću da zijani naprečac i ne dočeka kakvog belaja koji mu je rođenjem suđen. U onaj vakat se nije plaho hitilo ići maksume prijavljivati kao danas. Ha se rodi odletiše ga utefteriti u ćitabe, a ako je muško namah ga upišu jal u Želju, jal u Sarajvo, ne bi li him postao fudbaler. Nije se igralo oko djece kao danas. Pusti te, ha na rijeku, ha u kakav zijan, pa ako se utušiš ili te šta pritisne bogme i nisi za ovog dunjaluka. Od iste smo japije pravljeni, ali nismo isto istesani. Danas ti djecu toliko istanje pa him pucaju kao suhe grane. Taman mi još nešto naumpade, pa sam htio pritefteriti kad me zovnu Fata i prekide mi misli:

- Uzeire, telefon, asli je vanjska!

OMER OD AMSTERDAMA

Ko će ti biti?

Onaj Omer od Rogatice, a sad Omer od Amsterdama.

OvVako ti mene počesto uzbizuhuri ovaj naš svijet što živi po stranskim zemljama, haman, po čitavom dunjaluku. Kao biva da me upitaju za zdravlje ili onako, a ko će te, moj brate, na ovom vaktu tražit' 'nako. Neg' ti oni mene zovnu da mi se izjadaju. Tako i Omer. Siš'o u grad, ono pred sami rat i bio u nas k'o u svojoj kući, onda se još sve dijelilo dok se imalo šta dijeliti, a moja nana Subhija, još je bila živa, tada reče:

- Ne'š ti ovo ni puškom više vratit' na selo.

Tako ti i bi. Nije se ni zapucalo kako treba, namah ga nestade. Pred kraj rata stiže haber od Omera iz Holandije. Bilesi iz Amsterdama.

- Kako je znalo naći Holandije? - veli u mene nana Subhija.

Neise, dobi on tamo socijalu, rat se završi, kupi n'akvog auta i za Bosnu. Kažu da je čitav dan kružio oko Amsterdama, nije znao izići iz njega. Da vidiš sad tog Omera! Snašlo se to...

- Uzeire, na vel'kom sam ti belaju - veli mi Omer.

- Što? - rekoh. - Šta je rijet'?

- Onaj moj Amer, nema ni 16, a naš'o n'akvu curu, Holanđanku, i sve po njihovom adetu. Jednom je doveo u nas i, nismo je serbez ni pogledali, odvede je u sobu i dobar vakat ih nema. Dođoše da jedu, kaže meni Amer, babo ona će večeras kod mene spavat'. „More", rekoh, „al' da vam ujutru dovedem hodžu, nek' vas makar šerijatski vjenča." „Babo, ako ti mene oženiš ja ću se ubit." Šta da radim, moj Uzeire?

Kemal Čopra

- Ništa, moj Omere. Treb'o si rijet djeci da ne pristaju za njima, sad deveraj po njihovim adetima.

On više nijedne ne progovori.

- Hajde - kaže - allahimanet, pa ćemo se čut'.

A ja se vratih svojim ćitabima i zaboravih šta sam ono htio reći.

PRIČE O INSANIMA I HAJVANIMA

Plaho godi insanu primati čestitke i aferime. Ne dao Bog da sam mlađi, more biti bih se i pohasio od ov'like pažnje i hvale. Sve u svoje vrijeme i na vakat, bezbeli.

Neima ni godina kako niko nije ni znao za mene. Hajde što nije znao, inekako, ali što sam tad mislio da je sve otišlo u helać i da nije ostalo ni ciglog insana, samo pasjaluk, pogan i krmaluk. Da sam tad umro i da je hodža pitao hoćemo li mu halaliti i svi rekli halalosum, ja bi ustao i rekao ne halalim ti, Uzeire, što nisi znao da još ima bukadar insana na čijim plećima stoji ovaj naš dunjaluk, a još više onih koji su zaključali taj insanluk u sebi da im paščad ne bi pljuvala po njemu.

Zbog takvih pišem, evo ima više od godine i prizivam ljudskost u ljudima.

Ove moje priče nisu ni sarajevske ni bosanske, niti su priče o raji i papcima, ili o starim vremenima kad je sve bilo bolje.

Ovo su priče o insanima i hajvanima kojih je vazdan bilo i bit će. Ko god uzme da pročita otvorenog srca i duše, za njega ima nade, a ko nalazi mahane i razloge da ne čita, neka mu je Bog na pomoći, a i nama sa njim.

Kemal Čopra

REAKCIJE ČITALACA

Pozdrav Hadžibeže,

- Priče su ljudi... A jedan pisac svakog jutra sjedi pred bijelom hartijom, predaje se, unosi i slaže jednu riječ za drugom, dok sve ne bude gotovo... Nije li to tako jednostavno i istovremeno neopisivo teško, da bi svijetu pružio otvorenu knjigu svojih besjeda, koje mogu zadovoljiti svačiji um.

Još uvijek, svakog jutra, čitam tvoje priče. Ponekad se i nasmijem, zamišljajući te kako sa čibukom sjediš na čardačiću, sa svojom Fatom, očekujući onog naleta da ti dođe. Znaš, nikad ti nisam rekla, kako njega zamišljam: kao omalenog, proćelavog čovjeka, uvijek spremnog za šalu. Čitajući tvoju prvu i drugu knjigu, uvijek sam se pitala: pa ko je taj čovjek koji je stvorio fiktivni lik jednog Uzeira Hadžibega i njegove Fate i počela sam te pratiti.

Uvijek si znao da u svojim pričama ogledaš čovjeka i njegov život i sa svojom mudrošću opišeš dio naše svakodnevnice, kao da si u stanju da svakoga čuješ, a u tome je zapravo sva tvoja veličina... To je zapravo tvoj život, u kojem nisi samo ti, nego i svi koje dotakneš i način na koji nas dotakneš.

U svom književnom stvaralaštvu, sa kojim si uspio svima izmamiti osmijeh i donijeti radost, okupio si jedan svijet, koji zajedno sa tobom dijeli svoju rutinu, svoje životne priče, koje se nadopunjuju sa tvojim riječima koje kao prijatelj dijeliš svima, možda i nesvjesno stvarajući još jednu lijepu i dragu uspomenu.

Jednog dana, neko će opet sjediti pred bijelom hartijom, predavati se, unositi, tražiti prave riječi da bi napisao bilješku o piscu, a dotle, svi će znati priču o jednom Hadžibegu. Znam te po tvojim, dobro sačuvanim, knjigama...

„Kako je krenulo, na cijelom će dunjaluku bit' isto. Sve ćeš moć' kupiti, a nigdje neš moći nać' duše i dobrog insana." - Kemal Čopra, „Hadžibeg"

Čitateljka

Treba nam Hadžibeg i sve te njegove „priče i komentari". Da nas podsjeti i uči bitnim stvarima i vrijednostima u životu. Nana Fata mi je legendarna. Dijelom što „razbija kliše" o Fati (koju znamo iz viceva), a dijelom što njeno „jah" i šutnja dosta toga govori kakva žena treba biti, nenametljiva i mudra. Treba znati i saburli odšutjeti u pojedinim situacijama. Žive dostojan život, „ukroćen" i odmjeren, i to mi se posebno sviđa u vremenu kad su nam „sve uzde puštene" pa se većina ne zna nositi sa tim.

Armina Sejfić Kristiansen

Svaka Vam čast Hadžibeže. Ono što Vi pišete sigurno je višestruko vrijedno i zaslužuje pažnju i poštovanje. Kroz te likove se jasno oslikava prošlost i sadašnjost jednog naroda, njegovog pogleda na društvo i njegove fenomene. Osjeća se specifičnost tog jezika i te kulture. Ponekad pomislim da toliko poznajete tu kulturu kao da ste bili u svakoj našoj kući.

Farko Kugić

Predivne... poučne... emotivne... često smiješne do suza... ili tužne do neba... kao vremenske mašine... nostalgične priče... Svaka ti čast. Uživam u svakoj riječi... Hvala ti od srca što postojiš.

Jadranka Dubljević

Efendija (gospodin) Hadžibeg nas podsjeća i uči starim bosanskim zavjetima i jezikom naših predaka, Hadžibegovo izražavanje je neprocjenjive vrijednosti. Koliko god to nekome zvučalo ovako ili onako, ali pravi Bošnjaci sigurno će to cijeniti i uživati u tim lijepim bosanskim riječima, koje mile i struje kroz našu krv.

Zekira Ahmetspahić Gušić

Šta više reći za Hadžibega... Potrošila sam sve riječi hvaleći ga, divila se svakoj novoj priči, čiji sadržaj i na moj život liči.

Samo da ti zaželim još mnogo uspjeha.

I poslije treće knjige, oči su mi uprte u sljedeću i još mnogo više, samo neka se piše. Hvala ti, što nas obraduješ...

Hasna Kahrimanović

Ma svaka čast! Da se može ko naći da nam snimi sve ove tvoje priče, da ih umota u jedan film ili seriju, ja mislim da bi to bio jedan pravi hit! Samo kažem.

Dženeta Čampara Isić

Ma hajde, bolan Uzeir-beže, asli su ti bitni anam oni, bitno je da te narod voli, onaj sa kime muhabetiš... Džaba bi ti bilo da te anam oni priznaju ako te narod ne benda, a nas je vala više nego njih, ha ja. Selam neka je tebi, i neka nama tebe, a i tebi nas.

Šuhra Destanović

Knjiga je toliko dobra da sam je pročitala u jednom dahu.Duhovita :) Dedo Uzeir pokupio sve simpatije a sa ostalim likovima samo se sve upotpunjuje. Sva sjećanja se skupila ona stara, lijepa i ona manje lijepa, ali opet u nekom specifičnom duhu. Bravo za autora.

Ova kniga mi je uljepšala zivot u Americi. Kniga koju bi preporučila svima što nose Bosnu u srcu.

Jasna Amazon Customer

Neka tebe poštovani Uzeire,tu gdje jesi da nama običnim uljepšaš dan.

Nađa Likić

RECENZIJE

ZAŠTO JE OVA ZBIRKA PRIČA VAŽNA

Ispod prozora, u avliji mojih nane i dede na Vratniku, rasla je nj*e*žna biljka, puna loptica ružičaste, plave i bijele boje. Ta tako mlada i bezobrazno lijepa biljka nosila je neobično ime –Hadži-beg.

Te paperjaste šarene loptice, šarmantne, razmažene i gospodstvene, u svakoj svojoj latici krile su neku tajnu, počevši od tog gordog imena koje je govorilo o ugledu i važnosti nekog hadžije, koji je još i begovskog porijekla, do neviđenog tersluka kojeg su pokazivale čim bi ih sunce malo jače ogrijalo ili dotakao hlad. Hadžibeg bi tad objesio latice, kao one stare otramboljene obraze i durio se, kako samo starci u svom tersluku znaju, a onda ih opet, kad bi im ponovo bilo sve potaman, raširio i miris iz njih prosuo ga do desete mahale.

Znao je taj cvijet da se kicoši i prpoši kao da je iz Pariza, pa bi ga tad nana zvala Hortenzija, ali više onako posprdno, ironično, jer joj je nekako uvijek bilo draže da je pod njenim prozorom Hadžibeg, taj bezobrazno mudri dedo što u laticama skriva najveće mahalske priče.

 Proći će godine i godine, decenije čak, nana i dedo su odavno spakovali kofere na kamion što preseljava stare insane sa ovog na onaj svijet, samo je Hadžibeg, taj metuzalem, ters, šaljivdžija i dobričina u isti čas, stariji od svakog insana na svijetu, od svakog cvijeta na Vratniku i svim mahalama u Bosni, a opet mlađi i ljepši od svih njih, ostao da iz latica prosipa priče što ih je skupljao iz kundura, nanula, zepa, priglavaka, čardaka, mutvaka, verandi i dulafa. I kao svaki hadžija, i kao svaki beg, Hadžibeg je, kad je već odlučio dunjaluku obznaniti priče koje je skupljao, to učinio hadžijski, begovski.

Za svoj poduhvat nije htio žrtvovati svoj komfor iz udobnih sarajevskih avlija i minderluka, niti dušu prodati novom vremenu, pa se zagubiti u bespuću otuđenosti sajber mahale, a pogotovo ne kaniti se svog jezika i adeta.

Zato je hadžijski i begovski staloženo i samouvjereno, ulogu pisara i raznosača priča dao Kemalu Čopri, djetetu sarajevskih mahala.

A Kemal je odlično razumio Hadžibega, pa ništa od njegovog jezika nije oduzeo, niti mu dodao, ostavio je u pričama sav njegov humor, tersluk, mudrost, ljubav, bijes, patnju, suze... pa i pokoju psovku.

Samo tako, to dobro zna Čopra, autor Hadžibegovih priča ili narator Hadžibegovih sjećanja, a u osnovi odličan pisac i pripovjedač, može se sačuvati autentična priča iz sarajevskog mikrokosmosa, i samo tako se ona može, kao u nekom vremeplovu, prenositi iz jednog vremena u drugo, iz jedne mahale u drugu, iz jedne zemlje u drugu...

Zato se priče imaginarnog Uzeira Hadžibega čitaocima čine tako stvarne, kao i on sam, da mnogi od njih i ne znaju da taj dedo ne postoji, pa se iznenade kad na promociji vide sredovječnog muškarca.

I sama sam pala u tu zamku, pa sam prvobitno tragala za Uzeirom Hadžibegom, htijući ga posjetiti i napraviti intervju s njim. A to samo govori o tome koliko je Kemal Čopra uspio kao pisac, koliko je jak njegov pripovjedački jezik i kakav snažan utisak ostavlja na čitaoca. Hadžibegove priče ne samo da bude ona nježna sjećanja na djetinjstvo, na jedno drugo vrijeme, već su i svojevrstan riječnik jednog jezika koji još samo živi ponegdje u ponekim budžacima sarajevskih mahala i trajan su dokument o jednom vremenu, o ljudima i običajima, o životnoj mudrosti...

Zato je ova zbirka priča važna. Ponesite je sa sobom, gdje god hoćete, i uvijek ćete biti sigurni da ste sa sobom ponijeli i historiju, i kulturu, i jezik, i običaje jednog djelića planete Zemlje.

Snježana Mulić Softić, književnica i novinarka

U PREDAHU IZMEĐU DVA KIJAMETA

Hadžibeg za sebe kaže da je mladi pisac pod stare dane. Hadžibeg tako zbori kao stari bosanski akšamlija, polahko i s ćeifom, komentariše komšiluk i mahalu jednako kao i televizijske sapunice i život u tuđini. Naši mali životi bivaju oživljeni onim čuvenim bosanskohercegovačkim humorom i magijom svakodnevnice koja danas pehlivani po tankoj ćupriji između fikcije i stvarnosti. „Rođen sam u nevakat", kaže Hadžibeg, pa onda dodaje: "A koji to Bosanac nije?" I fakat, koji je Bosanac rođen u vakat, kad je u nas vazda neki nevakat?

Možda je upravo ta akutna šizofrenija bosanskohercegovačke historije izrodila jedinstveni smisao za humor. Onako, u predahu, između dva kijameta... U tom predahu se nižu i tekstovi. Hadžibeg ne zaboravlja ni naše ljude u dijaspori ni one u sokaku. A, bogami, ni one u „ćorsokaku". Hadžibeg je fiktivni lik, koji je toliko stvaran da je odavno utekao od fikcije, pa se najčešće i sam nalazi u ćorsokaku. Tu, u predahu između dva kijameta, njegovo eglenisanje i mudrost obične misli su komični do bola i bolno istiniti. Tu, na sirat-ćupriji naše svakodnevnice, naizgled je važnije hoće li ko u turskoj sapunici priznati svoje dijete nego što je bitna zaostala penzija. Tu se Hadžibeg sikira da mu ahbaba Omera u Holandiji ne uhvati propuh, a što se tiče propuha u državi Bosni — zagrnuće se Hadžibeg kaputom i provirit malo na Fatinu seriju...

Hadžibeg egleniše pomalo o svemu i ponešto o svačemu, ali socijalno-društvene teme u tekstovima se ne dotiču velikih stvari i krupnih događaja, niti imaju potrebe: s komšijinog pendžera vidi se čitava Bosna, a sa Hadžibegove verande, bogami, i svi naši ljudi rasuti po vas dunjaluku i bijelome svijetu...

Elvis Hadžić, književnik i urednik Kultur-reportera

FENOMEN ČITANOSTI KNJIGE U VREMENU DIGITALIZACIJE UMOVA

Već sada, kada je na pomolu nova knjiga Kemala Čopre, koja je na svojevrstan i ubjedljivo upečatljiv način više nego uspješan nastavak njegovog proznog prvijenca "Hadžibeg", koji je na sve četiri strane svijeta osvojio čitateljstvo, učinivši ga magično ovisnim o njegovom načinu pripovijedanja, može se sa sigurnošću kazati kako su pisac i njegovo djelo fenomen kakav se rijetko susreće u literaturi koja obitava na jezičkim područjima bosanskog, srpskog i hrvatskog jezika, a koja su, zahvaljujući planetarno razgranatoj društvenoj mreži Facebook rasprostranjeni na svim kontinentima planete na kojoj smo prolazni putnici sa voznom kartom samo u jednom smjeru.

Dakle, nije u pitanju je li ovo uspjelo literarno djelo, nepobitna činjenica je da jeste, već prije da treba rasvjetliti tajnu fenomenalnog uspjeha Čoprinog pripovijedanja koje na magičan način povezuje staro i novo i koje u ovom vremenu digitalizacije svega pa i bibliotečke građe predstavlja revolucionarno otrkiće vrijedno nekih kapitalnih poduhvata u svjetskoj literaturi. Čitanost djela je najbolja potvrda njegove vrijednosti, što je vrhunska želja svakog pisca, a sa sigurnošću se to može kazati za Čoprinog "Hadžibega" koji je za samo jednu godinu rasprodat u tiražima na kojima bi pozavidjeli i neki klasici. No, idemo redom...

Ko je pisac knjige "Hadžibeg"?

Ko bude pomno iščitao ovaj autentičan pripovjedački rukopis, a malo je takvih koji će ostati pospani nad ovakvom knjigom iz koje "grmi" narodna mudrost, spoznaće da je autor tek u zrelom životnom dobu "probudio" pisca u sebi, da bi počeo pisati. Brzo, nakon što je publikovao svoj prvijenac, postaje prepoznatljiv po svom pripovjedačkom izrazu protkanom mislenicama ljudi koji su živjeli u stara, dobra vremena u kojima se živjelo sporije, sretnije, rahatnije, zdravije i duže. Ustvari, pisac ovog djela je cijeli svoj život osluškivao dah i duh stare sarajevske mahale (a znati slušati je i Božiji dar), da bi po sjećanju i tragom pripovijedanja narodnih mudraca, utoplivši ih svojim autentičnim pripovjedačkim promišljanjima, napisao i posložio ove prozne bisere učinivši ovu knjigu punom i bogatom pripovjedačkom seharom . Tako je pripovijedač učinio najmanje dva dobra djela; bilježeći pomno događaje, poput slavnog Bašeskije, sačuvao je od zaborava raritetne vrijednosti prošlog vremena, adete i običaje etnosa kome pripada sačuvao je i približio novim naraštajima ostavljajući im u amanet hajr vrijedan pažnje i poštovanja. Učinio je to pisac "Hadžibega"u religioznoj spoznaji kako će sve što ljudska ruka stvori na Sudnjem danu postati prah, pepeo i prh, te treba raditi ona dobra djela koja su Bogu draga, a korisna ljudima, kao što su: česme, putevi, mostovi, škole, vjerski objekti..., pa i ova knjiga!

Ko je Uzeir Hadžibeg?

U *"Upustvu za čitanje"* autor je potpisniku ovih redova "uzeo riječ iz usta" i samo je treba "ponoviti", da bi možda dublje odjeknula, nikamo drugdje nego u nama: " *Uzeir Hadžibeg je dobroćudni ters koji voli ljude i sa ljudima. On je simbol svega onoga što smo svi mi izgubili. Možda je i zato Uzeir Hadžibeg izrastao u takvog giganta, odvojio se od autora i počeo živjeti svoj život pokupivši simpatije i naklonost ljudi diljem planete bez obzira na vjeru i naciju."*

I bez "resetovanja uma", na što nas uvijek dobronamjerni autor "upozorava" da bi na najljepši način i razumjeli djelo i uživali u ovom jednostavno lijepom pripovijedanju, koje je blisko našoj usmjenoj književnosti u vremenu nestašice "tinte i papira", u konačnici imamo *"i čist račun i dugu ljubav"*: sve Čoprine knjige su raritet umjetničko - pripovjedačke vrijednosti prilagođen našem vremenu!

Mustafa Smajlović, književnik i novinar

SADRŽAJ

www.ingramcontent.com/pod-product-compliance
Lightning Source LLC
Chambersburg PA
CBHW072253020726
47501CB00002B/247